GARTH GREENWELL

WAS ZU DIR GEHÖRT

Roman

Aus dem Englischen von
Daniel Schreiber

Hanser Berlin

Die amerikanische Originalausgabe erschien 2016 unter dem Titel *What belongs to you* bei Farrar, Straus and Giroux in New York.

1. Auflage 2018

ISBN 978-3-446-25852-5

Umschlag: Anzinger und Rasp, München
Motiv: Peter Hujar, Richard – Shoes,
© 1987 The Peter Hujar Archive LLC;
Courtesy Pace/MacGill Gallery, New York and
Fraenkel Gallery, San Francisco
Satz: Greiner & Reichel, Köln
Druck und Bindung: CPI books GmbH, Leck
Printed in Germany

MIX
Papier aus verantwortungsvollen Quellen
FSC® C083411

Für Alan Pierson und Max Freeman
und für Luis Muñoz

I MITKO

Dass meine erste Begegnung mit Mitko B. in einem Verrat endete, wenn auch einem geringfügigen, hätte mir eine größere Warnung sein müssen, und die wiederum hätte mein Verlangen nach ihm bremsen oder sogar komplett auslöschen sollen. Aber solche Warnungen gehören an Orten wie den Toiletten des Nationalen Kulturpalasts, wo wir aufeinandertrafen, zur Luft, die man atmet, sie sind allgegenwärtig und so unentrinnbar, dass sie zum Teil all jener werden, die diese Orte aufsuchen, und zur wesentlichen Komponente des Begehrens, das sie dorthin führt. Schon als ich die Treppe hinunterging, hörte ich seine Stimme, die wie alles an ihm zu groß für diese unterirdischen Räume war und aus ihnen herausquoll, als drängte es sie zurück in den hellen Nachmittag, der, obwohl es Mitte Oktober war, nichts Herbstliches an sich hatte; die Weintrauben, die überall in der Stadt von den Reben hingen, zerplatzten noch warm im Mund. Ich war überrascht, jemanden dort so freizügig reden zu hören, wo einem unausgesprochenen Code folgend Stimmen selten lauter als ein Flüstern waren. Am Fuß der Treppe bezahlte ich meine fünfzig Stotinki an eine alte Frau, die mich aus ihrer Kabine heraus mit undurchdringlicher Miene ansah, während sie mit der einen Hand die Münzen nahm und mit der anderen einen Schal fest an sich drückte, gegen die Kälte, die hier unten immer und unabhängig von der Jahreszeit herrschte. Erst als ich mich dem Ende des Korridors näherte, hörte ich eine zweite Stimme, die der ersten leise raunend antwortete. Die Stimmen kamen aus dem zweiten der drei Toilettenräume, wo sie, hätte das Geräusch fließenden Wassers sie begleitet, zu Männern gehört haben könnten, die sich die Hände wuschen. Ich hielt im äußersten der Räume inne, inspizierte mein Bild in den Spiegeln, die die Wände bedeckten, und verfolgte ihre Unterhaltung, von der ich jedoch kein Wort verstand. Es gab nur einen einzigen Grund, warum sich Männer an diesem Ort aufhielten. Die Toiletten des NDK (wie der Kulturpalast genannt wird) sind ausreichend verborgen und haben einen Ruf, der dafür sorgt, dass sie kaum für etwas anderes benutzt werden. Und dennoch schien das Verhalten des Mannes, der meine Aufmerksamkeit auf sich zog, als ich den zweiten Raum betrat, nicht zu dieser Übereinkunft zu passen, seine leutselige und ungestüme Art, die überhaupt nichts Heimliches an sich hatte, selbst an diesem Ort privatester Vertraulichkeiten.

Er war groß, dünn, aber seine Schultern waren breit, und er trug diesen kurzen, militärischen Haarschnitt, der unter jenen jungen Männern in Sofia beliebt war, die einen hypermaskulinen Stil vortäuschen und eine Aura von Kriminalität zur Schau stellen. Der zweite, kleinere Mann fiel mir kaum auf. Er wirkte dienstfertig, hatte blondierte Haare und nahm die Hände nicht aus den Taschen seiner Jeansjacke. Es war der größere Mann, der sich mir mit augenscheinlich freundlichem Interesse, ohne Gebärde der Drohung oder Angst, zuwandte, und so verdutzt ich war, so merkte ich doch, dass ich ihm mit einem Lächeln antwortete. Er begrüßte mich mit einem Redeschwall, dem ich nur entgegnen konnte, indem ich benommen den Kopf schüttelte, die große Hand ergriff, die er mir ausgestreckt hinhielt, und ihm als gebrochene Entschuldigung und Rechtfertigung jene wenigen Sätze darbrachte, die ich bis zum Umfallen geübt hatte. Sein Lächeln wurde breiter, als er begriff, dass ich Ausländer war, und gab den Blick auf einen abgebrochenen Vorderzahn frei, dessen gezackten Rand er (wie ich später erfahren sollte) in Momenten der Zerstreutheit obsessiv mit dem Zeigefinger betastete. Sogar auf Armeslänge nahm ich den Alkohol wahr, der Geruch ging weniger von seinem Atem aus als von seiner Kleidung und seinem Haar, und er erklärte die Ungezwungenheit, mit der er sich an einem Ort bewegte, der aller Freizügigkeit zum Trotz Hemmungen auslöste, sowie den seltsam unschuldigen Blick, der bestimmt, aber nicht bedrohlich wirkte. Er neigte den Kopf und begann wieder zu sprechen, und in einem Kauderwelsch aus Bulgarisch, Englisch und Deutsch hielten wir fest, dass ich Amerikaner war, dass ich mich seit einigen Wochen in der Stadt aufhielt und mindestens ein Jahr lang bleiben würde, dass ich als Lehrer am American College arbeitete und mein Name in seiner Sprache mehr oder weniger unaussprechlich war.

Unser stockendes Gespräch streifte weder den eigentümlichen Ort, an dem wir uns befanden, noch das, wofür er beinahe ausschließlich benutzt wurde, und so stieg, während wir uns unterhielten, eine Beklemmung in mir auf, die zu gleichen Teilen aus Verlangen und Unbehagen bestand, weil nicht klar war, warum er hier war und was er vorhatte. Es war noch ein dritter Mann dort, der mehrmals die hinterste Kabine betrat und wieder verließ und uns dabei ernst ansah, ohne jedoch auf uns zuzugehen oder ein Wort zu verlieren. Schließlich, nachdem wir uns bekannt gemacht hatten und jener Dritte erneut seine Kabine betreten und die Tür hinter sich geschlossen hatte, zeigte Mitko (ich wusste inzwischen, wie er hieß) dorthin, blickte mich vielsagend an, sagte: *iska*, er will, und machte eine unmissverständliche anzügliche Geste. Sowohl er als auch sein Begleiter, den er als *brat mi* bezeichnete und der seit meinem Eintreten noch nicht gesprochen hatte, brachen daraufhin in Lachen aus. Sie schauten mich an, als wollten sie mich in ihre Erheiterung einbeziehen, obwohl ich natürlich genauso das Objekt ihres Spottes war wie der Mann, der ihnen in seiner Kabine zuhörte. So sehr wollte ich zu ihnen gehören, dass ich, ohne darüber nachzudenken, lächelte und meinen Kopf hin- und herwiegte, eine Geste, die hier ebenso Übereinkunft und Zustimmung ausdrückt wie ein gewisses Staunen über die Launen des Lebens. Aber an dem Blick, den sie wechselten, erkannte ich, dass dieser Versuch die Distanz zwischen uns nur vergrößerte. Nach einer kleinen Pause, in der ich mir in Gedanken die notwendigen Silben zurechtlegte (die mir trotz aller Bemühungen selten so über die Lippen kommen, wie sie sollen, auch jetzt noch, da mir gesagt wird, ich spreche *chubawo* oder *prawilno*, und ich den Gesichtern das Erstaunen darüber ablese, dass ich eine Sprache beherrsche, die zu lernen kaum jemand für nötig hält, der sie nicht ohnehin schon spricht), fragte ich ihn, um wieder Halt zu gewinnen, was er hier mache an diesem Ort, der sich so kühl und klamm anfühlte. Über uns war es noch immer sommerlich, der Platz lag im Licht und war voller Menschen, unter ihnen junge Männer mit Skateboards oder Inlineskates oder aufwendig aufgemotzten Fahrrädern, die im selben Alter waren wie die beiden.

Mitko sah seinen Freund an, den er als seinen Bruder bezeichnet hatte, obwohl sie keine Brüder waren; der Freund begab sich daraufhin zur Ausgangstür, und Mitko zog ein Portemonnaie aus der Gesäßtasche seiner Jeans. Er öffnete es und entnahm ihm ein Briefchen aus glänzendem Papier, eine mehrmals gefaltete Seite aus einer Zeitschrift. Vorsichtig entfaltete er sie, seine Hände zitterten leicht im Bemühen, nichts von dem losen Inhalt in die Feuchtigkeit und den Dreck zu unseren Füßen fallen zu lassen. Ich erriet natürlich, was er enthüllen würde; ich war nur überrascht, wie wenig es war, nicht mehr als ein paar blättrige Krümel. Zehn Lewa, sagte er und fügte hinzu, dass er, sein Freund und ich es zusammen rauchen könnten. Er wirkte nicht enttäuscht, als ich sein Angebot ablehnte; er faltete das Papier nur wieder vorsichtig zusammen und steckte es zurück in die Hosentasche. Er ging auch nicht weg, wie ich befürchtet hatte. Ich wollte, dass er blieb, auch wenn es im Laufe unserer Unterhaltung, die ja nur in Schüben stattfand und nicht länger als fünf Minuten oder zehn gedauert haben mochte, immer schwieriger geworden war, sich vorzustellen, dass mein wachsendes Verlangen nach ihm Erfüllung finden könnte. All seiner Freundlichkeit zum Trotz schien er sich mir, während wir miteinander sprachen, auf geheimnisvolle Weise entzogen zu haben; je länger wir jedes erotische Ansinnen umgingen, desto finaler wirkte seine Unerreichbarkeit, nicht deshalb, weil er schön war (obwohl ich ihn schön fand), sondern aufgrund von etwas anderem, das noch hinderlicher war, eine Art körperliche Sicherheit oder Selbstverständlichkeit, die darauf hindeutete, dass ihm nagende Zweifel und Empfindlichkeiten in Bezug auf das Leben fremd waren. So als besäße er ein Anrecht auf die Freigebigkeit seiner Umwelt, obwohl doch auf der Hand lag, dass er sie nicht erfahren hatte. Er schaute zu seinem Freund hinüber, der nicht wieder zu uns gestoßen war, nachdem Mitko seine kleine Reserve verstaut hatte, und nach einem erneuten Blickwechsel drehte dieser uns den Rücken zu, weniger um die Eingangstür zu bewachen, hatte ich den Eindruck, sondern um uns so etwas wie Privatsphäre zu gewähren. Mitko schaute mich an, freundlich, aber mit einer neuen Eindringlichkeit; er legte seinen Kopf ein wenig zur Seite und fasste sich mit einer Hand in den Schritt. Natürlich konnte ich nicht anders, ich schaute hin, und es gelang mir auch nicht, meine Erregung zu verbergen, die er sicherlich wahrnahm, als sich unsere Blicke wieder trafen. Er rieb den Daumen und zwei Finger der anderen Hand aneinander, das universelle Zeichen für Geld. Es lag nichts Verführerisches in seiner Art, keinerlei ausgestelltes Begehren; was er anbot, war ein Geschäft, und erneut zeigte er sich nicht enttäuscht, als ich ihn reflexartig und ohne zu zögern abwies. Nein war die Antwort, die ich auf solche Angebote (die unvermeidbar sind an den Orten, die ich aufsuche) immer gegeben hatte, nicht aus moralischer Überzeugung, sondern aus Stolz, einem Stolz, der in den vergangenen Jahren immer schwerer aufrechtzuerhalten war, in denen mich der Lauf der Zeit von einer Kategorie erotischer Objekte in eine andere spülte. Kaum hatte ich das Wort ausgesprochen, bereute ich es schon. Mitko zuckte mit den Schultern, nahm seine Hand aus dem Schritt und lächelte, als wäre alles nur ein Scherz gewesen. Und dann, als er sich schließlich umdrehte, um mit seinem Freund die Toiletten zu verlassen, rief ich *tschakai*, *tschakai*, *tschakai*, warte, warte, warte, ich wiederholte die Worte so schnell wie jene alte Frau, die ich an einem Nachmittag an einer Kreuzung beobachtet hatte, als sie versuchte, einen herrenlosen Hund zu warnen, der dabei war, in den Verkehr zu laufen. Mitko drehte sich sofort um, so gefügig, als wäre unser Geschäft bereits beschlossene Sache; vielleicht war er sich tatsächlich schon sicher, so wie ich mir sicher war, obwohl ich vorgab, dem Angebot gegenüber skeptisch zu sein, um meiner überwältigenden Erregung Herr zu werden. Ich schaute hinunter auf seinen Schritt, dann wieder hoch und sagte: *Kolko ti e*, wie groß ist er, die Standardwendung, immer die erste Frage in den Internet-Chatrooms, die ich nutzte. Mitko sagte nichts, er lächelte, ging in eine Kabine, knöpfte seine Hose auf, und meine vorgetäuschte Zögerlichkeit fiel in sich zusammen, als ich realisierte, dass ich jeden Preis zahlen würde, den er verlangte. Ich machte einen Schritt auf ihn zu, streckte meine Hand aus, wie um die angebotene Ware sogleich in Besitz zu nehmen, doch ich war schon immer furchtbar schlecht in solchen Verhandlungen gewesen, man sah mir meine Begierde sofort an, und Mitko knöpfte seine Hose wieder zu und hob die Hand, um mir Einhalt zu gebieten. Ich dachte, dass er bezahlt werden wollte, aber stattdessen ging er an mir vorbei, sagte mir, ich solle warten, und begab sich zu der Reihe der Porzellanwaschbecken, die schmutzig und voller Risse waren. Mit einer körperlichen Freizügigkeit, die ich seiner Betrunkenheit zuschrieb, die aber, wie ich später erfahren sollte, untrennbar zu ihm gehörte, befreite er die lange Röhre seines Schwanzes aus seiner Jeans, lehnte sich über das Waschbecken, zog die Vorhaut zurück und zuckte zusammen, weil das Wasser hier nur kalt aus den Leitungen kam. Es dauerte, bis er zufrieden war, es war das erste Zeichen seines anspruchsvollen Wesens, das mich in Anbetracht seiner Armut und der dürftigen Umstände seiner Existenz immer wieder aufs Neue überraschen würde.

Als er zurückkehrte, fragte ich nach dem Preis für das, was ich wollte, der sich auf zehn Lewa belief, bis ich mein Portemonnaie öffnete und nur Zwanzig-Lewa-Scheine darin fand, von denen er einen begierig an sich nahm. Was machte es schon aus, die Beträge waren für mich gleichermaßen bedeutungslos; ich hätte das Doppelte gezahlt oder das Vierfache, was nicht heißen soll, dass ich über besonders umfangreiche Mittel verfügte, sondern dass mir sein Körper unendlich teuer erschien. Es erstaunte mich, dass mir irgendeine Anzahl der schmutzigen Banknoten diesen Körper verfügbar machte, dass ich nach dem einfachsten aller Tauschgeschäfte Zugriff auf ihn hatte und Kontakt zu ihm aufnehmen konnte. Ich fuhr mit der Hand unter das enge Hemd, das er trug, und er stieß mich sanft zurück, um es auszuziehen, Knopf für Knopf öffnete er es und hängte es sorgsam an den Haken der Kabinentür. Er war dünner, als ich erwartet hatte, seine Muskeln weniger definiert, und das Haar, das seinen Oberkörper bedeckte, hatte er rasiert, sodass lediglich Stoppeln übrig geblieben waren. Als er so enthüllt und jungenhaft vor mir stand, fiel mir zum ersten Mal auf, wie jung er sein musste (er war 23, wie ich später erfuhr). Er winkte mich mit jener übertriebenen Zuvorkommenheit zu sich, die betrunkene Männer manchmal haben und die (ein Gedanke, der bei aller Erregung nie fern war) einen gleichermaßen exaltierten Wutausbruch einleiten kann. Doch Mitko überraschte mich, indem er sich vorlehnte, seinen Mund an meinen legte und mich küsste, freigiebig und ohne Hemmungen, und obwohl ich nichts getan hatte, um diese Art des Kontakts einzuleiten, war sie mir willkommen, und ich saugte begierig an seiner Zunge, die antiseptisch war vom Alkohol. Ich wusste, dass er sein Verlangen spielte, dass er es nicht empfand, und tatsächlich hatte ich den Eindruck, dass er zu betrunken war, um irgendeine Art von Lust zu spüren.

Doch hat nicht jede unserer Umarmungen etwas Theatralisches? Wir wiegen unsere Reaktionen gegen jene auf, die wir beim anderen wahrnehmen oder die wir auf den anderen projizieren, wir begehren immer zu viel oder zu wenig und kompensieren entsprechend. Auch ich spielte ihm etwas vor, tat so, als würde ich ihm seine Show der Leidenschaft als eine genuine Erwiderung meiner eigenen Lust abnehmen. Als spürte er, dass ich diesem Gedanken nachhing, zog er mich näher zu sich heran, und zum ersten Mal nahm ich unter dem stärkeren und beinahe überwältigenden Dunst des Alkohols seinen eigenen Geruch wahr, der für mich zur größten Quelle des Genusses werden sollte, wenn wir zusammen waren, und den ich immer wieder suchen würde, an seinem Hals und in seinem Schritt, unter seinen Armen. Ich hörte auf nachzudenken, hob eine seiner Hände über seinen Kopf und unterbrach unseren Kuss, um mein Gesicht in seiner Achselhöhle zu versenken (er rasierte sich auch dort, seine Haut fühlte sich rauh unter meiner Zunge an) und um seinen Geruch in mich aufzusaugen, als würde ich lebensnotwendige Nahrung aus einer schwer zugänglichen Quelle schöpfen. Danach sank ich auf die Knie und nahm ihn in den Mund.

Einige Minuten später, noch bevor er mir gegeben hatte, was er mir schuldete, eine Verpflichtung, die er eingegangen war, als er mir den schmutzigen Zwanzig-Lewa-Schein aus der Hand genommen hatte, gab Mitko einen seltsamen Laut von sich, spannte seinen Körper an und stemmte seine Handflächen gegen die Kabinenwände. Wenn es die Darbietung eines Orgasmus sein sollte, dann war sie armselig, nicht zuletzt deshalb, weil er während der wenigen Minuten, die ich an ihm gelutscht hatte, keinerlei Reaktion gezeigt hatte. *Tshakai*, sagte ich zu ihm, um zu protestieren, als er sich zurückzog, *iskam oschte*, ich will mehr, aber er lenkte nicht ein, sondern lächelte mich an und bedeutete mir, dass ich mich zurückziehen sollte, immer noch freundlich, dann zog er das Hemd wieder an, das er so sorgfältig aufgehängt hatte. Immer noch auf den Knien, schaute ich hilflos zu ihm auf, während er seinen Freund rief, den er abermals *brat mi* nannte und der ihm von draußen antwortete. Vielleicht sah er, dass ich wütend wurde, und wollte mich daran erinnern, dass er nicht allein war. Er strich seine Kleidung glatt, fuhr mit den Händen über seinen Torso, um ihren Sitz zu prüfen, und lächelte arglos, ganz so, als würde er tatsächlich meinen, er habe mir gegeben, was er mir schuldete. Dann entriegelte er die Tür und zog sie hinter sich zu. Und während ich dort auf dem Boden kniete, im Mund den metallischen Geschmack des Leitungswassers von seiner Haut, spürte ich, wie sich mein Ärger verflüchtigte, dass meine Lust durch seinen Abgang nicht gemindert wurde. Ich merkte, wie das, was zweifellos ein Betrug war (wir hatten eine Abmachung, auch wenn sie nicht unterschrieben, nicht einmal in Worte gefasst worden war), unsere Begegnung nur noch spezieller und seine Präsenz noch lebendiger werden ließ, obgleich ich allein auf Knien im Schmutz zurückblieb. Es war dieser Betrug, der es mir erlaubte, mit der ganzen Freiheit meiner Phantasie aus ihm zu machen, was ich mir vorstellte.

Ich suchte Mitko in den nächsten Wochen wiederholt auf, und nach unserer dritten oder vierten Begegnung entschloss ich mich, ihn in meine Wohnung einzuladen. Ich wollte ihn für mich haben, unbeobachtet vom Publikum, das wir so häufig im NDK hatten, wo Männer vor der Tür der Toilettenkabine lungerten oder ihre Ohren an die Wände pressten, so wie ich es selbst getan hatte, wenn ich leer ausgegangen war. Ich wollte mehr Zeit mit ihm haben und mehr Privatsphäre, aber mir war auch unwohl dabei, ich wusste, wie unvernünftig es war, diesen immer noch fremden Mann in mein Zuhause zu bringen. Die Warnung eines Mannes fiel mir ein, der mich zu einem Kaffee im Haupttrakt des NDK eingeladen hatte, nachdem wir uns in den Toiletten begegnet waren. Diesen Jungs, hatte er gesagt, kann man nicht trauen, sie finden alles über dich heraus, verbreiten an deinem Arbeitsplatz Geschichten über dich, erzählen deinen Freunden von dir, rauben dich aus – und tatsächlich war ich schon bestohlen worden, einmal erfolgreich, ein anderes Mal hatte ich die Hand eines jungen Mannes ergriffen, als er sie gerade aus meiner Hosentasche zog, er hatte mich danach mit wilden Augen angestarrt, der Arme, und war geflohen. Doch die anderen Warnungen des Mannes stießen bei mir auf taube Ohren, da ich wenig zu verlieren hatte durch solche Enthüllungen – niemand würde sich betrogen fühlen, es würde kein Schaden entstehen, wenn man Geheimnisse über mich ausplauderte, die zu wahren ich mich kaum bemühte; ich war noch nie gut darin gewesen, etwas zu verbergen, mein ganzes Wesen ist aufs Bekennen ausgerichtet. Mitko und ich hatten Sex gehabt, und hinterher, während ich auf einer Bank in der Sonne saß – es war inzwischen November und trotzdem noch warm, die Trauben an den Weinstöcken waren verschrumpelt –, entschied ich mich, zu den Toiletten zurückzukehren und ihm ein Angebot zu machen. Wir einigten uns auf den folgenden Abend, und seine Augen begannen zu leuchten, als er mein Telefon sah, das ich, um seine Nummer zu notieren, zum ersten Mal in seiner Gegenwart aus meiner Tasche gezogen hatte. Er nahm es mir aus der Hand, dann erst sagte er *moshe li*, darf ich, und als ich ihm dabei zusah, wie er über den Bildschirm fuhr, um die Funktionen auszuprobieren, erinnerte ich mich an die Warnung, die ich erhalten hatte.

Dieses Unbehagen genügte jedoch nicht, um mich von meinem Vorhaben abzubringen, und am Nachmittag darauf eilte ich von der Schule ins Stadtzentrum. Ich traf ihn in der hintersten Ecke der Toiletten an, wo er sich mit drei oder vier anderen Männern aufhielt, die sich bei meinem Auftauchen zerstreuten, obwohl ich verlegen auf der Schwelle stehen blieb. Mitko, der mit dem Rücken zu mir stand, drehte sich um und lächelte, bot mir seine Hand und wies zugleich den Weg, weg von seinen Freunden (wenn es denn Freunde waren), hinauf zum Platz. Während wir die lange Treppe erklommen und uns von den Toiletten entfernten, die immer wirkten, als seien sie zu klein für ihn, als würden seine Figur und seine Stimme und seine Freundlichkeit eingeengt werden von den feuchten Fliesen an den Wänden, fühlte ich neben der Erregung, mit der ich gerechnet hatte, ein völlig unerwartetes Glück. *Kak si*, fragte ich, während wir durch den Park des NDK spazierten, wie geht es dir, und er zeigte mir die Fingerknöchel seiner rechten Hand, deren Haut abgeschürft war, die Wunden noch frisch. Er erzählte, dass er unten in eine Schlägerei mit einem anderen Mann geraten war, die Gründe dafür blieben mir jedoch unklar. Für einen Moment nahm ich seine Hand in meine und schaute mir die Wunden an, die ihn verwegen und beschädigt zugleich wirken ließen, und ich stellte mir vor, wie ich sie pflegen und salben und dann an meine Lippen drücken würde. Allerdings war diese Art von Zärtlichkeit bislang kein Teil unserer Begegnungen gewesen, und in diesem Moment, da er mit schnellen Hieben in die Luft die Prügelei nachstellte, war sie besonders fehl am Platze. Wir gingen den Wassil-Lewski-Boulevard entlang, Mitkos lange Beine verschlangen den Asphalt, ich hatte Probleme, mit ihm Schritt zu halten; er redete ununterbrochen, allerdings verstand ich nur einen Teil dessen, was er sagte. Ich fragte ihn, wo er eigentlich wohne, und er antwortete, *s prijateli*, bei Freunden, eine Wendung, die er oft benutzte und von der ich nie genau wusste, wie sie zu interpretieren war, denn über ihre übliche Bedeutung hinaus gebrauchte Mitko sie auch in Bezug auf seine Kunden. Während ich mich mühte, seinen Redeschwall zu verarbeiten, den er immer wieder mit der Wendung *rasbirasch li*, verstehst du, akzentuierte, wurde mir klar, dass Mitko zwischen verschiedenen Wohnungen pendelte, manchmal bei besagten Freunden übernachtete und manchmal bis zum Morgen draußen unterwegs war. Bei schlechtem Wetter kam er in einer kleinen Dachkammer mit Matratze, aber ohne Heizung oder fließendes Wasser unter, zu der ihm ein Freund die Schlüssel gegeben hatte (*edna mansarda*, sagte er und zeichnete mit den Händen die Form eines Daches in die Luft).

Das Gespräch schien Mitko unangenehm zu sein, er wechselte das Thema und sagte, dass er sich, obwohl ich ihn im

NDK angetroffen hatte, wo er auch fast den ganzen Tag gewesen sei, für unseren gemeinsamen Abend aufgespart habe. Dabei schaute er mich von der Seite an (*rasbirasch li?*), und ich fühlte, wie ich vor Erregung errötete. Auch Mitko wirkte ungeduldig, von einer Energie erfüllt, die ihn vorwärtstrieb, und während wir auf dem Wassil-Lewski-Boulevard in Richtung Graf-Ignatjew-Straße liefen und unzählige Gassen und Seitenstraßen überquerten, musste ich ihn mehrmals am Arm greifen und *tschakai tschakai tschakai* sagen, damit er nicht vor ein Auto lief. Als wir in die Graf-Ignatjew-Straße einbogen, blieb er immer wieder vor einem der vielen Elektrogeschäfte und Pfandleihhäuser stehen, um die Produkte in den Schaufenstern zu begutachten. Ich war überrascht, wie viel er über Smartphones und Tablets wusste; seine Monologe waren von den englischen Begriffen für Ausstattungen, Bildschirmauflösungen, Speicherkarten und Akkulaufzeiten der verschiedenen Geräte durchsetzt, Informationen, die er Werbeblättern und Broschüren entnommen haben musste, die er offenbar mitnahm, wann immer sie ihm angeboten wurden. Ich versuchte, ihn zur Eile anzutreiben, ich wollte rasch nach Hause, zugleich wuchs in mir das Unbehagen über seine Litanei, die ich mehr und mehr als Andeutung verstand, vor allem als Mitko mir erzählte, dass sein jetziges Telefon, ein Modell, das er augenscheinlich durch ein besseres zu ersetzen hoffte, das Geschenk eines seiner Freunde war. Dieses Wort, *podarak*, Geschenk, sollte in unseren Unterhaltungen an jenem Abend immer wieder auftauchen, in Bezug, wie es schien, auf fast alles, was er besaß.

Schließlich erreichten wir das Ende der Graf-Ignatjew-Straße, und als wir uns dem kleinen Fluss näherten, der das

Zentrum Sofias umrandet, im Grunde kaum mehr als ein Entwässerungsgraben, sagte Mitko: *tschakai malko*, warte kurz, verließ den Bürgersteig und trat zur spärlichen Vegetation des Uferstreifens hinunter. Ich ging ein paar Schritte weiter und drehte mich dann nach ihm um, konnte ihn jedoch kaum noch ausmachen (es war inzwischen dunkel geworden, die Herbstnacht hereingebrochen). Er stand am Ufer, um sich zu erleichtern. Die Passanten und der dichte Verkehr auf einer von Sofias meistbefahrenen Straßen schienen ihm überhaupt nichts auszumachen; und als ihm auffiel, dass ich ihn beobachtete, streckte er die Zunge heraus und wedelte mit der Hand seinen Schwanz hin und her, sodass die Pisse in hohen Bögen über das Wasser schoss, glitzernd im Licht der vorbeifahrenden Autos. Es war eine so unschuldige, kindlich-respektlose Geste, dass ich dümmlich lächelte, erfüllt von einem Gefühl des Wohlwollens, das auch auf dem Weg zur Metrostation und auf unserer kurzen Fahrt anhielt. Es gab nur eine einzige U-Bahn-Linie in Sofia (obwohl mehr geplant waren, über die ganze Stadt verteilt klafften große Baugruben), und zu den Stoßzeiten schien es, als würde sich die ganze Stadtbevölkerung unterirdisch fortbewegen, abwechselnd geschluckt und ausgespien von den sich unentwegt öffnenden und schließenden Türen. In der Bahn nach Mladost waren alle Sitzplätze besetzt, Mitko und ich wurden getrennt und standen schließlich in einiger Entfernung voneinander im Gedränge der Körper. Eingehend betrachtete Mitko die Pläne, die über den Türen der Wagen angebracht waren, sah hinaus in die erleuchteten Stationen, durch die wir kamen, und hin und wieder blickte er mich an, als wollte er sich vergewissern, dass ich noch da war und er meine volle Aufmerksamkeit hatte. Sein Blick war nun alles andere als unschuldig; er erwählte mich und war voller Verheißung, und in seiner Glut fühlte ich wieder diese Mischung aus Lust und Scham und eine so heillose Erregung in mir aufsteigen, dass ich wegschauen musste.

Als wir an der Endstation Mladost 1 ausstiegen und im Strom der Passagiere auf den Andrej-Sacharow-Boulevard gespült wurden, war ich erstaunt, wie gut sich Mitko dort auskannte. Schnell hatte er sich orientiert, deutete auf einen der *blokowe*, jener grässlichen Wohnblöcke sowjetischer Bauart zu beiden Seiten des Boulevards, und sagte, dort wohne einer seiner *prijateli*. Wie immer war ich frustriert, dass ich nur Bruchteile seiner Geschichten verstand, weil mein Bulgarisch mangelhaft war und weil er in einer Art Code sprach, sodass ich nur selten den genauen Charakter der Beziehungen verstand, die er beschrieb, oder warum sie so endeten, wie sie endeten. Noch nie hatte ich jemanden getroffen, der solche Transparenz (oder den Anschein davon) mit so viel Geheimnis verband, der zugleich so offen und so verschanzt hinter einer undurchdringlichen Abwehrhaltung wirkte. Schweigend gingen wir zu dem Gebäude, in dem ich wohnte, vielleicht dachten wir beide daran, was uns dort erwartete. In meiner Straße, die sich durch einen gewissen Wohlstand von anderen in der Gegend abhob, steuerte Mitko auf einen Laden zu, um Alkohol und Zigaretten zu kaufen. Es war ein Geschäft, das ich oft aufsuchte und in dem man mich kannte; verlegen fragte ich mich, was die Leute dort wohl denken würden, wenn sie uns zusammen sähen. Mitko ging vor mir hinein und legte beide Handflächen auf die Glastheke, was den Inhaber zusammenzucken ließ. Er lehnte sich nach vorne, inspizierte die teureren Flaschen, die an der Rückwand des Geschäfts aufgereiht waren, und ließ sich einige von dem zunehmend genervten Verkäufer über den Ladentisch reichen, um die Etiketten zu studieren. Er suchte sich die teuerste Flasche Gin aus und dazu eine billige Orangenlimonade, dann nahm er mir den Beutel aus der Hand, um ihn die drei Stockwerke zu meiner Wohnung hochzutragen. Ich lebte in einer hübschen Zweizimmerwohnung, die mir die Schule zur Verfügung stellte, ein Umstand, den ich Mitko zu erklären versuchte, als offenkundig wurde, dass er dachte, sie gehörte mir. So viel Geld habe ich nicht, sagte ich, um meine bescheidene Einkommenssituation zu verdeutlichen, aber er begegnete dieser Aussage mit Skepsis, sogar Ungläubigkeit. Du bist Amerikaner, sagte er, alle Amerikaner haben Geld. Ich widersprach, sagte ihm, ich sei Lehrer und verdiene kaum etwas; aber natürlich nahm er an, ich wäre reich, schließlich hatte er meinen Laptop, mein Handy und mein iPod gesehen, Dinge, die in Amerika für eine komfortable Lebenssituation, jedoch nicht für Reichtum standen, die hier aber als beträchtlicher Luxus galten.

Mitko stellte den Beutel mit den Flaschen auf die Küchenablage und öffnete die darüber hängenden Schränke, um ein Glas zu suchen. Von hinten trat ich an ihn heran, ließ meine Hände unter sein Hemd gleiten und presste meine Lippen an seinen Hals, aber er schüttelte mich ab und sagte, dass dafür noch Zeit wäre und er zuerst etwas trinken wolle. Er nahm sein großes Glas mit Gin und Limonade und öffnete die Tür zu dem kleinen Balkon, den hier alle Wohnungen haben. Dort stand er eine Weile, trank und schaute auf die Straße, in der ich lebte, eine Straße, der anscheinend nie ein Name gegeben worden war. Keine der kleineren Straßen in Mladost hat einen, obwohl sich in den Bezeichnungen der Alleen und Plätze im

Zentrum die ganze Geschichte der Nation spiegelt, ihre Siege und ihre Niederlagen, die vielen Demütigungen und bescheidenen Errungenschaften eines kleinen Landes. Hier in Mladost sind es die *blokowe*, die großen Wohntürme, die ihre Bewohner im Raum verankern, jeder von ihnen mit seiner eigenen, auf Stadtplänen eingezeichneten Nummer. Während er auf die Straße sah, fragte ich Mitko, womit er seinen Lebensunterhalt verdiente, und meinte damit, was er gemacht hatte, bevor er aus welchen Gründen auch immer an seine *prijateli* geraten war. Er rauchte eine Zigarette, deshalb stand er draußen, doch mit fortschreitender Nacht sollte seine Rücksicht schwinden, und am nächsten Morgen würde ich kleine Häufchen grauer Asche vom Boden wischen. Mehr gestisch als durch Worte vermittelte er mir, dass er als Bauarbeiter gearbeitet hatte, stellte mit seinen verwundeten Händen typische Bewegungen nach und machte sogar vor, wie er in großer Höhe einen Träger überquert und versucht hatte, im Wind das Gleichgewicht zu halten. Ich brauchte einen Moment, bis ich begriff, dass diese Pantomime, die mir seltsam vertraut vorkam, die gleiche war, mit der mein Vater uns als Kinder zum Lachen gebracht hatte, wenn er von jenem Sommer in Chicago erzählte, als er gerade die Farm in Kentucky verlassen und auf dem Bau angeheuert hatte, um sein Jurastudium zu finanzieren und damit letztlich auch mein Leben.

Mitko erzählte mir, dass er aus Warna stammte, einer schönen Hafenstadt am Schwarzen Meer und einem der Zentren des erstaunlichen wirtschaftlichen Aufschwungs, den Bulgarien für kurze Zeit erlebt hatte, bevor er hier wie in so vielen anderen Teilen der Welt plötzlich und anscheinend ohne Vorwarnung abbrach. Sie hatten ein paar gute Jahre gehabt, sagte

Mitko, er habe gut verdient, und er zog mich mit unvermittelter Dringlichkeit vom Balkon weg zum Tisch, wo mein Laptop lag. Als er ihn aufklappte, entfuhr ihm ein Geräusch der Bestürzung über dessen Zustand, den von Staub melierten Bildschirm; *mrasen*, sagte er, schmutzig, im gleichen Tonfall, mit dem er später auch auf meine Wünsche reagieren würde, einem Tonfall des Spotts und der Missbilligung, aber auch der Nachsicht angesichts eines offensichtlichen Mangels, den auszunutzen oder zu beheben ihm freistand. Er stand auf, trat zur Küchenablage und öffnete zwei Schränke und dann einen dritten, bevor ich verstand, wonach er suchte, und eine Flasche Reinigungsmittel aus dem Schrank unter dem Waschbecken holte. Er stellte sein Glas (das schon fast leer war) neben sich auf den Tisch und nahm den Computer auf seinen Schoß, wiegte ihn beinahe wie ein Baby und begann den Bildschirm mit einem feuchten Papiertuch zu säubern, nicht eilig und halbherzig wie ich, wenn ich mich dazu durchrang, sondern mit Ruhe und einer Sorgfalt, die ich für übertrieben gehalten hätte. Als Nächstes wandte er sich der Tastatur zu, die fast genauso schmutzig war wie der Bildschirm, und klappte das Gerät schließlich zu, um mit dem fünften oder sechsten Papiertuch dessen Aluminiumgehäuse sauber zu wischen. *Sega*, sagte er zufrieden, so!, und legte das Gerät zurück an seinen Platz, froh, dass er mir einen Dienst geleistet hatte. Dann klappte er es wieder auf und lud eine bulgarische Website, ein Dating-Portal, das unter schwulen Männern sehr beliebt war. Er wollte, dass ich mir die Fotos auf seinem Profil anschaute, die er vergrößerte, sodass sie den ganzen Bildschirm ausfüllten. Das war vor zwei Jahren, sagte er, und ich blickte auf einen jungen Mann, der mit der Einkaufstüte eines teuren Geschäfts auf dem Witoscha-Boulevard stand und denjenigen anstrahlte, der ihn fotografierte. Sein Vorderzahn war noch ganz. Der Unterschied zwischen dem Gesicht des Mannes auf dem Foto und dem, der neben mir saß, erschütterte mich; nicht nur war sein Zahn noch nicht abgebrochen, auch sein Kopf war noch nicht geschoren, sein volles Haar, konventionell geschnitten, hatte einen hellen Braunton. Er hatte nichts Rohes oder Bedrohliches an sich, er sah aus wie ein netter junger Mann, wie einer der Schüler, die ich an meiner renommierten Schule unterrichtete. Es schien kaum möglich, dass es sich bei dem wohlhabenden Teenager und dem Mann neben mir um dieselbe Person handelte, dass ein so kurzer Zeitraum für einen derartigen Unterschied gesorgt haben konnte, und so schaute ich immer wieder vom Bildschirm zu Mitko und fragte mich, welches von beiden sein wahres Gesicht und wie es verlorengegangen beziehungsweise entstanden war.

Schau, sagte Mitko und zeigte, während er die Markennamen aufzählte, auf die Jeans, die Jacke, das Oxford-Hemd, auch auf den Gürtel und die Sonnenbrille, Kleidungsstücke, die relativ unscheinbar auf mich wirkten. Er erinnerte sich sogar an die Schuhe, die er an jenem Tag trug, obwohl sie auf dem Bildschirm nicht zu sehen waren; vielleicht hatte es sich um besondere Schuhe gehandelt, vielleicht war es ein besonderer Tag gewesen. *Chubawi*, sagte er, ein Wort, das so viel wie nett oder hübsch bedeutete, dann tastete er seinen Hemdkragen ab, sagte: *mrasen*, zog sich das anstößige Hemd aus und wandte sich mit freiem Oberkörper wieder dem Bildschirm zu. Ich beugte mich zu ihm (längst saß ich an seiner Seite) und küsste ihn auf die Schulter, ein keuscher Kuss, vielleicht ein Ausdruck der Traurigkeit, die ich ihm gegenüber empfand, auch wenn es nicht nur Traurigkeit war, die ich spürte, sein nackter Oberkörper neben meinem. Er schaute mich an, lächelte breit, es war dasselbe Lächeln wie auf dem Foto oder beinahe dasselbe, denn zugleich ähnelte es jenem kaum, so verblüffend verwandelt war es durch den abgebrochenen Zahn, dem Zeugnis von etwas, das ihm widerfahren war. Er drehte seinen Kopf zu mir, aber nicht um mir, wie ich erwartet hatte, einen Kuss zu geben; stattdessen leckte er zu meiner Verwunderung kurz an meiner Nasenspitze, spielerisch und ohne einen Hauch von Verführung, und wandte sich wieder seiner Tätigkeit zu. Da waren noch viele weitere Fotos jenes jungen Mannes vor wechselnden Hintergründen: am Meer, in den Bergen, aber immer mit der lässigen Kleidung, auf die er so stolz war, der typischen Uniform wohlhabender junger Amerikaner, wie sie endlose Kleiderstangen in endlosen vorstädtischen Einkaufszentren füllt.

Und dann gab es Fotos, auf denen er überhaupt nichts trug und sich in erotischen Posen in Szene setzte, die nur schwer mit der unschuldigen Geste von eben vereinbar waren. Auf einem dieser Fotos lag Mitko lang ausgestreckt auf einem Bett, seitlich aufgestützt, um sich der Kamera darzubieten. Mit der Hand richtete er seinen erigierten Schwanz aus, Fokus und Hauptattraktion des Bildes. Er lächelte nicht, sein Ausdruck war ernsthaft, wie bei Fotos auf solchen Seiten fast immer; ich habe ganze Nächte damit verbracht, mich von einem zum anderen zu klicken, mit einer seltsamen Mischung aus Erwartung und Stumpfsinn, jeder Klick ein Versprechen auf etwas Neues, das nie eingelöst wird. Auch ohne Lächeln war Mitkos Blick eindringlich, und ich war mir sicher, dass auch diese Kamera jemand gehalten hatte, der ihm etwas bedeutete und der ihm diesen Blick entlocken konnte; darin lag die Wirksamkeit des Fotos (hätte ich durch die Bilder gescrollt, wäre ich bei genau diesem hängengeblieben, von ihm eingefangen worden) – in Mitkos Blick, den man, obwohl er sich an keinen der Männer richtete, die dieses Portal aufsuchten, dennoch auf sich selbst beziehen konnte. Ich versuchte diesen Blick nun für mich zu beanspruchen und wandte mich Mitko zu, legte meine Hand auf die Innenseite seines Oberschenkels, lehnte mich zu ihm, um seinen Hals zu küssen; die Fotos hatten mich erregt, ich wollte ihn wegziehen vom Computer. *Tschakai*, sagte er, *imame vreme*, wir haben Zeit, ich möchte dir noch etwas zeigen. Er klickte auf ein Foto, und ich sah, dass meine Vermutung stimmte, da war jemand hinter der Kamera gewesen: ein junger Mann von vergleichbarer Statur und Größe wie Mitko, mit ähnlicher Kleidung und ähnlichem Haarschnitt. Sie waren vollständig bekleidet, was ihre Umarmung nur noch erotischer wirken ließ, und ihre Aufmerksamkeit galt allein dem jeweils anderen; hier stand niemand hinter der Kamera, Mitko hielt sie, einen Arm ungelenk in unsere Richtung gestreckt, zu mir und jenem anderen Mitko, mit dem ich diese Bilder betrachtete. Mit dem anderen Arm hielt er den jungen Mann umschlungen, der ihn seinerseits mit beiden Armen festhielt, beide schienen Lust aufeinander zu haben, sie zeigten die gleiche Dringlichkeit, den gleichen Hunger. Man wollte glauben, dass dieser Kuss nichts Theatralisches an sich hatte, dass er vollkommen aufrichtig war. Und doch hatte das Kameraobjektiv, das mir Zugang zu ihrer Umarmung verschaffte, diese Umarmung zu einer Pose werden lassen. Auch wenn das Publikum nur hypothetisch war oder nur aus ihnen selbst bestand, die das Bild eine Stunde oder ein Jahr später betrachteten, so machte die Kamera ihre Umarmung, so leidenschaftlich sie auch sein mochte, doch zu einer Vorführung.

Mitko, jener Mitko, der neben mir saß und große Schlucke aus dem Glas nahm, das er erneut gefüllt hatte, berührte jetzt mit dem Finger den Bildschirm, der Finger fleckig vom Tabak (*mrasen*) und breitgedrückt von der Arbeit, derb und unelegant, die Wunden an den Fingerknöcheln noch frisch. Julien, sagte er, es war der Name des Mannes, und er erzählte, dass er sein erster *prijatel* gewesen sei, er benutzte das Wort nun auf eine Weise, die unmissverständlich war, sein erster Freund und, so fuhr er fort, seine erste Liebe. Es gab noch mehr Fotos von den beiden, immer waren sie unter sich, immer hielt einer von ihnen unbeholfen die Kamera. Sie waren so jung, diese Männer auf den Bildern, Kinder noch, und trotz ihrer offensichtlichen Lust aufeinander schien es, als dokumentierten sie etwas, von dem sie wussten, dass es nicht von Dauer sein würde. In ihrer kleinen Stadt hatte es natürlich keine Zeugen für das gegeben, was sie füreinander waren, weder ihre Familien noch ihre Freunde, noch nicht einmal Fremde, Passanten. Keines der Fotos war draußen aufgenommen worden. Außer diesen Bildern, digitalen Erinnerungen, durch die er sich jetzt klickte, hatte von den Umarmungen, die aller Glut zum Trotz zu einem Ende gekommen waren, nichts überdauert. Wo ist er jetzt, fragte ich Mitko, erfüllt von Zärtlichkeit und dem Wunsch nach einer größeren Nähe zu ihm. Er sah mich nicht an, während er antwortete, klickte sich immer noch von Bild zu Bild und strich sich mit der anderen Hand geistesabwesend über die Brust. Julien sei Lehrer, erklärte Mitko, er sei zum Studium ins Ausland gegangen und lebe jetzt in Frankreich; wie fast alle (so dachte ich es mir), die über Talent oder die notwendigen Mittel verfügten, hatte er dieses Land verlassen. Von diesen beiden Männern, die einander auf dem Bildschirm umschlangen, war also einer, der mit dem Talent oder den finanziellen Mitteln oder beidem, gegangen, der andere war geblieben und hatte sich irgendwie von jenem gutsituiert aussehenden Jugendlichen in den mehr oder weniger obdachlosen Mann verwandelt, den ich zu mir nach Hause eingeladen hatte.

Als würde er meine Traurigkeit spüren und sie teilen und wie um ihr eine Stimme zu geben, öffnete Mitko eine neue Website, ein bulgarisches Portal für Videoclips, wo man, da Urheberrechte hier kaum Bedeutung haben, so ziemlich alles finden kann. Musik, sagte Mitko, ich möchte, dass du dir etwas anhörst, und tippte den Namen einer französischen Sängerin, von der ich noch nie gehört hatte und deren Name mir auch jetzt nicht einfällt, in die Suchmaschine, die eine beachtliche Zahl von Ergebnissen hervorbrachte. Er überflog mehrere Seiten, er suchte das Video eines Liedes, das ihn mit Julien verband, das sie gemeinsam gehört und geliebt hatten. Jedes der kleinen Vorschaubilder zeigte eine zerbrechliche Frau in weichem Licht, die in den wie zum Gebet gefalteten Händen ein Mikrofon hält. Vielleicht stammten alle Clips vom gleichen Konzert, oder vielleicht war das schlichte, bodenlange weiße Kleid, das sie auf jedem dieser Bilder trug, so etwas wie ihr Markenzeichen. Mitko fand das Video, das er gesucht hatte, und als es zu spielen begann, war ich gerührt von dem Gedanken, dass er mir Zugang zu seiner intimen Geschichte gab und mir damit die Nähe gestattete, nach der ich mich sehnte, und dass in dieser Intimität die Musik, die so sehr mit seiner Vergangenheit verbunden war, den Graben unserer unterschiedlichen Sprachen zu überwinden half. Doch je länger ich dieser Frau zuschaute, die schön war, aber auf eine hohle Weise schön, desto abgestoßener fühlte ich mich von dem, was mir wie eine offensichtliche und abgeschmackte Manipulation erschien. Sie sang in einem erstickten Flüsterton, äußerste und zugleich würdevoll-fotogene Verzweiflung vortäuschend, und am Ende einer besonders tragischen Stelle ließ sie das Mikrofon in einer Pose des Scheiterns sinken und brach in Tränen aus, die augenscheinlich einstudiert waren. Von Zeit zu Zeit schaute die Kamera der Sängerin über die Schulter (es war ein professionelles Video, ein ausgefeilter Konzertmitschnitt) und brachte uns dazu, mit ihr auf die Tausenden von Fans zu sehen, die sich in der Dunkelheit verloren. Beim Anblick ihrer Tränen gerieten sie in eine Art Ekstase und gaben ein kollektives Geräusch von sich, in dem sich Bestürzung und Wonne mischten. Ah, sagte dieses Geräusch, da ist es endlich, das mit Sinn gefüllte Leben, das wahre Leben, das uns von uns selbst befreit.

Diese Gedanken trugen mich hinaus aus dem Moment, den ich mit Mitko teilte, und sorgten dafür, dass auch ich mich getäuscht fühlte, geködert von einer Sentimentalität, die dem Handel, der schließlich zwischen uns stattfand, völlig unangemessen war. Während Mitko weiter liebevoll auf den Bildschirm schaute, mit einem Blick, von dem ich nun annahm, dass er künstlich, berechnend und verschlagen war, stand ich auf, legte meine Hände auf seine Schultern und neigte meinen Mund wieder seinem Hals zu. *Chaide*, sagte ich, na los, und ich leckte über seine Haut und zog an seinen Schultern. Zunächst versuchte er mich wieder hinzuhalten, sagte, wir könnten uns Zeit lassen, die Nacht sei noch lang; er spekulierte darauf, hier eine Übernachtungsmöglichkeit zu haben, und hatte zweifelsohne schon die Erfahrung gemacht, wie Männer, deren Lust sich nach dem Sex abrupt in Abscheu verwandelte, ihm die Gastfreundschaft vorenthielten. Aber ich blieb hartnäckig, wollte mich behaupten, wollte die Bedingungen des Abends diktieren, die Ware in Besitz nehmen, die mir zustand, um es so brutal auszudrücken: Was ich wollte, war brutal. Als Mitko erkannte, dass ich mich nicht länger würde abweisen lassen, wurde er gefügig und sogar beflissen; er erhob sich von seinem Stuhl, legte mir die Arme um den Hals, machte einen kleinen Sprung und umschlang mich mit seinen Beinen. Nie zuvor hatte ich sein Gewicht gespürt, wir hatten immer im Stehen Sex gehabt, und ich war überrascht, wie leicht er war, als ich ihn von der Küche zum Bett trug. Ich legte ihn ab, und er streckte sich aus, die Arme ausgebreitet, als würde er mich willkommen heißen, und meine neue Strenge löste sich wieder auf; jetzt war ich der Gefügige, und genau das – die Möglichkeit, mich zu fügen – war es, was ich erworben hatte. Das Zimmer war dunkel, aber ich konnte ihn immer noch sehen, im Licht, das vom Korridor und vom Fenster auf uns fiel, im Schein der Leuchtreklame und Straßenlaternen, und ich schaute ihn an, ohne mich zu bewegen, ganz so, als sei ich jetzt, da er mir die Erlaubnis gegeben hatte, ihn zu berühren, zaghaft geworden. Er lächelte mich oder das, was er in meinem Gesicht erkannte, an, umfasste meinen Nacken und zog mich an seinen Mund, der süß nach Limonade schmeckte. Dann löste er den Kuss, drückte mein Gesicht weg und schob meinen Kopf nach unten; er war schon erigiert, er hatte auf unseren Kuss genauso stark reagiert wie ich. Aber ich war doch noch nicht gefügig genug; ich wand meinen Kopf aus seinem Griff, nahm seine wunden Hände in meine, so wie ich es mir vorgestellt hatte, und führte sie mir an die Lippen. Er lächelte mich erneut an und legte, verwirrt von der Verzögerung, seinen Kopf leicht zur Seite. Dann zögerte ich das, was kommen sollte, nicht länger hinaus, und er spreizte die Beine, als ich meinen Mund auf seinen Schwanz senkte und mit beiden Händen seine Hüfte umklammerte, als sei sie der Rand eines Bechers, aus dem ich trank.

Falls er befürchtet hatte, dass ich, sobald unsere Rechnung gewissermaßen beglichen war, allein gelassen werden wollte, dass ich ihn ins Stadtzentrum zurückfahren und dort auf den Straßen umherirren lassen würde, lag er falsch. Ich wollte, dass er blieb, wollte nah bei ihm liegen, ihn berühren, ohne Leidenschaft nun, mit mehr Zärtlichkeit, und war enttäuscht, verspürte sogar einen Stich, als er fluchtartig vom Bett aufsprang. Ist alles in Ordnung, *vsitschko li e nared*, fragte ich, während er nackt durch den Flur lief, zurück zum Computer. Ich zog mich an und hörte, wie er sich Gin nachgoss, auf der Tastatur tippte und wie schließlich das unverwechselbare Glockenspiel der Skype-App erklang. Dann folgte ich ihm ins andere Zimmer und sah zu, wie er in langer Abfolge Unterhaltungen führte, Audio- und Videochats mit anderen jungen Männern. Ich saß weiter hinten im Raum auf einem Stuhl, sodass ich den Bildschirm sehen konnte, ohne von der Webcam erfasst zu werden. All diese Männer schienen aus dunklen Räumen und mit gedämpften Stimmen zu sprechen, und ich begriff, dass sie ihre Familien nicht wecken wollten, die in Nebenzimmern schliefen (es war spät geworden, ein oder zwei Uhr morgens). Meist existierten sie nur als Gesichter auf dem Bildschirm, mehr war von ihnen im Licht einzelner Glühbirnen nicht zu erkennen. Sie begrüßten Mitko liebevoll und vertraut, doch ich erfuhr später, dass er kaum einen von ihnen je getroffen hatte, dass sich ihre Freundschaft auf diese körperlosen Begegnungen beschränkte. Und während ich den Männern zuhörte, die alle außerhalb Sofias lebten, viele von ihnen in Dörfern oder Kleinstädten, wurde mir klar, wie sonderbar die Gemeinschaft war, die sie bildeten, so eingeschränkt und doch so lebendig. Mitko führte ein Gespräch nach dem anderen, sprach und tippte gleichzeitig etwas in die Tastatur, immer wieder leuchteten neue Anfragen auf dem Bildschirm auf. Ich konnte dem, worüber sie sprachen, nicht folgen, verstand kaum ein Wort; erschöpft saß ich da, und mit der Zeit wurde mir langweilig. Ab und an horchte ich auf, wenn einzelne Wörter oder Mitkos Stimmlage deutlich machten, dass er über mich redete; ich fühlte mich hilflos, war Gegenstand von Unterhaltungen, die ich nicht verstand und an denen ich nicht teilhaben konnte. Ein oder zwei Mal stellte Mitko mich vor, drehte den Bildschirm so zu mir, dass ich ins Bild kam, und der Fremde und ich lächelten einander unbeholfen an und winkten, ohne dass wir uns etwas zu sagen gehabt hätten. Je weiter die Nacht voranschritt, desto mehr schämte ich mich, da ich vermuten musste, der Gegenstand von Spott oder Häme zu sein; ich war verbittert darüber, von Mitkos Enthusiasmus ausgeschlossen zu sein, und eifersüchtig auf die Zuwendung, mit der er die anderen Männer so großzügig bedachte. Um diese Verbitterung einzudämmen oder anzustacheln, vielleicht auch nur aus Langeweile, nahm ich einen Gedichtband aus dem Regal und legte ihn geöffnet auf meinen Schoß. Es war ein dünner Band, Kavafis, den ich in der Hoffnung ausgesucht hatte, darin etwas zu finden, was meinen Abend retten und das sich ausbreitende Gefühl von Schäbigkeit irgendwie aufhellen würde.

Aber ich war zu erschöpft, um zu lesen, und so blätterte ich nur im Buch und schaffte es nicht, einfach schlafen zu gehen, aus Angst, dass ich meine Wohnung ausgeraubt vorfinden, dass Mitko meinen Computer und mein Telefon an sich nehmen würde, Dinge, die er begehrte und die ich vernachlässigte und (ich war mir sicher, dass er es so empfand) nicht verdiente. Während ich die Seiten umschlug, die mir keinen Trost verschafften, merkte ich, dass sich die Atmosphäre der Chats verändert hatte; Mitko klang jetzt nicht mehr liebevoll, sondern anzüglich, und seine *prijateli* waren nun älter als er, Männer Ende dreißig, Anfang vierzig. Aus einzelnen Wörtern, die ich aufschnappte, wurde deutlich, dass sie über Szenarien und Preise sprachen und dass Mitko seine kommende Woche plante.

Mit einem Mann, der noch älter als die anderen war, entspann sich ein ausgedehnteres Gespräch. Er war stämmig und hatte schütteres Haar, sein stoppelbärtiges Gesicht sah im fahlen Licht des Zimmers, in dem er eine Zigarette nach der anderen rauchte, ausgezehrt und schlaff zugleich aus. Er lebte in Plowdiw, Bulgariens zweitgrößter Stadt, die von den Bombardements im Zweiten Weltkrieg verschont geblieben war und ihre schöne Altstadt behalten hatte. Während ich hörte, wie sie miteinander sprachen, und weniger ihren Worten folgte als der Tonlage und den Kadenzen ihrer Rede, musste ich an meinen ersten Besuch in Plowdiw denken. Es war meine erste Reise an einen Ort außerhalb von Sofia überhaupt gewesen und damit auch meine erste Begegnung mit der Architektur der Bulgarischen Wiedergeburt, jenen kunstvollen Holzstrukturen und hellen Pastelltönen, die wie der Ausdruck einer unbezähmbaren Freude wirken, so anders als das Grau von Mladost. Die Stadt wurde wie Rom auf sieben Hügeln erbaut, und so wird sie von vielen Bulgaren noch immer beschrieben, obwohl einer der Hügel in der kommunistischen Ära gesprengt wurde, um jenen Stein abzubauen, mit dem heute die Straßen des Fußgängerzentrums gepflastert sind. Auf einem der verbliebenen Hügel steht die riesige Statue eines sowjetischen Soldaten, den die Einheimischen Aljoscha nennen. Um sie herum erstreckt sich ein großer Park, dessen Plätze und Aussichtsplattformen hinreißende Blicke auf die Stadt eröffnen. Eine Seite des Parks ist gepflegt, seine weiten Treppen und Wege werden von Paaren, Familien und Freizeitsportlern genutzt, ein Vorzeigeort öffentlichen Lebens. Während meines ersten Besuchs jedoch erklomm ich mit einem ebenso ortsunkundigen Freund die andere Seite des Hügels, die weitgehend sich selbst überlassen wirkte. Auch dort gab es Treppen und Plätze, doch die Steine waren locker und brüchig, oft mussten wir nach Ästen und Sträuchern greifen, um nicht zu stürzen, und ein oder zwei Mal sogar auf allen vieren krabbeln. Doch während wir höher stiegen, wurde deutlich, dass die Wege nicht vollkommen verwaist waren. Als wir stehen blieben, um auf die Stadt und den hinter uns liegenden Weg zu schauen, bemerkten wir einen Mann auf einer der tiefer gelegenen Aussichtsplattformen, der uns zuvor nicht aufgefallen war, weil er sich versteckt gehalten hatte oder weil wir einfach zu sehr von unseren Anstrengungen absorbiert gewesen waren. Er hielt einen Plastikbeutel in der Hand, den er immer wieder zu seinem Gesicht führte, um Mund und Nase darin zu vergraben und große, ausgehungerte Atemzüge zu nehmen. Selbst aus der Entfernung sahen wir, wie sich seine Schultern hoben und senkten, wie sie zitterten, als würde er weinen. Er nahm den Beutel von seinem Gesicht, und seine Haltung entspannte sich, sein ganzer Körper schien in sich zusammenzusinken, und er stolperte ein wenig, sein Stand war unsicher; dann richtete er sich auf, schritt zum rostigen Geländer und warf seine Arme in die Luft, der Stadt entgegen, ein Ausdruck von Sehnsucht oder Ekstase oder Trauer, der mich bis heute verfolgt. Irgendwann griff er das Geländer mit beiden Händen, beugte sich vor und übergab sich vollkommen beherrscht auf die darunterliegenden Büsche. Als wir weiter nach oben gingen, stießen wir auf verlassene Baukörper, gedrungen und aus Beton, die von Baumwurzeln und hineinragenden Ästen langsam auseinandergesprengt wurden, sodass häufig nur noch die Umrisse einzelner Räume übrig blieben, manchmal nur einzelne Wände. An einem Aussichtspunkt jedoch, an dem wir einmal mehr anhielten, um zu Atem zu kommen, stießen wir auf eine Reihe dieser Rohbauten, die mehr oder weniger intakt wirkten, obwohl auch ihnen Fenster und Türen fehlten. Die Innenräume waren zu dunkel, um zu erkennen, wie sie beschaffen waren, aber ich hatte den Eindruck, dass sie sich weit nach hinten erstreckten, sich eingruben in den Stein, ein Netz aus kleinen Zellen wie in einem Bienenstock oder einem Steinbruch. Plötzlich bemerkte ich drei Männer in nicht allzu großer Entfernung, die sich versteckt haben mussten, als wir kamen, und die nun aus dem Schatten traten. Sie standen jeder für sich, solitäre Figuren, schlank, mittleren Alters, und jeder dieser Männer barg eine Zigarette in der hohlen Hand. Obwohl sie nicht erkennen ließen, dass ihnen unsere Anwesenheit aufgefallen wäre, und sie nicht in unsere Richtung schauten, war die Luft mit einer elektrischen Spannung aufgeladen, und ich wusste, dass ich mich durch eine bloße Geste mit einem von ihnen in einen der kleinen Räume zurückziehen konnte, was ich auch getan hätte (ich selbst war ein Teil des Spannungsfeldes), wenn ich allein gewesen wäre.

Vielleicht erinnerte mich etwas an Mitkos Kunden oder Freund an diese Spannung, vielleicht klang in seinen Worten eine Not mit, die ich bei den Männern zuvor nicht wahrgenommen hatte. Er schien ängstlich darum bemüht, Mitko zu gefallen, und mir war, als würde Mitko die Macht, die er über diesen Mann hatte, genießen, die Macht, sich zufrieden zu zeigen oder dem anderen diese Zufriedenheit vorzuenthalten. Ich habe etwas für dich, hörte ich den Mann sagen, und ich vernahm jenes Wort, *podarak*, das Mitko so liebte und das der Mann nun auf das Mobiltelefon bezog, das er in die Kamera hielt, noch originalverpackt, eines der Modelle, die Mitko auf dem Graf-Ignatjew-Boulevard so begehrlich angeschaut hatte. Und Mitko zeigte sich gefällig, er lächelte den Mann an, dankte ihm und nannte sein Geschenk *strachoten*, ein Wort, das man mit »überwältigend« übersetzen kann und in dessen ursprünglicher Bedeutung ebenfalls die Vorstellung von Schrecken anklingt. Du musst es dir abholen kommen, sagte der Mann, und Mitko stimmte ihm zu, er würde am nächsten Tag den Bus nach Plowdiw nehmen. Und so saß ich dort, vollkommen übermüdet, und mir wurde klar, dass es mein Geld war, mit dem Mitko das Ticket bezahlen würde, um zu dem Mann und seinem teuren Geschenk zu fahren, und ich fragte mich, wie es passieren konnte, dass ich einer jener Männer im Dunkeln geworden war, die darbringen, was man ihnen abverlangt, um zu erhalten, was man ihnen nicht aus freien Stücken gibt. Mitko hatte mich dem Mann schon vorgestellt, er hatte den Bildschirm in meine Richtung gedreht, sodass wir uns begrüßen konnten, was wir zaghaft taten, mit einer Spur Feindseligkeit auf Seiten des anderen Mannes, vielleicht weil ich jünger und (zumindest noch für einige Zeit) attraktiver war als er, vielleicht aber einfach deshalb, weil Mitko bei mir war, der den Mann nun darum bat, das *podarak* erneut in die Kamera zu halten, damit ich es bewundern konnte oder, was wahrscheinlicher war, zum Zweck meiner Unterweisung. Für diese Nacht noch gehörte Mitko mir, vor uns lagen Stunden, in denen er durch unseren Phantomvertrag an mich gebunden war, in denen ich genießen konnte, was jener Mann für sich beanspruchte, als Belohnung für den Luxus seines Geschenks. Ich fühlte so etwas wie Eifersucht in mir hochsteigen, eine Eifersucht, die etwas betraf, was mir gehörte, auch wenn dieser Besitz nur temporär und bei genauerer Betrachtung nicht einmal wirklicher Besitz war. Mich erbitterte der Gedanke, dass ich Mitko am nächsten Morgen nach Plowdiw ziehen lassen musste, zu diesem anderen Mann, der ihn so mühelos zu sich gelockt hatte.

Meine Müdigkeit war nun einer Unruhe gewichen, immer wieder schloss und öffnete ich das Buch, das ungelesen in meinem Schoß lag. Ich fand darin nicht, was ich bei früheren Lektüren darin gefunden hatte, etwas, das die Sentimentalität meines Begehrens adelte, die Ahnung, dass auch einer beiläufigen Begegnung in einem Darkroom oder dem zwielichtigen Handel dieses Abends eine wahre Leuchtkraft innewohnte, die sie einem Idealbild annäherte und jeden Moment ins Metaphysische kippen lassen könnte. Ich legte das Buch zur Seite, da ich sah, dass auch Mitko müde war, müde und sichtlich betrunken; er hatte fast zwei Drittel der Flasche geleert, die wir gekauft hatten. Er war wackelig auf den Beinen, als er aufstand, nachdem er endlich den Mann aus Plowdiw verabschiedet und ihm seine Absicht kundgetan hatte, nun schlafen zu gehen. Es waren noch drei Stunden, bis wir aufstehen mussten, er für seine kurze Reise nach Plowdiw, einige Stunden in einem bequemen Bus; ich für einen Unterrichtstag, an dem ich vor meinen Studenten stehen würde, das Gesicht bereinigt von der Begierde und der Unterwürfigkeit und der Not, die es jetzt offenbarte, da ich Mitko ins Badezimmer folgte und mich hinter ihn stellte (er war immer noch nackt), während er pisste. Ich rieb seine Brust und seinen Bauch, schlank und straff, die Haut meiner Finger rieb sanft über die Borsten seiner Haare; und dann, nach ein paar Worten der Erlaubnis oder der Ermutigung, mach nur, meinetwegen oder etwas Ähnliches, streiften meine Hände weiter nach unten, behutsam nahm ich seinen Schwanz und legte meine Hand um dessen Schaft, unter meinen Fingern konnte ich den Strom seines Urins spüren, schwer und dringlich, und ich spürte auch die Dringlichkeit in mir, als ich mich, steif geworden, an ihn drückte. Er lehnte seinen Kopf zurück und drückte sein Gesicht an meines, rieb es (auch hier war er rauh und stoppelig) gegen meine weiche Haut, und ich merkte, wie sein Schwanz anschwoll, während er mit dem Pissen fertig wurde und ich vorsichtig seine Vorhaut zurückzog, die letzten Tropfen abschüttelte und mich fühlte, als würde ich vor Sehnsucht fast ersticken. Noch nie hatte ich jemanden auf diese Art und Weise berührt, noch nie hatte ich jemandem diesen speziellen Dienst erwiesen. Mitko drehte sich zu mir und küsste mich, intensiv, suchend, besitzergreifend, er schob mich rückwärts durch den Korridor zum Schlafzimmer, vielleicht stützte er sich zugleich an mir ab, und dann lagen wir auf dem weiten Bett, auf dem wir zuvor schon gelegen hatten. Er umfasste mich und zog mich zu sich heran, umschlang mich nicht nur mit den Armen, sondern auch mit den Beinen und drückte mich an sich, sodass die Luft, die ich atmete, durch ihn gefiltert wurde und nach Alkohol roch, aber auch nach ihm selbst, ein Duft, der eine animalische Reaktion in mir hervorrief und mich regelrecht entflammte (ich stellte mir vor, wie die Kammern meines Gehirns aufleuchteten, als würden alle Lichtschalter in einem Haus auf einmal umgelegt). Er lag da wie ein Meereswesen, das mich umschlungen hielt, das mich immer wieder umschlang, wenn ich mich bewegte oder halb erwachte. Und ich schlief, wie ich selten geschlafen hatte, tief und ohne Aufruhr, festgehalten wie Mitkos Geliebter oder sein Kind – oder, ich muss es wohl sagen, sein Gefangener oder seine Beute.

Vor einiger Zeit verbrachte ich ein Wochenende in Blagoewgrad im Piringebirge. Einige meiner Studenten nahmen dort an einer Konferenz über mathematische Linguistik teil, ein Fach, für das ich wenig Interesse aufbringe und in dem ich mich nicht auskenne, und so hatte ich, während sie sich Vorträge anhörten, viel Zeit, um den schönen bewaldeten Park in der Nähe unseres Hotels zu erkunden, der sich entlang eines kleinen Flusses etwa drei Kilometer weit bis zur Fußgängerzone im Stadtzentrum erstreckte. Der Ort war eine Oase menschenfreundlicher Architektur, die Verheerungen der Bauvorhaben aus der Sowjetzeit hatten hier kaum Spuren hinterlassen, nur einige protzige Neubauten störten das Bild, teure Wohnungen mit Blick auf den Fluss. Es war Frühling und die *asmi*, die hölzernen Spaliere über den Bänken und Tischen, an denen der Wein ranken würde, waren noch kahl, verdorrt und trocken klammerten sich die Reben an die Halterungen, Überreste des Winters in einer ansonsten bereits üppig gedeihenden Landschaft. An den Bäumen leuchteten frische Blätter und mir unbekannte Blüten, Blütenknospen und Blütentrauben, ein prachtvoller Rausch. Unser Hotel befand sich am Stadtrand, wo halbherzige menschliche Siedlungsbemühungen den Bergen etwas Land abtrotzten, ohne großen Erfolg; wo der beharrlich gemähte Rasen des Hotels endete, begannen Gestrüpp und dichte Wälder, über denen sich dramatische Felsspitzen erhoben. Selbst der Weg durch den Park, in dem ich den Vormittag verbrachte, hatte etwas Wildromantisches, wie er sich zwischen der kahlen Wand des

Berges und dem Fluss schlängelte, der zwar klein war, aber in bemerkenswerter Geschwindigkeit aus den Höhen hinabschnellte und um die Steine toste, die schon zerbrochen in seinem Bett lagen. Während ich dort entlangging, fühlte ich mich meiner selbst enthoben, beschwingt, und für einen Moment war ich vollkommen erfüllt von einem naiven Glück über die verschwenderische Schönheit der Welt. Die Luft schwirrte vor Schmetterlingen, Tagfaltern und winzigen Fliegen, die im schillernden Sonnenlicht gefangen schienen, glänzend und einbalsamiert, von der leichten Brise des Windes hilflos hin und her geworfen. Die Grasflächen setzten mit großen Atemzügen Samenhülsen frei, die winzigen Körnchen geschützt und vorwärtsgetrieben von Haarbüschelchen, die wie Regen- oder Fallschirme aussahen. Ich musste, während ich dieser Befruchtung der Erde zusah, an Walt Whitman denken, dessen Gedichte ich gerade mit den Studenten durchgenommen hatte, die sich nun Vorträge über mathematische Linguistik anhörten, von denen sie mir während unseres Abendessens in der Stadt berichten würden; sie würden mir erzählen, wie sie sich meine Reaktion auf die Argumente ausgemalt hatten, die dort über Lyrik und die Struktur von Metrik und Reim gemacht wurden, über die numerische Heraufbeschwörung unserer Lust. Es gab Zeilen in Whitmans Gedichten, die auf mich immer übertrieben gewirkt hatten in ihrem Enthusiasmus und ihrer verwirrten Erotik; sie brachten mich ein wenig in Verlegenheit, doch meine Studenten liebten sie, jedes Jahr von neuem begegneten sie ihnen mit einem Lachen. Es waren jene Zeilen, die mir dort in Blagoewgrad durch den Kopf gingen, sie charakterisierten und bereicherten den Augenblick, während die Blütensamen wie Schnee zur Erde sanken. Was waren diese Samen, wenn nicht sanfte, kitzelnde Genitalien des Windes, was wenn nicht das Verlangen der Welt nach Zeugung, und ich begriff, dass ich diese Zeilen immer unzulänglich gelesen und nicht verstanden hatte, dass sie keineswegs übertrieben waren, sondern präzise; und mit einem Mal verstand ich Whitmans Wunsch, der Welt nackt gegenüberzutreten, seinen Wahn, wie er es nannte, der sich darin äußerte, sie unmittelbar erfahren zu wollen. Ich spürte etwas von diesem Wunsch in mir selbst, und es fühlte sich überhaupt nicht wahnhaft an. Es war schlicht so, dass die Tonhöhe meines Lebens unter jener der Lyrik lag, und mochte es auch ein Leben voller Befangenheit und verpasster Chancen sein, so war es doch auch erträglich, ein Leben, das ich mir teilweise selbst ausgesucht hatte und für das ich mich jeden Tag aufs Neue entschied.

Ich überquerte eine kleine hölzerne Fußgängerbrücke, hielt kurz an, um auf das rauschende Wasser zu schauen und die Vibrationen zu spüren, die es unter meinen Füßen auslöste, und stieß dann auf ein kleines Café, das sich in eine Biegung des Flusses schmiegte, die das Wasser ausgespart hatte. Es war nicht mehr als eine Hütte, aber sauber und gut in Schuss. Picknicktische standen bunt verstreut am Wasser, viele waren schon besetzt, und ich musste in einiger Entfernung Platz nehmen, dennoch konnte ich das Rauschen des Wassers hören, ein Geräusch, das mich schon als Kind beruhigt hat. In kleinen Schlucken trank ich meinen Kaffee mit warmer Milch und schaute auf die anderen Tische, an denen große Gruppen festlich gestimmter Menschen saßen, und mir fiel ein, dass dieser Tag ein Feiertag war, einer der vielen hier – zu viele, um sie alle im Kopf zu behalten. Kinder spielten mit Bällen, Stöcken und

Plastikpistolen, die leuchteten und Geräusche machten, und während ich ihnen zusah und die Hausarbeiten ignorierte, die ich eigentlich korrigieren wollte, fiel mir ein Mädchen ins Auge, drei oder vier Jahre alt, das etwas abseits von den anderen am Ufer stand. Hinter ihm hockte ein Mann, sein Vater, wie ich annahm. Wieder und wieder lehnte sich das Mädchen, während es an der Hüfte vom Arm des Mannes gehalten wurde, gefährlich weit (obwohl keine wirkliche Gefahr bestand) über das steile Ufer und schaute auf das Wasser einen knappen Meter darunter. Es lehnte sich vor und sprang dann mit einem fröhlichen Auflachen wieder zurück in die Sicherheit. Beim vierten oder fünften Mal neigte es sich weiter über das Wasser als zuvor, und der Mann musste, um es zu halten, seinen Arm so weit ausstrecken, wie es nur ging. Dieses Mal lachte das Mädchen nicht, vielleicht war es überrascht oder verunsichert von seiner eigenen Waghalsigkeit, vom Risiko, das es eingegangen war, auch wenn der Arm des Vaters es gehalten und überhaupt kein Risiko bestanden hatte; es warf sich an seine Brust, hob die Arme und umklammerte seinen Hals, zog seinen Kopf zu sich herunter (vielleicht musste es auch gar nicht ziehen) und umarmte ihn innig. Und erst dann, eingehüllt in der Umarmung seines Vaters, lachte es, lachte mit einer Freude, die mir unvertraut war, lag darin doch die Gewissheit, ein Zuhause zu haben in dieser Welt. Sie hielten einander lange fest, eine Art der körperlichen Berührung, die man in der Öffentlichkeit selten sieht, vielleicht nur zwischen Eltern und ihren kleinen Kindern, deren Vertrautheit ungebrochen ist, weil sie sich des anderen vollkommen sicher sein können. Vielleicht, dachte ich, erlebte ich tatsächlich eine komplett ungekünstelte Umarmung. Ich war nicht der Einzige, der berührt war von dem Anblick, auch andere Gäste beobachteten die beiden, lächelnd und wehmütig, vielleicht ähnlich melancholisch wie ich, der ich ausgeschlossen war von ihrer Intimität und wusste, wie schnell die Zeit solcher Umarmungen verstreichen würde. Mit zunehmendem Alter des Kindes würden sie eine andere Bedeutung bekommen, sie würden nicht mehr erlaubt sein; was hier unsere Herzen wärmte, würde ein paar Jahre später auf unsere Missbilligung stoßen, auf Besorgnis, schließlich sogar auf Verachtung. Und so kommt es, dachte ich, während Vater und Kind einander losließen und sich vom Wasser entfernten, dass wir in dem Moment, in dem wir uns unserer selbst vollständig bewusst werden, zugleich Abschied nehmen und einen Verlust erfahren, den wir für den Rest unseres Lebens auszugleichen versuchen. Der Mann und das Kind kehrten zu ihrem Tisch zurück, das Mädchen lief voran, einer Frau entgegen, die sich zu ihm hinunterbeugte, um es auf ihren Schoß zu heben, und die es dann ein wenig kitzelte, sodass sein Lachen sich über das Geräusch des Wassers erhob. Für den Augenblick wenigstens schien sie plausibel, jene Geschichte, die ich mir selbst über mein Gefühl der Entwurzelung erzählte, das während der wenigen Stunden, die ich in Mitkos Armen schlief, erträglicher wurde. Es war seine Umarmung, zu der ich in Gedanken zurückkehrte, als ich das Kind und seinen Vater am Fluss in Blagoewgrad beobachtete.

Knapp zwei Monate vor jenem Morgen, den ich damit verbrachte, Hausarbeiten zu benoten, hatte ich Mitko das letzte Mal gesehen, in Warna, eine Begegnung, der ihrerseits drei Monate des Schweigens vorangegangen waren. In den Tagen und Wochen nach unserer gemeinsamen Nacht in Mladost, einer von nur zwei Nächten, die wir in den Monaten unserer

Bekanntschaft miteinander verbrachten, tauchte Mitko alle paar Tage an meiner Wohnungstür auf, immer bereitwillig und freundlich, immer mit einem Anliegen. Wenn ich den Laut der Türklingel hörte, deren Knopf sich am Eingang unseres Gebäudes befand und die niemand sonst je betätigte, fühlte ich mich hin- und hergerissen zwischen meinem Wunsch, allein zu sein und meinen Routinen des Schreibens und des Lesens nachzugehen, und dem Kitzel von Mitkos Gegenwart, die alle Routinen unterbrach. Aber nach einigen Wochen wurde ich dieser Unterbrechungen überdrüssig und begann ihm seine Anliegen und Bitten übelzunehmen, die niemals maßlos waren (Geld für Zigaretten oder um sein Telefon aufzuladen, einmal vierzig Lewa für ein Paar Schuhe), aber auch nie ein Ende zu finden schienen. Doch selbst an jenem Abend, an dem ich diesen Besuchen ein Ende setzte, machte mein Herz wie immer einen Sprung, als die Türklingel sein Kommen ankündigte. Er war freundlich, als ich ihm die Tür öffnete, und es schien ihm halbwegs gutzugehen, aber ich machte mir Sorgen über den Zustand, in dem er sich befand: Seine Kleidung, um die er sich normalerweise so penibel kümmerte, war schmutzig, und als er an mir vorbeiging, fiel mir auf, dass einige Tage vergangen sein mussten, seit er sich das letzte Mal gewaschen hatte. Wir hatten gerade auf dem Sofa Platz genommen, er hatte einladend gelächelt und ich hatte den Kopf an seine Brust gelegt, um seinen herben Geruch einzuatmen, als es an der Wohnungstür klopfte. Ich hatte mein Abendessen mit C. vergessen, einem Freund, der ein Stockwerk über mir wohnte und ebenfalls am American College unterrichtete; er wollte mich abholen, um mit mir in ein Restaurant in der Nähe zu gehen. Mitko freute sich, ihn zu sehen, er war ihm bei einem seiner vorherigen Besuche begegnet und ganz offensichtlich in ihn vernarrt, so wie fast alle, die ihn kennenlernten. C. hatte einen mühelosen, schmeichlerischen Charme, und dennoch waren ihm die Wünsche und Bedürfnisse anderer vollkommen gleichgültig, sodass er sich immer zurückzuziehen schien, wobei er gleichzeitig zur Verfolgung einlud. Mitko konnte kaum seinen Blick von ihm wenden und berührte ihn bei jeder Gelegenheit – kernige, freundliche, unverfängliche Berührungen, mit denen er kompensierte, dass sie nicht miteinander sprechen konnten; doch obgleich nichts Verführerisches in diesen Berührungen lag, wusste ich, dass sie sich beim kleinsten Zeichen von Entgegenkommen oder Begehren mit sexueller Glut aufgeladen hätten.

Beim Abendessen bestellte Mitko wie immer sehr viel mehr, als er zu sich nehmen konnte, Speisen, Getränke, Zigaretten. Ich war bald erschöpft von meinen Übersetzungsversuchen, und wir verfielen in ein Schweigen, das nur von Mitkos anfallartigen Gesprächsversuchen unterbrochen wurde, die fast immer über mich an C. gerichtet waren. Vielleicht war es also Eifersucht, die mich plötzlich veranlasste, Mitko zu fragen, ob er das Leben mit seinen *prijateli* mochte, und die Frage auch genauso schonungslos zu formulieren. *Ne*, antwortete er ebenso unverblümt und gewohnt einsilbig in Bezug auf alles Unangenehme, insbesondere seine Vergangenheit oder die Umstände, die ihn dorthin gebracht hatten, wo er war. Ich hakte nach, ob aus Grausamkeit oder Interesse oder Sorge, und während ich meinen Freund völlig ausschloss, der noch nicht einmal imstande war, meinem stockenden Bulgarisch zu folgen, fragte ich Mitko, warum er dieses Leben dann für sich gewählt hatte. Ich wusste, dass die Frage naiv war, mehr noch, sie war unfair, da sie eine Entscheidungsfreiheit voraussetzte und so ein Urteil implizierte, das zu fällen mir nicht zustand. *Sadba*, sagte Mitko, Schicksal, ein einzelnes Wort, durch das er mit einem Schlag jede Entscheidung und jede Konsequenz von sich wies. In Warna gibt es keine Arbeit, sagte er, und die Jobs in Sofia blieben ihm verschlossen, da er einem Arbeitgeber keinen festen Wohnsitz nennen konnte und man ohne Arbeit keine Wohnung fand. Das war das Ende unseres Schlagabtauschs, der den Ton für den Rest des Abends vorgab; Mitko machte keine sexuellen Anspielungen mehr (die ich zu seiner sichtlichen Verwirrung schon vorher zwiespältig aufgenommen hatte), unser beider Stimmung war gedrückt. Einerseits wollte ich den Schaden, den ich angerichtet hatte, wiedergutmachen, andererseits sah ich erleichtert eine Möglichkeit, mich aus einer Verwicklung zu befreien, die vertrackter geworden war, als ich es ertrug. Es war, als könnte ich Mitko gegenüber keine Haltung einnehmen, in der ich zugleich hinreichend mitfühlend und hinreichend frei war, und so schwankte ich zwischen Begierde und Distanz, eine Ambivalenz, von der ich wusste, dass sie all meine Beziehungen durchzog, egal ob zwanglos oder ernst, die aber in Mitkos Fall besonders ausgeprägt war. Als wir uns vom Tisch erhoben, sagte ich Mitko, dass ich ihn zur Metro bringen würde, und machte so deutlich, dass wir dieses Mal keinen Sex haben würden. Ich war erleichtert, als ich es ausgesprochen hatte, erleichtert darüber, dass ich überhaupt in der Lage war, ihm etwas zu verdeutlichen, trotzdem fühlte ich mich unwohl in meiner Haut und in seiner Gegenwart, und die Stimmung auf dem Weg war gedrückt. Ich hatte C. gebeten, uns zu begleiten; ich dachte, seine Anwesenheit würde mich in meiner Entschlossenheit bestärken, und ich wollte nicht allein sein, wenn ich mich von Mitko verabschiedete, aber er ließ uns allein und lief ein paar Schritte hinter uns. Irgendwann hielt ich Mitkos Schweigen nicht mehr aus und fragte ihn, ob alles in Ordnung sei. Er schaute weg von mir auf den Verkehr des Boulevards und sagte: *Iskam da shiweja normalno*, ich möchte ein normales Leben führen. Zuerst schwieg ich, gefangen zwischen einer furchtbaren Traurigkeit und dem Wunsch zu fliehen. Dann schaute ich in sein Gesicht und sagte: Ich möchte nicht einer deiner Kunden sein. Er drehte sich zu mir und sagte erstaunt: Aber du bist kein Kunde, du bist ein Freund, doch ich wischte seinen Einwand weg. Ich mag dich zu sehr, sagte ich, ungeschickt, aber aufrichtig, und es tut mir nicht gut, dich so sehr zu mögen. Wir hatten die Metrostation erreicht, und er stand einen Moment lang mit einem Ausdruck der Verwunderung vor mir, als wäre er sich nicht sicher, was er davon halten sollte, und vielleicht fragte er sich, welches der Gesichter, die ich ihm gezeigt hatte, mein echtes war, das Gesicht der Bedürftigkeit, an das er sich gewöhnt hatte, oder jenes neue Gesicht, das sich ihm jäh verschloss. Dann, als hätte er entschieden, dass es sich nicht lohnte, das herauszufinden, zuckte er mit den Schultern, streckte seine Hand aus und bat zum Abschied um zehn Lewa.

Drei Monate lang hörte ich nichts von Mitko, und im Laufe dieser Zeit wich mein Erstaunen darüber, dass er meine Abschiedsworte ernst genommen hatte, der Besorgnis und schließlich, unvermeidlich, der Sehnsucht. Ende Februar, an einem Nachmittag am Wochenende, ertönte das Signalgeräusch von Skype, obwohl es mir in den vergangenen Monaten nicht gelungen war, ihn über Skype zu kontaktieren, so wie ich ihn auch im NDK nicht finden konnte oder auf den Straßen, die ich in der Hoffnung abgelaufen war, ihm zu begegnen und den Faden wieder aufzunehmen, den ich (wie mir inzwischen schien) zu schnell und unüberlegt hatte abreißen lassen. Wie erstaunlich, dass ich mit dem Betätigen einer Taste, ohne Zeit für Reue, meinen Bildschirm mit dem filmischen Abbild des Menschen füllen konnte, der mir während seiner langen Abwesenheit erneut so ans Herz gewachsen war. Sein Blick war auf seinen Bildschirm gerichtet, sein Gesicht angespannt vor Aufmerksamkeit, doch dann entspannte es sich unvermittelt, erwachte zum Leben, und er lächelte mich an, ein Lächeln, in dem aufrichtige Freude darüber lag, mich wiederzusehen. Während wir redeten, schaute ich ihn gebannt an, als wollte ich sein Bild verzehren, die Details seiner Gesichtszüge, die ich zu meiner Überraschung beinahe vergessen hatte, obwohl er mir in jener gemeinsamen Nacht in meiner Wohnung erlaubt hatte, Fotos von ihm zu machen, Dutzende Fotos, die ich in den Monaten seitdem oft angeschaut hatte. Aber nun sah ich seine Bewegungen, die schnellen Gesten, die mit Fotos nicht zu erfassen waren, ich hatte ihn selbst vor mir, und Sehnsucht erfüllte mich, die frei war von jeder Ambivalenz. Er sah besser aus als bei unserer letzten Begegnung, seine Kleidung war sauber, sein Kopf frisch rasiert, und ich war schockiert, als ich erfuhr, dass er die vergangenen circa zehn Wochen wegen eines Leberproblems in einem Krankenhaus in Warna verbracht hatte. Die Details blieben mir schleierhaft, entweder aufgrund meiner ungenügenden Sprachkenntnisse oder weil er sich mir nicht voll anvertraute. Er berichtete von der furchtbaren Langeweile in der Klinik, wo er ohne die Ablenkung eines Computers oder wenigstens eines Fernsehers ans Bett gefesselt war, da das in seinem Zimmer montierte Gerät nur lief, wenn man es ständig mit Münzen fütterte. Auch mit Zeitschriften oder Büchern konnte er sich nicht behelfen, es fiel ihm schwer, kyrillische Schrift zu lesen, da er die Schule nach der siebten Klasse verlassen hatte und ihm das lateinische Alphabet der Chatrooms mittlerweile vertrauter war. Er war sichtlich beschämt gewesen, als er mir das eines Tages gestanden hatte, nachdem ich ihm schnell ein paar Sachen – Zigaretten oder Alkohol oder die Süßigkeiten, die er so mochte – besorgt und ihn nach meiner Rückkehr am Computer vorgefunden hatte, aufstöhnend vor Frust, weil er die Tastatur weder in der kyrillischen Schrift benutzen konnte, auf die sie eingestellt war, noch wusste, wie man diese Einstellung zurücksetzte. Nur seine Mutter und seine Großmutter hatten ihn im Krankenhaus besucht, und der Mann, den er *brat mi* nannte und den ich seit unserer ersten Begegnung im NDK nicht mehr gesehen hatte.

Es gehe ihm inzwischen besser, sagte er, er fühle sich gut, auch wenn er in einem Monat noch mal ins Krankenhaus müsse, für einen Aufenthalt, der so lang werden könnte wie der erste. Ich dachte daran, wie oft Mitko seinem überschäumenden Wesen zum Trotz krank gewirkt hatte, an seine Erkältungen, an die Gehörgangsentzündung, die einige Wochen lang angehalten hatte, an die Herpesbläschen, die manchmal seinen Mund entstellten; ich dachte daran, wie viel er trank, an die Risiken seines Gewerbes, und für einen Moment hatte ich den verzweifelten Wunsch, ihn zu retten, auch wenn ich mir nicht sicher war, wie und wovor genau. Ich wusste, der Wunsch war lächerlich, implizierte er doch eine Beziehung, die ich nicht wollte; und ich wusste auch, dass Mitko selbst nie das Bedürfnis geäußert hatte, gerettet zu werden. Er befand sich in einem Internetcafé (gelegentlich lief jemand hinter ihm durchs Bild), und je länger wir sprachen, desto mehr machte er von der Tastatur Gebrauch und schickte mir Kommentare, die zu anzüglich waren, um sie auszusprechen. Das erzielte die von ihm gewünschte Wirkung, vor allem, als er aufstand und mir unter dem Vorwand, sich zu dehnen, seinen Körper präsentierte, in die Taschen seiner Jeans griff, um die Falten des Stoffes in seinem Schritt gerade zu ziehen. Als wir die Unterhaltung beendeten, hatte ich zu meiner eigenen Überraschung vorgeschlagen, am Ende der nächsten Woche nach Warna zu kommen, ein Vorschlag, auf den er bereitwillig einging. Ich werde das ganze Wochenende mit dir verbringen, sagte er, versprochen, *hundert Prozent*.

In den folgenden Tagen erhielt ich E-Mails von ihm, in denen er berichtete, was die Hotels kosteten, die er sich für uns anschaute, oder wie weit sie vom Meer entfernt waren – das Meer, nach dem ich mich nach so vielen Monaten im vom Land umschlossenen Sofia beinahe genauso sehnte wie nach Mitko und das während der sieben beengten Stunden im Bus von der Hauptstadt zur Küste meine Gedanken stärker ausfüllte als er. Es war ein grauer Tag, kalt und noch gar nicht frühlingshaft. Die Menschen hatten sich *martenizi* ans Revers gesteckt, kleine Knäuel aus rotem und weißem Garn, die man sich hier zum ersten März schenkt, ein Ritual, das den Eintritt des Frühjahrs beflügeln sollte. Auch meine Tasche war mit ihnen bedeckt; den ganzen Tag lang hatten mir Studenten mit großer Feierlichkeit *martenizi* überreicht und mir Gesundheit, Wohlstand und Glück gewünscht. Allerdings wirkte der Zauber nicht; während der ganzen Fahrt fiel leichter Niederschlag, mal als Regen, mal als Schnee. Nicht nur das Wetter deprimierte mich, auch die Landschaft, durch die wir fuhren und deren Schönheit überall dort zerstört worden war, wo Menschen Hand angelegt hatten. Entlang der Autobahn, die noch aus der Zeit des Kommunismus stammen musste, standen gedrungene Betonhäuser, viele waren halb verfallen und zweifelsohne für ihre größeren Pendants in der Stadt aufgegeben worden, die ich gerade hinter mir gelassen hatte. Ich war erstaunt, wie vollständig jeder Impuls zur Schönheit in diesen Häusern getilgt worden war; außer ihrer Armseligkeit hatten sie nichts mit den Bergdörfern gemein, die ich besucht hatte und in denen fast jedes Gebäude einen trotzigen Gestaltungswillen erkennen ließ.

Als es Abend wurde, verdunkelte sich die Landschaft und verschwand schließlich, die Fensterscheibe zeigte nur mehr das Spiegelbild meines eigenen Gesichts. Bei Busfahrten hatte ich noch nie lesen können, und so boten einzig die kleinen Bildschirme im Mittelgang des Busses Ablenkung, die in einer Endlosschleife den immer gleichen amerikanischen Low-Budget-Actionfilm zeigten. Der Ton war abgestellt, und die

Untertitel verschwanden, bevor ich sie hätte entziffern können, dennoch konnte ich nicht aufhören, auf den Bildschirm zu schauen. Es war ein fürchterlicher Film, eine Rachetragödie, jede Einstellung ein Klischee, und mit jeder Szene wurde die Gewalt grausamer, die Folter barocker und meine innere Aufregung intensiver. Und nicht nur meine: Einmal hörte ich eine Frau nach Luft schnappen, blickte mich um und sah, dass fast alle Fahrgäste gebannt auf die Bildschirme starrten. Der Film hatte uns aneinandergebunden, er sorgte dafür, dass wir dasselbe fühlten und so vorübergehend zu einer Art Kollektivkörper wurden. Wie einfach es war, Gefühle in Menschen zu erzeugen, dachte ich, wie wenig Grundlage dazu nötig war, falls es überhaupt einer Grundlage bedurfte. Als der Film in einer letzten Szene der Abrechnung und des Gemetzels zum Höhepunkt kam, flüsterte ein alter Mann auf der anderen Seite des Ganges *tschestito*, gut so, gerade laut genug, dass man ihn hören konnte, und es war, als hätte ich selbst es gesagt.

Als wir uns Warna näherten, zogen mich die Lichter der Stadt wieder zum Fenster, zu der verschwommenen Welt, die durch die Schlieren des Regens auf dem Glas erkennbar wurde. Wir hielten am Rande des Stadtzentrums, nicht an einem Busbahnhof, sondern auf einem Grundstück neben einer Tankstelle, wo Mitko mit hochgezogenen Schultern und ohne Schirm im Regen stand. Ich stieg als Erster aus dem Bus; mit einem Satz sprang ich die Stufen hinunter und begrüßte ihn; ich war so von Gefühlen überwältigt, dass er mich in den Bus zurückschicken musste, damit ich meine Tasche holte, die ich auf dem Sitz neben mir vergessen hatte. Wir lachten über meine Ungeduld und meine Vergesslichkeit, tadelnd und nachsichtig schüttelte er den Kopf, wieder einmal hatte er mir einen Dienst erwiesen, der über unsere vertraglichen Vereinbarungen hinausging. Er nahm mir die Tasche aus der Hand, beharrte in einem Spektakel der Galanterie darauf, sie zu tragen, und führte mich zu einem Taxistand. Er fragte mich, wie die Reise gewesen sei, ob ich hungrig sei, ob ich gleich ins Hotel gehen oder erst ein wenig die Gegend erkunden wolle, obwohl er meine Antwort auf diese Fragen natürlich kannte. Es war nur eine kurze Strecke bis zu dem Hotel, das er ausgesucht hatte, ein schönes Hotel, wie er sagte, nicht weit vom Meer entfernt. Und er hatte recht, auf eine verblichene Art und Weise war es schön, zwei durch einen Hof verbundene alte Häuser an einer engen Straße, die vom Hauptplatz der Stadt abging, von dem wiederum eine Fußgängerzone direkt zum Strand führte. Es gab nur einen einzigen Hotelmitarbeiter, einen alten Mann, der zur Begrüßung aus seiner Kabine kam, einer verglasten Veranda, die an eines der Häuser angebaut war. Er und Mitko schüttelten sich herzlich die Hände, und ich fragte mich, in welcher Beziehung sie zueinander standen, ob Mitko öfter mit Männern hierherkam, ob sie vielleicht eine Art Übereinkunft getroffen hatten. Unser Zimmer in der ersten Etage war verwohnt und geräumig, die Fenster gingen zur Straße hinaus und schützten nur ungenügend gegen den Wind. An einer der Wände befand sich ein Heizkörper, den Mitko einschaltete; er musste völlig durchgefroren sein vom Warten. Er setzte sich auf die Heizung und seufzte lustvoll auf, als sie warm wurde. Ohne sich zu erheben, streckte er den Arm nach dem alten Fernseher aus, der an der Wand angebracht war, zappte durch die wenigen Kanäle und blieb bei einem Sender hängen, auf dem Videos von Balkan-Popfolksongs liefen. Er summte mit, warf seinen Kopf im zackigen Rhythmus hin und her und spielte dabei an meinem iPod herum, den ich bei meiner Ankunft auf den Nachttisch gelegt und den er sogleich an sich genommen hatte. Es dauerte einen Moment, bis er begriff, dass es sich dabei nicht um das gleiche Gerät handelte, das ihn in Sofia so fasziniert hatte, und als ich ihm erzählte, dass ich bestohlen worden war, dass ein Mann mir den iPod bei einer Begegnung aus der Tasche genommen hatte, schüttelte er zunächst mitfühlend den Kopf – so war das Leben –, doch dann verhärteten sich seine Gesichtszüge. Wenn ich in Sofia bin, sagte er, werden wir ihn suchen, du zeigst ihn mir, und ich kümmere mich darum. *Samo da go widja i do tam*. Es war klar, dass seine Krankheit, was auch immer er genau hatte, ihn nicht davon abhielt, sich auf Prügeleien einzulassen, von denen ich annahm, dass er sie genoss; über seinem linken Auge klaffte eine Wunde, die nicht älter als ein, zwei Tage sein konnte, der Riss in der Haut war noch nicht geheilt. Ich versuchte hinauszuzögern, was nun passieren würde, versuchte, mich im Zimmer einzurichten und meine Sachen zu arrangieren, aber seine Anwesenheit war zu viel für mich, ich ging zu ihm hinüber und berührte ihn, und er legte seine Hand um meinen Hals und drückte mich nach unten, knöpfte dann seine Hose auf und befreite sich aus ihr, während er mit der anderen Hand noch den iPod festhielt. Erst als ich mich wieder aufrichtete und ihn am Arm zum Bett zog, legte er das Gerät beiseite und gab sich mir etwas mehr hin, auch wenn er weiterhin abwesend wirkte und immer wieder auf den Fernseher schaute. Als ich ihn fragte, was los sei, zuckte er nur mit den Schultern und antwortete, dass er am Nachmittag schon Sex gehabt habe, was mir wie ein Vertragsbruch erschien, obwohl ich keine wirkliche Grundlage dafür hatte, mich zu beschweren. Ich ließ von ihm ab, legte mich an seine Seite und dachte nicht zum ersten Mal darüber nach, wie hilflos Begehren außerhalb des kleinen Theaters sexueller Inbrunst doch war, wie lächerlich es wirkte, sobald es nicht erwidert wurde oder die Erwiderung gespielt war. Mitko lag nackt an meiner Seite, die Arme hinter dem Kopf verschränkt, doch er berührte mich nicht und reagierte auch nicht auf meine Berührungen, sein Schwanz lag halb erigiert auf seinem Bauch. Er gewährte mir Zugang, aber er war nicht wirklich anwesend, und schließlich ließ ich mich auf den Rücken fallen und brachte es mit geschlossenen Augen, konzentriert auf die Wärme, die dort zirkulierte, wo unsere Körper sich berührten, selbst zu Ende.

Am nächsten Morgen wachte ich früh auf und ging allein spazieren. Die Sonne ging gerade auf, der Wind war frisch und kühl und mit dem Geschmack von Salz durchsetzt. Mitko hatte gesagt, dass das Hotel nahe am Meer lag, und als ich von unserer Straße auf den Platz bog, musste ich nach Luft schnappen, als ich sah, dass der Horizont vom Wasser markiert wurde, prachtvoll in Szene gesetzt durch die Säulen des Eingangs zum Meeresgarten. Schnell verlor ich mich in dem großen Park, ging Wege entlang, die scheinbar zum Wasser führten und dann doch in eine andere Richtung abbogen. Ich mochte die Stille am Morgen und die Abgeschiedenheit, die ein Resultat der Parkanlage zu sein schien, oder besser gesagt den Wechsel von Abgeschiedenheit und Gesellschaft, den sie mit ihren engen, von Bäumen gesäumten Wegen initiierte, die unvermittelt zu kleinen Plätzen mit Bänken führten, von denen man aufs Meer schaute, das endlos und grau war und dessen Oberfläche ohne Unterlass von Möwen durchstoßen wurde. Nach der Trostlosigkeit der Landschaft, die ich am Tag zuvor gesehen hatte, berührte es mich, an einem Ort zu sein, der so deutlich mit einem Sinn für Schönheit erschaffen worden war. Allein die Anordnung der Wege, ihre scheinbare Ziellosigkeit, schien die bloße Zweckmäßigkeit der Gebäude, an denen wir mit dem Bus vorbeigefahren waren, in die Schranken zu weisen. Der Park war kurz nach der Befreiung Bulgariens von der osmanischen Herrschaft gebaut worden, und entlang der Wege stieß ich immer wieder auf Denkmäler für Revolutionäre und Schriftsteller. Einige der Namen waren mir vertraut, die dazugehörigen Biografien dagegen nicht, sodass es sich anfühlte, als würde ich durch eine seltsam lyrische Version der Vergangenheit spazieren, ohne die üblichen Erzählungen von Triumph und Verlust. In den dunklen und verwilderten Ausläufern des Parks stieß ich auf die Zeichen eines anderen Lebens, spielerisch und geheim: Zigarettenstummel und Flaschen und gelegentlich die trockene, ausgeweitete Hülse eines Kondoms. Sie lagen wohl seit dem vergangenen Sommer hier, als diese Wege der Schauplatz eines Karnevals gewesen sein mussten, bevölkert von Urlaubern aus ganz Europa, den Jungen und Schönen, befeuert von der Nacht und der Lust und dem allgegenwärtigen Meer.

Und zum Meer zog es mich jetzt nach all den Umwegen. Ein ums andere Mal stieß ich auf Treppen, die von den Aussichtsplattformen zum Strand führten, doch wegen starker Baufälligkeit abgesperrt waren. Mir wurde bewusst, dass ich zurück zum Hotel gehen sollte, wo Mitko jederzeit aufwachen und bemerken konnte, dass ich nicht da war. Als ich schließlich einen Weg fand, der mich aus dem Park hinausführte, überkam mich Enttäuschung. Der Zugang zum Wasser war von einer scheinbar endlosen Gebäudezeile versperrt – Restaurants, Kasinos, Diskotheken, die außerhalb der Saison mit Brettern vernagelt waren, um sie vor dem Meer und dem Wetter und, wie ich annahm, vor dem plündernden Zugriff derer zu schützen, die diese Bretter mit Graffiti bedeckt hatten. Aber als ich endlich einen Weg durch die verbundenen Komplexe gefunden und, wenn auch nicht den Strand selbst, so doch die Straße erreicht hatte, die direkt neben ihm verlief, kehrte ich nach wenigen Augenblicken um. Der Wind, der vom Meer kam und hier nicht mehr von Bäumen oder den Bauten abgefangen wurde, die zuvor meinen Weg verstellt hatten, war zu heftig, um ihn lange zu erdulden. Es zog mich wieder zu den Gebäuden, die nun, da ich ihre andere Seite mit den schrillen Erlebnispark-Fassaden über den zugenagelten Fenstern sah, faszinierend wirkten. Leise hörte ich in einem der Restaurants ein Radio spielen, ansonsten gab es keine Hinweise auf menschliche Präsenz, keine Stimmen, keine Bewegungen, nur Katzen, die sich vorübergehend auf den Dächern eingerichtet hatten, von wo aus sie mich gleichgültig und wachsam beobachteten. Die ganze Gebäudereihe hatte etwas Geisterhaftes an sich, als wäre sie seit Jahren verlassen. Ein Restaurant war nicht mit Brettern verschlagen, warum auch immer, und ich ging die paar Schritte zur Terrasse hoch, um durch die mit Salz und Sand verkrusteten Fenster nach innen zu schauen. Der Betrieb war offenbar auf Kinder ausgerichtet, neben dem Gastraum befand sich ein Spielzimmer mit überlebensgroßen Figuren aus amerikanischen Cartoons, die für einen Ritt mit Münzen gefüttert werden mussten. Sie waren in Plastikbahnen gehüllt, was meinen Blick, der schon durch das Fensterglas unscharf war, noch verschwommener werden ließ. Und während ich diese Figuren anschaute, die ich mit meiner Kindheit verband und die hier grotesk verzerrt vor mir standen, schienen sie zu einer Art gequältem Leben zu erwachen, wie abgeschottete Träger einer Seuche oder Kleinkinder, die unter Plastikhauben erstickten.

Mitko war wach, als ich ins Hotel zurückkehrte, er hatte es sich bequem gemacht und den Fernseher angestellt; er war unbeirrt von meiner Abwesenheit, auch wenn er wissen wollte, wo ich gewesen war, und meine Kamera zur Hand nahm, um sich die Fotos anzuschauen, die ich gemacht hatte. Er kenne jeden Zentimeter des Parks, sagte er und demonstrierte sein Wissen, indem er mir beschrieb, was außerhalb des Kamerawinkels meiner Aufnahmen lag. Am Nachmittag führte er mich durch die Straßen und Plätze der Altstadt und wies mich auf Sehenswürdigkeiten hin, die wie Miniaturen ihrer hauptstädtischen Pendants wirkten: Denkmäler der gleichen Volkshelden, historische, archäologische und ethnografische Museen, römische Ruinen und die Muttergottes-Kathedrale mit ihren vielzähligen Kuppeln. Überall waren Möwen, zahm und neugierig wie Katzen, ihre Schreie erfüllten die Plätze. Mitko hatte Hunger, und wir hielten an einem Imbissstand an, einer Bäckerei, die Käseplunder, Würstchen und Süßigkeiten verkaufte. Als wir in einer kleinen Fußgängerpassage neben der Oper standen und aßen, dauerte es nicht lange, bis uns eine der Möwen behelligte; konzentriert stolzierte sie vor uns auf und ab, öffnete und schloss ihren Schnabel und hob die Flügel an, während sie schrie. Mitko hatte mehr bestellt, als er essen konnte, und er warf dem Vogel etwas hin, der mit den Flügeln schlug und den Essensrest schon in der Luft fing und verschlang, um dann seine Forderung sofort zu erneuern. Es dauerte nicht lange, bis vier oder fünf Vögel um uns herumhüpften und kreischten, sodass es sich anhörte, als würden Türen quietschen. Ich freute mich über die Vögel, und Mitko gab meinem Entzücken Nahrung, indem er sie fütterte, bis nichts mehr übrig war und er zum Zeichen seines Bedauerns die Hände hob. Wir gingen weiter, und Mitko erzählte mir etwas zu den Orten, an denen wir vorbeikamen, dem Restaurant, das er oft mit Julien besucht hatte, dem Schauplatz einer nächtlichen Begegnung, dem *djuner*-Stand, vor dem er während einer betrunkenen Prügelei mit dem Gesicht auf einen Tisch geschlagen war und sich den Zahn abgebrochen hatte. Als es dunkel wurde, schlug er vor, zu den Thermalbädern zu gehen, wo wir trotz der Kälte gemeinsam im Wasser sein könnten. Und er wollte, dass ich sein Zuhause sah, sagte er; am nächsten Morgen würden wir den Bus zu den *blokowe* am Rande der Stadt nehmen, und er würde mich seiner Mutter und seiner Großmutter vorstellen. Die Ankündigung überraschte mich; ich nehme an, dass er mich vorzeigen wollte, einen Ausländer, der an einer berühmten Schule arbeitete, allerdings hatte ich keine Ahnung, wie er unsere Bekanntschaft erklären würde.

Unterwegs begrüßte er ständig jemanden beim Namen, schüttelte Hände, klopfte Männern auf den Rücken wie ein Politiker – eine unerklärbar öffentliche Figur. Er deutete auf mich, stellte mich als amerikanischen Freund vor, woraufhin ich höflich nickte und das Ende der Unterhaltung abwartete. Nach einigen dieser Begegnungen lehnte sich Mitko zu mir und fragte flüsternd, ob wir nicht zu dritt Spaß miteinander haben wollten, er könne das jederzeit arrangieren. Aber ich wollte allein mit Mitko sein, und das sagte ich ihm auch, als wir wieder im Hotelzimmer waren und er mir vorschlug, den

Freund anzurufen, den er *brat mi* nannte und der sich, wie er mir versicherte, genauso sehr über eine Begegnung zu dritt freuen würde wie er selbst. Wir könnten uns im Hotel treffen, sagte er, und dann zusammen zu den Thermalquellen gehen. Es war schon früher Abend, die Dämmerung setzte ein; wir könnten gleich losgehen, sagte er. Aber ich möchte mit dir zusammen sein, sagte ich, nur mit dir, und er lächelte und ließ zu, dass ich ihn aufs Bett zog, wo ich ihm die Schuhe von den Füßen streifte, seine Hose aufknöpfte und sein Hemd. Er lag neben mir und empfing meine Liebkosungen, ab und an richtete er sich auf, um einen Schluck von dem Whiskey zu nehmen, den er sich gleich nach unserer Rückkehr in ein Glas gegossen hatte, trotz seiner Krankheit und trotz seines Vorsatzes, wie er mir verraten hatte, weniger zu trinken. Nebenbei sah er fern, schaltete von einem Kanal zum nächsten, bis er auf einen synchronisierten amerikanischen Film stieß. Es war, als würde er sich davon ablenken, was ich mit ihm machte, sodass ich nicht nur in meiner Sehnsucht gefangen war, sondern auch zum ersten Mal, seit wir uns kannten, das Gefühl hatte, ich würde ihn zu etwas zwingen. Als ich mich von ihm zurückzog, griff er nach unten und begann sich selbst zu streicheln, langsam, fast schläfrig, und auch als er schlaff wurde, behielt sein Arm die gleiche rhythmische Bewegung bei.

Ich lag neben ihm und war doch ausgeschlossen von seiner mechanischen Leibesübung, und erst da fiel mir auf, welchen Film er ausgewählt hatte. Er war jüngeren Datums, ein populäres historisches Drama, das trotz seiner technischen Raffinesse nicht weniger gewalttätig war als der Film, den ich tags zuvor im Bus gesehen hatte. Aber es war eine andere Art von Gewalt, die stärker auf die Erfahrung des Leidens selbst abzielte;

nicht Gewehrfeuer und Explosionen, sondern das Schlagen von Peitschen und das Hacken von Schwertern. Die Bilder zerstörten meine Lust, Mitko aber folgte ihnen, ohne den Blick abzuwenden, weniger aus Enthusiasmus, so schien es, als aufgrund jener seltsamen Trägheit, die ihn auch die Hand unter seiner Gürtellinie mechanisch bewegen ließ. Lass uns umschalten, sagte ich, wir können doch etwas anderes schauen, doch er murrte, er sehe sich das gerade an, es sei interessant und er wolle wissen, wie es weiterginge. Der Film handelte von historischen Ereignissen, die ich aus der Schule kannte, ich hatte von ihnen als Kind gehört und später noch einmal, als ich den Horror, der mit ihnen einherging, besser verstand; ich wusste, wie es weiterging, und wollte nicht in die geballte Hilflosigkeit auf dem Bildschirm hineingezogen werden. Ich wollte, dass er aufhörte, sich zu diesen Bildern einen runterzuholen, auch wenn es nicht so wirkte, als würde er das tun; die beiden Tätigkeiten – sein starrer Blick und die stetige Bewegung seiner Hand – schienen getrennt voneinander abzulaufen, obwohl dieselbe Trägheit sie auszeichnete. Willst du das nicht lassen, sagte ich, du musst jetzt nicht zum Ende kommen, ich benutzte den bulgarischen Euphemismus *swarschisch*, der genauer, aber weniger hoffnungsvoll ist als unser Verb, *to come*, kommen, dessen Offenheit ich bevorzuge. Warte doch noch. Aber er wollte nicht warten, er sagte, er sei kurz davor, obwohl seine Bewegungen immer noch keine Dringlichkeit hatten und ihre Geschwindigkeit sich nicht veränderte. Eine Viertelstunde lang lag ich so da, schaute ihn und die Bilder im Fernseher an und spürte, wie der Gedanke sauer in mir aufstieß, dass ich gefangen war. Er brachte es schließlich zum Ende, und erst da berührte er mich, griff im letzten

Augenblick nach mir, schob meinen Kopf nach unten und füllte meinen Mund, was sich weniger wie ein erotischer Akt als wie etwas Zweckmäßiges anfühlte, als ginge es schlicht darum, sich zu säubern. Seine Trägheit verschwand nun, er schien zufrieden mit sich zu sein, erfüllt von überschwänglicher Energie. Das dritte Mal heute, sagte er, während er den Fernseher ausschaltete und sich grinsend zu mir wandte, und dann, als er die Verwirrung auf meinem Gesicht sah, erklärte er mir, dass er sich es am Morgen während meines Spaziergangs im Meeresgarten zweimal besorgt hatte. Wie meinst du das, fragte ich überrascht, und noch während ich sprach, verwandelte sich meine Überraschung in etwas anderes, und der Unterton ließ Mitko wachsam werden. Was ist, sagte er, während er sich vom Bett erhob und sich auf einen Stuhl neben dem Bett setzte und eine leere Zigarettenpackung aufhob, die er verärgert zusammenknüllte und zur Seite warf. Er griff zu seinem Glas, aber auch das war leer, und er musste es aus der Flasche, die auf dem Fußboden stand, nachfüllen. Bist du sauer auf mich, fragte er, aber ich war nicht sauer, was ich fühlte, war keine Verärgerung, jedenfalls noch nicht. Warum, fragte ich, warum machst du es dir allein, wenn du weißt, wie sehr ich es will? Ich konnte es nicht besser ausdrücken, ich war gezwungen, unverhüllt zu sprechen in seiner Sprache, ohne meine üblichen Schutzmechanismen. Aber du warst nicht da, sagte Mitko, ich bin aufgewacht, und du warst weg, ich wusste nicht, wo du warst oder wann du zurück sein würdest, warum sollte ich warten – an dieser Stelle lächelte er und hob die Hände in die Luft, um die Stimmung aufzuhellen –, ich bin ein Mann, und ich bin jung, ich kann nicht warten, so viel Kontrolle habe ich nicht über mich.

Ich reagierte nicht auf sein Lächeln. Ich bin den ganzen Weg von Sofia hergekommen, sagte ich, ich habe das Hotelzimmer bezahlt, unser Essen, alles, ich bin hergekommen, um bei dir zu sein, um Sex mit dir zu haben – und hier unterbrach mich Mitko, als habe er mich bei etwas ertappt, das er zu seinen Gunsten auslegen konnte. Es geht dir also nur um Sex, sagte er, für mich bist du ein Freund, und wieder benutzte er das Wort *prijatel*. Ich habe das Hotel gebucht, sagte er, ich habe an der Bushaltestelle auf dich gewartet, obwohl es regnete, und jetzt habe ich Halsschmerzen und fühle mich krank. *A ne e li wjarno*, stimmt das etwa nicht, sagte er herausfordernd. Dann hielt er inne und nahm einen Schluck aus seinem Glas, als würde er sich für eine unvermeidliche Auseinandersetzung wappnen. Ich habe das gemacht, weil wir befreundet sind, sagte er, das sind Dinge, die Freunde füreinander tun, mir geht es nicht nur um Sex. Hier stockte er, als habe er begriffen, dass er zu weit gegangen war, dass er die Fiktion unserer Beziehung zu sehr belastet hatte und ihr dünnes Eis nun unter seinen Füßen wegzubrechen drohte. Aber wir sind nicht auf diese Art befreundet, sagte ich, während Mitko noch einen großen Schluck nahm. Wir bekommen beide etwas, fuhr ich fort, und das Unverblümte meines Bulgarisch war nun ein Werkzeug, das ich bewusst einsetzte: Ich bekomme Sex, sagte ich, du bekommst Geld, das ist alles. Doch nun war ich zu weit gegangen, also versuchte ich meine Worte abzumildern: Ich mag dich, sagte ich, ich verbringe gerne Zeit mit dir, *skap si mi*, sagte ich, du bedeutest mir etwas, du bist schön. Aber Mitkos Gesichtsausdruck hatte sich verhärtet. Er setzte das Glas ab und legte seine Hände auf die Knie. Wann habe ich jemals Nein zu dir gesagt, fragte er, und es stimmte, selbst wenn er den Sex hinausgezögert oder mich vertröstet hatte, er hatte immer nachgegeben, sich nie komplett verweigert. Dein Problem ist, dass du nicht weißt, was du willst, sagte er, du sagst erst das eine und dann das Gegenteil. Ich wusste, dass er recht hatte, nicht nur, was unsere Beziehung betraf; ich spüre immer eine Ambivalenz in mir, die mich erst in die eine, dann in die andere Richtung treibt, eine Schwäche, die viel Schaden verursacht hat. Ich stellte nicht in Abrede, was er sagte, ich nickte sogar zustimmend, was seine Stimmung nur noch verdunkelte. Ich bin da anders, fuhr er fort, ich stehe zu meinem Wort, wenn ich sage, dass ich genug von dir habe, habe ich genug von dir, ich werde meine Meinung nicht ändern, und wenn wir uns wiedersehen sollten, wenn wir uns auf der Straße begegnen oder im NDK, in Plowdiw oder in Warna, egal wo, werde ich so tun, als würde ich dich nicht kennen, ich werde dich nicht einmal grüßen. Ist das etwas, was du willst, fragte er, und ohne meine Antwort abzuwarten, fügte er hinzu: Überleg es dir gut. Er strahlte nichts Spielerisches mehr aus, nichts Warmes; obwohl er nackt vor mir saß, war er in unerreichbare Ferne gerückt. Hoffentlich bist du dir sicher, sagte er, hoffentlich sagst du das, was du meinst. Aber wie kann ich sagen, was ich meine, dachte ich, wenn das, was ich meine, mir selbst so völlig ungreifbar ist?

Ich schaute ihn an und sagte kein Wort, betrachtete nur seinen Körper auf dem Stuhl; ich zögerte meine Antwort hinaus, zugleich aber nahm ich Abschied, ich prägte mir seinen Anblick ein und spürte bereits das Bedauern. Er sah, wie ich ihn anschaute, und füllte sein Glas nach, zum dritten oder vierten Mal innerhalb weniger Minuten, was man ihm mittlerweile anmerkte; und wieder kam mir der Gedanke, beunruhigender als zuvor, dass er sich für etwas wappnete, was bevorstand. Und, sagte er, wie entscheidest du dich, und obwohl ich einer Entscheidung nicht näher gekommen war, spürte ich den Druck, ihm im gleichen Modus zu antworten, einen Druck, für den ich dankbar war, weil er mich davon befreite, eine Entscheidung treffen zu müssen. Ja, sagte ich daraufhin, ich glaube, das ist das Beste, aber dabei beließ ich es nicht; es tut mir leid, sagte ich, es tut mir leid, und dann: Es macht mich traurig, *tashno mi e*. Er sah mich schweigend an, stand dann auf und begann, seine Kleidungsstücke zusammenzusuchen, er bewegte sich zielstrebig, stand aber nicht mehr sicher auf den Füßen. Was, wenn ich ein anderer wäre, sagte er, und ich hörte die Anspannung in seiner Stimme, er sprach schneller, und ich musste mich anstrengen, ihn zu verstehen, was, wenn ich ein anderer Mensch wäre, wenn ich wie der Typ wäre, der dich bestohlen hat, hast du darüber mal nachgedacht? Hast du dir das überlegt, als du mich mit zu dir nach Hause gebracht hast? Er starrte mich wieder an und sah plötzlich anders aus, trug ein Gesicht, das ich nicht kannte, das immer fremder wurde und mich mit jedem seiner Sätze mehr verunsicherte. Ich hätte irgendwer sein können, ich hätte dich ausrauben können, deine Kamera und dein Telefon, ich hätte deinen Computer klauen und dir wehtun können. Hast du darüber mal nachgedacht, fragte er wieder, machte eine Pause und schaute mich weiter mit seinem neuen Gesicht an, einem Gesicht, das zu jedem dieser Dinge fähig schien, und ich fragte mich, ob es ein Gesicht war, das er gerade selbst an sich entdeckte, oder eines, das er die ganze Zeit versteckt hatte.

Ich stand auf, ich hatte das Gefühl, mich gegen ihn behaupten und mich vor meine Habseligkeiten stellen zu müssen, die in einer Ecke des Zimmers lagen; ich fühlte mich bedroht von Mitko, und das war es, was er wollte. Zunächst schien es, als zeigte es Wirkung, als würde er den Rückzug antreten. Aber so ein Mensch bin ich nicht, sagte er, doch es war alles andere als ein Rückzug, es war die Eröffnung eines neuen Themas. Ohne mich hättest du diese Sachen gar nicht mehr, fuhr er fort und trat nah an mich heran, niemand hätte sie stehlen müssen, du hättest sie im Bus gelassen, und erneut machte er eine Inventur dessen, was ich besaß, was ich mit nach Warna gebracht hatte und was ihm ein paar hundert Lewa in den hiesigen Pfandleihhäusern einbringen würde. *Ne e li wjarno*, sagte er wieder und steigerte sich in die Idee hinein, ohne mich hättest du sie ohnehin verloren, du schuldest mir etwas, und er verlieh dieser Behauptung mit einer Berührung Nachdruck, einer nicht unbedingt feindseligen, aber dennoch bestimmten Berührung, er legte seine Hand auf meine Schulter und drückte, wie um zu erproben, ob ich nachgeben würde. Und währenddessen hielt er sein Gesicht, sein neues Gesicht, nahe an meines, und ich fühlte die Angst kommen wie eine elektrische Ladung, ein Kribbeln entlang meiner Nervenbahnen. Mitko, sagte ich sanft und, so hoffte ich, mit Bestimmtheit, ich sprach seinen Namen aus, als wollte ich damit das Gesicht zurückholen, das ich kannte, Mitko, du solltest jetzt gehen, es ist Zeit, dass du gehst. Er lächelte, als er das hörte, erheitert weiteten sich seine Augen, und er trat einen halben Schritt zurück, ist es wirklich Zeit, dass ich gehe, fragte er, meine Worte wiederholend, ja? Und er drehte sich halb weg und gab einen Laut von sich, *ha*, einen Laut der Verwirrung und der fortwährenden Erheiterung, kein wütender Laut, und als er sich wieder zu mir drehte, schwang er seinen Arm in einem weiten Bogen und schlug mir mit dem Handrücken ins Gesicht, einmal nur und nicht sehr stark, und ich fiel aufs Bett zurück, weniger durch die Wucht des Schlages als aufgrund des Schocks, des Schocks und jener instinktiven Passivität, mit der ich schon immer auf Gewalt reagiert habe. Wir erstarrten, ich auf dem Bett und er davor, als würden wir beide darauf warten, was als Nächstes passiert. Ich hatte nun wirklich Angst, unmittelbar und körperlich, und seltsamerweise bezog sich die Angst sofort auch auf Ereignisse, die in der Zukunft lagen, ich fragte mich, wie stark meine Prellungen sein würden und wie ich sie meinen Studenten erklären sollte. Ich sah Mitko an, und er wirkte, als sei er überrascht von dem, was er getan hatte, als fürchte er sich davor, was er als Nächstes tun würde. Er stand nur für einen Augenblick so da, dann machte er einen Satz nach vorne und warf sich auf mich, und ich musste zusammengezuckt sein, musste meine Augen geschlossen haben, doch es war kein Schlag, den ich auf meinem Gesicht spürte, sondern sein Mund, seine Zunge, die meinen Mund suchte, den ich ohne nachzudenken öffnete. Ich ließ zu, dass er mich küsste, doch seine Zunge in meinem Mund fühlte sich nicht an wie bei einem Kuss, sie drückte keine Zärtlichkeit oder Lust aus, sondern Gewalt, so wie das Gewicht seines Körpers, mit dem er mich aufs Bett drückte, während er erst seine Brust und dann seinen Schritt an mir rieb; schließlich griff er mit einer Hand zwischen meine Beine, kein schmerzhafter, ein gebieterischer Griff, und ich nahm mir vor, einfach geschehen zu lassen, was immer nun geschehen würde. Doch nichts geschah, er lag auf mir, war unerträglich nah, dann sprang er auf und verschwand, ohne ein weiteres Wort zu sagen und ohne etwas mitzunehmen, auch wenn er natürlich alles hätte nehmen können, was er wollte.

Ich lag da und fühlte die Angst, die sich in seiner Abwesenheit noch verstärkte, sodass ich mich eine, vielleicht auch zwei oder drei Minuten lang nicht bewegen, nicht dazu durchringen konnte, wenigstens die Tür zu schließen. Wie aus der Entfernung nahm ich meinen schnellen Atem und den Schmerz wahr, kein besonders starker Schmerz, vielleicht würde es nicht einmal einen blauen Fleck geben, für den ich eine Erklärung finden müsste. Schließlich hievte ich mich aus dem Bett, überrascht davon, wie wackelig ich auf den Beinen war, obwohl so wenig passiert war; alles in Ordnung, sagte ich mir, ich bin in Sicherheit. Als ich jedoch die Tür schloss, begriff ich, dass ich nicht in Sicherheit war, der dünne Metallriegel zwischen den beiden hölzernen Türflügeln konnte ohne großen Kraftaufwand aufgebrochen werden, er bot so gut wie keinen Schutz. Auch die Riegel an den Fenstern waren nicht solide, ein Schlag würde genügen, um sie zu öffnen. Es waren große Fenster, groß genug, um ins Zimmer zu klettern, und da einige zur Straße rausgingen, müsste man nicht einmal den Innenhof betreten, um sich Zugang zu verschaffen, jeder könnte den Wachmann umgehen, der dort in seinem Glasvorbau schlief. Ich hielt inne, schaute mir die Fenster genauer an, und ich stellte fest, dass jeder, der durch die kurzen Vorhänge hereinspähte, mich sehen konnte. Die Krise ist nicht überstanden, dachte ich und benutzte in Gedanken dieses Wort, Krise; ich hatte allen Grund zur Angst. Wie erstarrt stand ich da, ich klebte förmlich am Boden, ein Gefühl, das ich aus meiner Kindheit kannte, als ich nur mit Reglosigkeit auf die panische Furcht reagieren konnte, die mich nachts oft befiel. Alles, was ich tun konnte, war, nach den Lichtschaltern zu greifen und das Licht zu löschen, und so lauschte ich auf Geräusche von draußen und hatte dabei wieder Mitkos Gesicht vor Augen, sein, wie ich jetzt annahm, wahres Gesicht. Er hatte unsere Reise so sorgsam geplant; vielleicht hatte er dieses Hotel nicht wegen des Preises oder der Nähe zum Strand ausgesucht, sondern aus ganz anderen Gründen, weil man sich so einfach Zugang verschaffen konnte, weil die Schlösser so unzulänglich waren. Ich dachte an die Freunde, die er mir vorgestellt hatte und von denen er wollte, dass ich sie zu uns ins Hotel einlud, wo ich, wie mir nun klar wurde, völlig ungeschützt gewesen wäre; ich dachte an den Mann, den er *brat mi* nannte und der so ergeben gewirkt hatte in den Toiletten des Kulturpalastes, bereit, Mitko jeden erdenklichen Dienst zu erweisen. Wahrscheinlich liefen sie gerade dort draußen herum, bis Mitko entschied, dass der richtige Moment gekommen war. Jeder seiner Vorschläge kam mir nun wie eine Falle vor, die Einladung in die Thermalbäder, sogar sein Wunsch, mir sein Zuhause in den *blokowe* zu zeigen; überall dort hätte Mitko sich in eine jener hypothetischen Personen verwandeln können, die er aufgelistet hatte, oder in alle gleichzeitig.

Ich war überzeugt, dass ich in diesem Zimmer keinen Schlaf finden würde, also suchte ich meine Sachen zusammen und ging in den Innenhof. Der Hotelangestellte kam mir entgegen; es war derselbe Mann, der Mitko am Abend zuvor so herzlich begrüßt hatte, ihm war sicherlich aufgefallen, dass er gegangen war. Er wirkte beflissen, als ich ihm sagte, dass ich mein Zimmer wechseln wollte, auch wenn er fragte, warum; *ne me i udobno*, sagte ich, ich fühle mich dort nicht wohl, zu mehr war ich nicht fähig. Er zuckte mit den Schultern und lächelte, dann führte er mich zu einem sehr viel kleineren Raum mit nur einem Fenster, das auf den Innenhof blickte, fast direkt gegenüber seinem Häuschen. Er half mir, meine Sachen in das neue Zimmer zu bringen, vergewisserte sich, dass ich zufrieden war, und sah mich erwartungsvoll an, so als wüsste er, dass ich mehr sagen wollte. Der Mann, der mich begleitet hat, brachte ich glühend vor Scham hervor, darf nicht wieder zu mir kommen, er ist nicht willkommen, wir sind nicht befreundet. An dieser Stelle hellte sich das Gesicht des Mannes auf, es lag nicht Häme oder Verachtung darin, wie ich befürchtet hatte, sondern Verständnis und unerwartete Anteilnahme. Ich kann Sie völlig verstehen, sagte er, machen Sie sich keine Sorgen, ich halte die Augen offen, und sollte er hier auftauchen, sorge ich dafür, dass er Sie nicht belästigt. Er schwieg einen Augenblick und sagte dann, es ist eine Schande, dass es solche Menschen auf der Welt gibt, man muss so vorsichtig sein – man bezahlt sie, man hat seinen Spaß, und dann sollten sie gehen, doch manchmal gehen sie nicht, sie wollen mehr, als vereinbart war. Es ist eine Schande, sagte er noch einmal nach einer kurzen Pause, als klar war, dass ich nichts hinzufügen würde; ich war gelähmt vor Schmach und wollte nur, dass er ging. Aber machen Sie sich keine Sorgen, sagte er, als er die Tür öffnete, das hier ist ein gutes Zimmer – und er griff nach den Vorhängen und zog sie so vor das Fenster, dass sie es völlig verdeckten –, Sie sind sicher hier, keine Sorge. Als er endlich weg war, verschloss ich die Tür und legte mich aufs Bett; ich war erleichtert, aber auch verärgert darüber, einer solchen Begegnung ausgesetzt worden zu sein, ein Ärger wie das trockene Knirschen eines Getriebes. Vielleicht kannte Mitko diesen Ärger, dachte ich plötzlich, vielleicht kannte er ihn besser als ich. Ich schloss die Augen, doch es sollte noch lange dauern, bis ich Schlaf fand.

Ich erwachte früh am nächsten Morgen. Das Licht, das an den Rändern der Vorhänge in den Raum sickerte, wirkte unheimlich, und als ich die Vorhänge zur Seite schob, sah ich, dass die Luft voller Schnee war, feine Flocken, die nicht liegen blieben. Im Badezimmer untersuchte ich mein Gesicht, drehte es ins Licht und wieder zurück und war erleichtert, dass kaum etwas von der Auseinandersetzung zu sehen war. Ich trat aus dem Zimmer, winkte dem Wachmann zu, der das Ende seiner Schicht erreicht haben musste, und ging zum Meeresgarten, ich wollte das Wasser noch einmal sehen. Dieses Mal war der Park nicht menschenleer, trotz der Uhrzeit und trotz des Schnees; ich traf auf ältere Paare, die zügig die Wege entlangspazierten, Männer mit Hunden, sogar Radfahrer; sie alle suchten die morgendliche Bewegung am Meer. Gleich links hinter dem Eingang lag ein großer Gebäudekomplex mit einem Kasino, aus dessen Tiefen die treibenden Rhythmen von Tanzmusik drangen; dort musste sich eine Disco befinden, in der selbst außerhalb der Saison der Anbruch des neuen Tages aufgeschoben wurde. Ich wollte zum Wasser, wollte es nicht nur sehen, sondern ihm nahe sein, seine schauerliche Kälte wenn schon nicht spüren, so doch wenigstens imaginieren. Und so durchquerte ich den Park zielstrebiger als zuvor, vermied verschlungene Wege, so gut es ging, und als ich die Häuserzeile mit den Bars und Hotels erreichte, machte ich nicht halt, sondern überquerte die Straße und hielt mein Gesicht in den Wind, obwohl er stechend war und voller Schnee. Drei lange Molen griffen vom Strand ins Meer und gabelten sich am Ende wie die Verästelungen einer Schneeflocke in einer Kinderzeichnung. Ich ging zu einem dieser Dämme, der im Gegensatz zum Park völlig verwaist war, auch das Meer selbst war leer bis auf die Möwen und zwei riesige Tanker, die unbewegt weit draußen am Horizont lagen. Am strandseitigen Ende der Mole stand eine große Steinskulptur, zwei Figuren in Roben, die sowohl Mönche als auch Seeleute hätten sein können und sich zu umarmen schienen, wobei sie in verschiedene Richtungen schauten, die eine aufs Meer hinaus, die andere zum Land, ein Abbild unvereinbaren Begehrens. Der Stein sah pockennarbig aus, abgeschliffen von der rauhen Luft. Ich ging die Mole entlang, die von Steinobjekten gesäumt war, die mich an die Astragal-Spielsteine aus einem Würfelspiel erinnerten, das ich als Kind gespielt hatte, schützende Gebilde gegen das mächtige Element des Meeres. Ich ging bis zum Ende des Damms und trat an den Rand, betrachtete die Steine und den weißen Schaum, der zwischen ihnen aufwallte. Ich spürte, wie die Kraft des Wassers sie traf, spürte die Unerschütterlichkeit ihres Widerstands oder dessen, was wie ein Widerstand schien und doch nur ein sehr langsames Nachgeben war. Der Schnee ließ nun nach, aber es stürmte noch immer, und der Wind schleuderte die Vögel hin und her, peitschte das Meer. Schon spürte ich Reue anschwellen, noch war sie fern und abstrakt, doch bald schon würde sie alles überfluten, ich wusste, es würde schlimm werden, und während ich dem bewegten Meer zusah, begann ich mir Vorwürfe zu machen. Oh, was habe ich nur getan, dachte ich voller Bitterkeit. Ich stand dort, bis die Kälte unter meine Kleidung kroch und mein Gesicht taub wurde, dann drehte ich mich um, ging zurück zum Strand und stampfte dabei ein wenig mit den Füßen, um mein träges Blut wieder in Wallung zu bringen.

II EIN GRAB

Ich war mitten im Satz, als es an der Tür klopfte und eine Frau wortlos meinen Seminarraum betrat. Ich kannte sie natürlich, sie arbeitete im Sekretariat der Schule, aber etwas in ihrem Auftreten ließ mich zögern, bevor ich sie begrüßte, vielleicht war es ihr Schweigen oder die merkwürdig formelle Art, mit der sie einen einzelnen, glatten Bogen Papier vor sich hertrug, und so war der Raum, in dem der nicht beendete Satz noch nachklang, während sie auf mich zukam, von einer seltsam aufgewühlten, unruhigen Atmosphäre erfüllt. Die Studenten waren munter geworden, als sie das Klopfen hörten, was nicht hieß, dass sie gelangweilt gewesen wären, sie begrüßten vielmehr jede Art von Störung, insbesondere, wenn sie die Verheißung eines heimlichen Dramas barg wie in diesem Moment, als die Frau – mit der ich sogar ein wenig befreundet war, die immer nett zu mir gewesen war und die sicherlich auch jetzt dachte, sie täte mir etwas Gutes – mir mit schnellen, gedämpften Bewegungen übergab, was sie in der Hand hielt. Ich war völlig durcheinander, unbeholfen stand ich mit dem Papier in der Hand vor meinen Studenten, vor denen ich Augenblicke zuvor noch frei, ja eloquent gesprochen und Gedanken ausgebreitet hatte, die ich irgendwann einmal als brennend empfunden hatte und die mittlerweile zur Routine geworden waren, Teil eines öden Repertoires. Es war Mitte September, das Semester hatte gerade begonnen, die Morgensonne strahlte direkt in den Raum mit seinen hohen Decken, der beinahe unerträglich heiß war, obwohl wir die Fenster geöffnet hatten. Ich spürte das Verlangen, den Blick aus diesen

Fenstern schweifen zu lassen, weg von dem Blatt in meiner Hand, auf die Bäume und das dahinter liegende Feld, die Straße und – auch wenn man nur ein Stück davon sehen konnte – den Berggipfel jenseits der langgestreckten Regierungsgebäude. Aber natürlich schaute ich auf das Blatt, eine E-Mail, adressiert an die Schule, ausgedruckt von meiner Bekannten oder Freundin, um sie mir zu überbringen. Sie stand neben mir, während ich las, noch immer hatte sie nichts gesagt, und ihr Schweigen inspirierte oder zwang auch die Studenten, die ihr Interesse kaum zurückhalten konnten, zur Stille. Sie spürten, dass es eine Nachricht von Gewicht war, die vielleicht eine gewisse Freiheit mit sich bringen würde oder zumindest eine Unterbrechung des Gewohnten. Und so war es auch; es würden an diesem Tag keine Seminare mehr stattfinden oder zumindest keine, die von mir geleitet wurden. Mein Vater, las ich, war plötzlich schwer erkrankt; er schwebte in Lebensgefahr, es bestand die Möglichkeit, dass er bald sterben würde, und er hatte den Wunsch geäußert, dass ich ihn besuche, obwohl wir seit Jahren nicht mehr miteinander gesprochen hatten. Ich las, und dann schaute ich die Frau hilflos an, unfähig, etwas zu sagen. Sie griff nach meiner Hand und sagte: Geh einfach, es ist in Ordnung, ich bleibe bei ihnen, deshalb bin ich hier, und wie immer sprach sie Bulgarisch vor den Studenten, sie schämte sich für ihr Englisch. Ich schaffte es wohl, ihr zu danken, und murmelte so etwas wie eine Entschuldigung, dann ließ ich den Raum, die Frau, die vor Neugier brennenden Studenten und den Satz, der nun niemals wiederaufgenommen werden würde, hinter mir; ich ging die weite Treppe hinunter und trat hinaus in den sengenden Tag. Obwohl der Herbst schon begonnen hatte, kam die Sonne mit der Wucht von Kirchenglocken auf die Straße nieder, das Gras war trocken, die Bäume schienen unter ihrer Borke zu verdorren; doch ich bemerkte die Hitze kaum, ich ging, ohne nachzudenken. Ich muss an den majestätischen, leicht beschädigten Gebäuden der Schule vorbeigegangen sein, an den sowjetischen Häuserblöcken der Polizeischule, ihrem Tor mit den Wachmännern und den im Schatten zusammengerollten Hunden; ich muss dort entlanggegangen sein, doch ich kann mich nicht daran erinnern. Es waren andere Bilder, die auf mich einstürzten, Szenen einer Kindheit, an die ich seit Jahren nicht mehr gedacht hatte, die ich zu vergessen versucht hatte, und nun kehrten sie alle auf einmal zurück, zu schnell, um sie zu verarbeiten. Erst als ich den Malinow-Boulevard erreicht hatte, die zentrale Verkehrsader der Stadt, wo die Autos elendig aufgereiht in der Hitze feststeckten, beruhigte sich die Prozession der Bilder und löste sich in unterscheidbare Szenen jenes Lebens auf, das ich hinter mir gelassen hatte. Ich sah die Farm meiner Großeltern, meinen Vater, auf einem Stück Land liegend, das als Weide genutzt wurde, und mich selbst neben ihm. Es war spät, und ich glaube, es war Sommer, der Abend war kühl, aber ich spürte, wie vom Boden noch die Wärme des Tages ausging, spürte sein langes Ausatmen. Ich erinnere mich daran, wie frei ich mich fühlte, so spät noch wach, lange nach meiner üblichen Schlafenszeit, und auch mein Vater war frei, hatte er doch ausnahmsweise die Arbeit niedergelegt, die seine Tage und Nächte füllte. Er hatte als Einziger seiner Familie eine Universität besucht; für sein Jurastudium war er in die Großstadt gezogen, die zwar nicht weit von seinem Geburtsort und dem meiner Mutter war, aber trotzdem eine andere Welt. Er hasste das Städtchen mit seiner Armut und seinem Schmutz, dem er mit solcher Anstrengung entkommen war, und beschränkte sich auf ein oder zwei Besuche im Jahr; meiner Mutter dagegen war es wichtig, dass wir unsere Herkunft kannten, sie fuhr mit uns häufig zu ihrer Familie. Sie waren Kleinbauern, arm, und ich war sehr gerne bei ihnen, doch mir war bewusst, dass ich ein anderes Leben führte als sie; mein Vater sorgte schon dafür. Wenn mein Bruder und ich am Ende eines Sommers von der Farm heimkehrten und *ain't* und *y'all* sagten wie unsere Verwandten, fuhr er uns mit einer Wut an, die ich nicht verstand; hört auf, so zu reden, sagte er, ich habe euch anders erzogen. Wenn wir uns beklagten, dass er so selten zu Hause war und so viel Zeit im Büro und auf Dienstreisen verbrachte, sagte er, wir sollten dankbar sein und uns glücklich schätzen, dass er so viel arbeitete und uns ein besseres Leben ermöglichte, wir wüssten gar nicht, wie gut wir es hätten. Es kam selten vor, dass er wie in jener Nacht auf der Wiese seine Arbeit ruhen ließ, und ich war noch so jung, dass ich mich als ein Teil von ihm fühlen, ihn berühren und von ihm berührt werden konnte. Es muss Sommer gewesen sein, denn die Nacht war erfüllt von den Geräuschen der Insekten und Frösche, vom leisen Gemurmel der Rinder; sie waren mir vertraut, diese Geräusche, und doch überraschten mich ihre Dichte und ihre Nähe jede Nacht aufs Neue, sie hüllten uns ein wie eine schwere Decke. Es war so dunkel, wie es in der Stadt niemals wurde, und wäre ich allein gewesen, hätte ich wahrscheinlich Angst gehabt, ich war kein furchtloses Kind; aber mein Vater lag neben mir im Gras, sein großer Körper strahlte Wärme aus, seine Hände waren im Nacken verschränkt. Ich machte es ihm nach und lauschte seiner Stimme, die meine Aufmerksamkeit auf die Sterne und ihre Konstellationen lenkte, die ich selbst nie ausmachen konnte, aber deren mal mysteriös, mal heimelig klingende Namen ich mochte; Kassiopeia, sprach ich ihm nach, Großer Wagen, Kleiner Bär. Mein Vater, spürte ich, hatte mich ins Vertrauen gezogen, in das warme, dichte Innerste seines Vertrauens, und so dachte ich ohne Angst über die Sterne und ihr Licht nach, das sie vor Millionen von Jahren versendet hatten und das sich jetzt über uns ergoss, über das Dunkel, durch das dieses Licht gekommen war und in dem es (wie mein Vater sagte) seinen Ursprung hatte; selbst der Gedanke, dass der Stern, der es einst erzeugt hatte, vielleicht längst erloschen war, obwohl uns sein Licht noch Millionen von Jahre lang erreichen würde, ängstigte mich nicht; und vielleicht (die Stimme sprach noch immer, aber wohl nicht zu mir) würde es auf eine Erde treffen, auf der es niemand mehr sah, verwaistes Licht, das auf ödes Land fällt, nachdem die Menschheit ihr Glück woanders gesucht hat oder untergegangen ist. Wahrscheinlich kommt es mir nur rückblickend so vor, dass Sehnsucht in seiner Stimme lag, wahrscheinlich habe ich sie damals nicht gehört, als ich mich – noch jung genug – zu ihm drehte, meine Arme um ihn schlang und mein Gesicht in seiner Brust vergrub und er seine Arme um mich legte und mich festhielt, auch wenn ich spürte, dass er in seinen eigenen Träumen und Betrachtungen versunken war. Und doch höre ich sie, die Sehnsucht, die er gefühlt haben musste, während sich seine Gedanken von mir und unserem gemeinsamen Moment an jenem Ort entfernten, der auf ihn sicher ganz anders wirkte als auf mich, denn dort war das Leben, dem er entflohen war. Als ich aus dem Seminarraum in die Septemberhitze von Sofia lief, war es gerade mal ungefähr sechs Monate her, dass ich vom ganzen Ausmaß sowohl seiner Sehnsucht als auch der

Umstände, denen er entflohen war, erfahren hatte. Meine Schwestern waren mich besuchen gekommen, meine Halbschwestern, die Töchter meines Vaters und seiner zweiten Frau. Sie waren über ein Jahrzehnt jünger als ich, und ich hatte immer eine überwältigende Zärtlichkeit für sie empfunden, die mit dem Neid auf die Liebe konkurrierte, die mein Vater ihnen so offenherzig zeigte. Das galt insbesondere für meine jüngere Halbschwester, G., die von meinem Vater mehr als wir anderen geliebt wurde; schon in ihrer Kindheit war das so gewesen, es hatte ihn glücklich gemacht, wenn sie wie ein Wirbelwind durch das Haus fegte und sich erst beruhigte, wenn er sie einfing und in seinen Armen hielt. G. war es also, die uns eines Abends die Geschichten erzählte, die er ihr irgendwann anvertraut und die ich noch nie gehört hatte – nur gelegentlich schlug etwas in dem, was sie sagte, eine vage vertraute Saite an. Wir hatten uns seit Jahren nicht gesehen, und in der Zwischenzeit war die zweite Ehe meines Vaters in die Brüche gegangen, die mir immer wie das große Glück im Leben meiner Schwestern vorgekommen war. Eine der beiden hatte gerade ihr Studium abgeschlossen, die andere studierte noch, und ihre Erscheinung überwältigte mich; sie waren erwachsen, lebenstüchtig und elegant, sie strahlten eine Kultiviertheit aus, von der ich nicht einmal träumen konnte. Wir waren in meiner Wohnung, in dem Raum, der Wohnzimmer und Küche in sich vereinte, umgeben von den Überbleibseln eines kleinen Abendessens, zu dem wir eingeladen hatten; wir hatten noch eine halbe Flasche Wein, G. saß auf dem Sofa, meine andere Schwester und ich saßen am Esstisch. Wir hatten den Raum fast dunkel werden lassen, nur ein paar Kerzen brannten, und durch die Fenster schien das Licht der benachbarten *blokowe*, die nun, da ihr Betongrau von der Nacht verschluckt wurde, beinahe schön aussahen. Es war mein Geburtstag, wir alle hatten getrunken, G. jedoch so ungezügelt, dass ich mir Sorgen machte. Sie war einige Tage vor meiner anderen Schwester gekommen, und an jedem Abend, den wir beide miteinander verbracht hatten, war sie noch aufgeblieben und hatte weitergetrunken, nachdem ich längst erschöpft zu Bett gegangen war. Etwas Trotziges lag in der Art, wie sie trank, als müsste sie geltend machen, dass sie tatsächlich erwachsen sei, aber auch etwas Verzweifeltes, eine Art Flucht. Ihr Zerwürfnis mit unserem Vater lag noch nicht lange zurück, der Verlust schien sie unter eine Art elektrische Spannung zu setzen; manchmal, wenn sie sprach, meinte ich zu sehen, wie ihr Gesicht vor Schmerz zuckte. Mein ganzes Leben lang habe ich versucht, es ihm recht zu machen, sagte sie an einem unserer Abende zu zweit. Sie sprach mit jener Verwunderung, die so typisch ist, wenn die Betrachtung des Lebens noch das Versprechen von Offenbarungen und Auswegen birgt; nichts, was ich je gewollt habe, sagte sie, habe ich wirklich selbst gewollt. Was mache ich denn jetzt, wie soll ich überhaupt herausfinden, was ich will? Sie war schon immer ehrgeizig gewesen; als Kind hatte sie sich mehr Mühe in der Schule gegeben als wir anderen, sie war eine hervorragende Sportlerin, Klassensprecherin, herausragend in allem, was sie tat. All das stellte sie nun in Frage, alles, was sie bisher getan hatte, was sie sich gewünscht hatte, nicht nur ihre Ambitionen, auch ihre ganz persönlichen Bedürfnisse. Wir hatten nie zuvor über Sex gesprochen, sie war so viel jünger als ich, und ich hatte das Thema immer gemieden, auch wenn sie meine Geschichte zumindest in Ansätzen aus den Gedichten kannte, die ich veröffentlicht und die sie ausfindig gemacht hatte, um sie mit einer Aufmerksamkeit zu lesen, die ihnen sonst selten, wahrscheinlich nie zuteilwurde. Ich wollte es nur hinter mich bringen, sagte sie über ihr erstes Mal, ich war erleichtert, als es passierte, ich wollte keine große Sache daraus machen. Mit vierzehn habe sie sich nachts heimlich aus dem Haus geschlichen, die Jungs hätten eine Straße weiter mit laufendem Motor auf sie gewartet. Sie seien immer älter gewesen, zuerst Typen aus den Klassen über ihr, später College-Studenten, die sie auf Partys kennenlernte. Ich habe ihnen erzählt, dass ich sechzehn oder siebzehn sei, sagte sie, und sie glaubten mir, oder vielleicht taten sie auch nur so, als würden sie mir glauben. Es waren nicht so viele, sagte sie, als sie meine Bestürzung über diese Enthüllungen bemerkte, ich habe auch nicht mit allen geschlafen, ich verbrachte einfach gerne Zeit mit ihnen, ich mochte die Aufmerksamkeit, die sie mir schenkten. Ich weiß nicht, warum ihre Geschichten mich zusammenzucken ließen, ich war so viel schlimmer gewesen in dem Alter, ich hatte Sex in Parks und auf öffentlichen Toiletten gehabt, gefährlichen und wahllosen Sex; vielleicht beunruhigte es mich, dass ihre Geschichte meiner zu ähneln schien, dass wir etwas gemeinsam hatten, wovon ich angenommen hatte, dass es nur mich quälte. Und ich wusste, dass ihr die gefundene Befriedigung bald nicht mehr genügen würde, dass es sie nach anderen, intensiveren Erlebnissen verlangen würde, angetrieben von jenem beschämenden Begehren, das sich auch durch mein Leben zog, das mich selbst in Momenten scheinbaren Stolzes begleitet hatte wie ein bissiger Hund. Auch das, dachte ich, während ich meiner Schwester zuhörte, ging also auf meinen Vater zurück, als sei es eine Erbkrankheit. Wir sprachen über ihn an jenem Abend nach meiner Geburtstagsfeier, so wie immer, wenn wir zusammenkamen; aber ihre Wut war eine andere als früher, ihre Mutter hatte ihnen von der Grausamkeit meines Vaters erzählt, von seinen häufigen Affären und davon, wie alleingelassen sie sich immer gefühlt hatte. Doch G. sagte, sie habe von diesen Affären gewusst, schon lange. Sie sei noch ein Kind gewesen, als sie es herausfand, und schon da geriet ihr Leben durch die Seitensprünge aus dem Lot, waren sie doch der eigentliche Grund für die Angespanntheit zu Hause und die unablässigen Streitereien der Eltern. Sie war dreizehn oder vierzehn, als sie im Cache auf die Websites und Chatrooms stieß, die er besuchte; er hatte sich noch nicht einmal die Mühe gemacht, sie zu verstecken, erzählte sie, es gab keine Passwörter, die sie hätte knacken müssen, sie war darauf gestoßen, ohne danach zu suchen, eher aus Langeweile denn Neugier. Es war sein Computer, aber sie durfte ihn manchmal benutzen, sie bewegte sich also nicht unbedingt auf verbotenem Terrain, als sie auch auf Bilder stieß, die er gespeichert hatte, Hunderte Bilder, wie sie sagte, die Männer mit Frauen zeigten oder Frauen allein. Es war, als habe er die Bilder nach einer Logik der Steigerung geordnet, sie wurden immer obszöner und beunruhigender, kleine Spektakel von Verlangen und Unterwerfung. Sie sei gar nicht auf die Idee gekommen, mit dem, was sie gefunden hatte, zu ihrer Mutter zu gehen, sagte sie; sie war schon vorher in die Gefechte ihrer Eltern eingespannt worden, war der Grausamkeit miteinander kämpfender Erwachsener gegenüber ihren Kindern ausgesetzt gewesen, der eigenen Herabwürdigung zu einer Waffe, einer besonders brutalen Waffe. Mein Vater hatte sie auf seine Seite gezogen, und ihr erster Gedanke war, ihn zu beschützen, und so wusste sie nicht nur, was er tat, sondern war auch darin verwickelt, das war das Wort, das sie benutzte. Aber es war nicht nur das, stellte ich mir vor, ihre Verwicklung bestand nicht nur darin, dass sie seine Geheimnisse wahrte, ihr Fund musste sie auch fasziniert haben. Sie erzählte uns, wie sie die Dateien immer wieder durchsah und gedanklich Buch führte über neu hinzugekommene und gelöschte Bilder, und wie sie bald mehr wollte, wie sie heimlich ein Programm auf seinem Computer installierte, das jede seiner Eingaben speicherte. Was denn, sagte sie, als sie die Überraschung in meinem Gesicht bemerkte, das ist ganz einfach, es gibt Tausende dieser Programme, man muss nur eins herunterladen, und trotz ihrer Geschichte und meiner Besorgnis musste ich lachen. Sie konnte nun seine Spuren verfolgen, sie kannte die Passwörter für alle zugriffsgeschützten Websites, Chatrooms und Dating-Portale, sie konnte sogar Mitschriften seiner Unterhaltungen auf diesen Seiten erstellen, wenn auch nicht der ganzen Unterhaltungen, da sie nur Zugriff auf seine Seite hatte, eine einsame Stimme, die ihre Lust ausbuchstabierte. Sie las sich durch seine Profile, durch die vielen Identitäten, die er erfunden hatte und die alle eine Mischung aus Realität und Ideal waren. Manchmal gab er an, er sei ungebunden, manchmal nannte er ein falsches Alter, in einigen Profilen benutzte er ein Foto, auf dem er zehn Jahre jünger war. Es war lächerlich, sagte sie, wen wollte er damit täuschen, jeder konnte sehen, dass es ein altes Foto war. Eine Seite war speziell für verheiratete Männer, auch dafür gibt es also einen Markt, könnt ihr euch das vorstellen? Auf dieser Seite kam er der Wahrheit über sich und sein Leben am nächsten, er warb dort sogar mit seinen Kindern für sich, ihren Erfolgen, den erstklassigen Universitäten, die sie besuchten, ihren Preisen – all das, was wir getan hatten, um ihm zu gefallen, war dort aufgeführt wie die grotesk aufgestellten Federn eines Vogels beim Balztanz. Aber das, was sie immer wieder an den Computer zurückkehren ließ, sagte sie plötzlich, als wäre ihr wieder eingefallen, was sie eigentlich erzählen wollte, waren die Protokolle, die das Computerprogramm erstellte, die Möglichkeit, jede Eingabe meines Vaters nachvollziehen zu können. Sie las diese Skripte mit einer Mischung aus Faszination und Ekel, vor ihren Augen nahmen die Phantasien meines Vaters Gestalt an; sie vollzog alles nach, sein Flehen, seine Prahlereien, seine Befehle, jede dürftige Zeile seiner Chats, verfasst mit Symbolen und Abkürzungen, eine Sprache im Verfall. Während ich ihr zuhörte, stellte ich mir vor (indem ich mich in ihre Situation versetzte), dass sie gar nicht anders konnte, als gedanklich die fehlende Stimme des jeweiligen Gegenübers zu ergänzen, jene Offerten und Ausweichmanöver zu imaginieren, auf die seine Zeilen reagierten oder die sie hervorriefen, bis es sich irgendwann so angefühlt haben musste, als sei sie selbst zu einem Teil dieser Dramen geworden, wie denn auch nicht? Monatelang verfolgte sie seine Chats, alle paar Tage las sie die neuen Transkripte. Sie hätte wissen müssen, dass es passiert, sagte sie, und eigentlich habe sie es gewusst, wahrscheinlich habe sie nur darauf gewartet, dennoch sei sie überrascht gewesen, als sich herausstellte, dass er eine Unterhaltung offline weiterführte. Er hat eine von diesen Frauen gevögelt, sagte meine Schwester und verzog das Gesicht, er hat nicht nur online herumgemacht. Und sie, die noch immer kein Wort über das verloren hatte, was sie wusste, fühlte sich nun nicht nur verwickelt, sondern schuldig. Die Beziehung zu ihrer Mutter wurde immer schwieriger, sie stritten ständig, und sie empfand zugleich Mitleid für sie und Ekel, keine Ahnung, sagte sie, was überwog. Er habe nie nur mit einer Frau im Kontakt gestanden, immer mit mehreren gleichzeitig. Manchmal war er zuvorkommend, liebenswürdig, aber er konnte auch unhöflich sein, mit einigen Frauen ging er ziemlich grob um, es war, als wäre er für jede ein anderer. So ist es bei mir auch, dachte ich, das war es, wonach auch ich auf solchen Seiten suchte, die parallel laufenden Gespräche, jedes in seinem eigenen kleinen Fenster, die manchmal den ganzen Bildschirm füllten; und bei jedem einzelnen habe ich das Gefühl, vollkommen unaufrichtig und zugleich vollkommen ehrlich zu sein, wie eine Figur in einer Geschichte oder wie die Person, zu der ich werde, wenn ich unterrichte, eine Autoritätsfigur, ein Vorbild. Ich weiß, dass sie alles sind, was ich habe, diese aufgesplitterten Identitäten, dass sie Wahrheit und Lüge zugleich sind, dass jedes Ideal von Ganzheit, nach dem ich mich sehne, nichts als eine Farce ist; aber dennoch bleibt die Sehnsucht danach bestehen, und manchmal ist es, als könne ich einen flüchtigen Blick darauf erhaschen oder sie sogar erleben. Vielleicht täusche ich mich, aber ich glaube, dass ich sie damals auf der Wiese mit meinem Vater gespürt habe, nur wir beide umgeben von der Nacht, und mein Vater war ein wesentlicher Bestandteil dieser Ganzheit, auch wenn er, so stelle ich es mir vor, in seine eigenen Sehnsüchte abtauchte, während er den Sternen nachsann, wie ich es neben ihm auch tat, wobei meine Gedanken wahrscheinlich mehr bei ihm waren als bei den Sternen. Seine Versunkenheit minderte unsere Nähe nicht, im Gegenteil, sie verstärkte sie, sie war ein Zeichen für Verletzlichkeit und Vertrauen, wie bei einem Tier, wenn es einem den Rücken zudreht. Ich tauchte aus meinem

Gedankenstrom auf und sah, dass ich mich in einer kleinen Straße inmitten der *blokowe* befand, die links und rechts von mir zwölf oder dreizehn Stockwerke emporragten, ganze Straßenzüge lang; ihre Ausdruckslosigkeit wurde nur durch Graffiti aufgebrochen und weiter oben von den gespannten Leinen, an denen Wäsche trocknete, von Rissen und Stellen, an denen die Fassade abgeplatzt war. Während ich mich zwischen den Gebäuden und den Autos entlangschlängelte, die so geparkt waren, dass sie mit ihren Stoßstangen fast die Wände berührten, wie Kätzchen an der Brust ihrer Mutter, schaute ich durch die Fenster in die dämmrigen Wohnschachteln hinein, die identisch waren in Auslegung und Größe und dennoch niemals gleich aussahen. Ich ging zügig und konnte nur flüchtige Blicke erhaschen, aber jede Wohnung hatte ein besonderes Merkmal, einen Blumenkasten oder gemusterte Vorhänge oder kleine Windspiele aus buntem Glas, die das Licht einfingen; jede offenbarte den Versuch, Schönheit herzustellen, oder zumindest ein Zeichen von Achtsamkeit. Fast alle Räume waren verlassen, nur in einigen sah ich einsame Figuren, alte Männer oder Frauen, manche gingen konzentriert einer Tätigkeit nach, die meisten aber saßen einfach da und fächelten sich Luft zu, schauten auf ihre kleinen Fernsehapparate oder nur vor sich hin, das Gesicht auf das Fenster gerichtet, an dem ich vorüberging, sodass unsere Blicke sich für einen Moment trafen und ich sah, wie sich ihre Augen kurz belebten, wie etwas in Bewegung geriet, so wie sich Wasser kräuselt, das einen Stein umspült. Die Sicherheit, die ich gespürt hatte, als ich mit meinem Vater im Gras lag, war ein unerwarteter Balsam gewesen, sie gab mir Kraft in den langen Phasen seiner Abwesenheit und selbst dann noch, als er ein paar Jahre später meine

Mutter verließ und monatelang verschwunden war, bevor er schließlich in einem neuen Zuhause wiederauftauchte, in dem wir nur nach vorheriger Einladung willkommen waren. Doch auch nach der Trennung meiner Eltern gab es sie noch, die Momente der Nähe zu meinem Vater, auch wenn sie immer seltener wurden. Bis ich acht oder neun war, genoss ich ein Anrecht auf seine körperliche Präsenz, das nicht von Verdacht oder Zweifeln eingeschränkt wurde, obwohl ich mir der Unterschiede zwischen seinem und meinem Körper immer bewusster wurde. Ich erkannte sie, und sie interessierten mich, sie beunruhigten mich sogar, doch es war eine Beunruhigung, die mich anzog; und so wurden unsere unbefangenen Spiele (nach einer langen Autofahrt um die Wette zur Toilette rennen und dann in einem engen Raum dicht beieinanderstehend zu pinkeln) für mich immer feierlicher und beklemmender, sie wurden zu einem Geheimnis, das ich nicht zu lösen imstande war. Dasselbe passierte mir auch mit meinen Freunden, den Jungen, deren Gesellschaft ich nun mit größerer Dringlichkeit suchte; und obwohl sie noch schwach und frei von jeder Intention war, so spürten sie doch meine neue Glut und begannen, in mir jemanden zu sehen, der zu einem anderen Schlag gehörte. Was zunächst nur der Schatten einer Abgrenzung war, würde sich bald mit ganzer Konsequenz vollziehen, das spürte ich, und es erfüllte mich mit fürchterlicher Angst. Ich erinnere mich nicht mehr daran, wie alt ich war, als ich das volle Ausmaß dieser Kluft begriff, ich muss neun oder zehn gewesen sein, noch jung genug, um mit meinem Vater zu duschen, obwohl das seltener geschah und mich mehr erregte, auf jene mysteriöse Weise, die zu dem noch unvorstellbaren Bruch führen sollte, auf den ich mich zubewegte.

Obgleich ich nicht mehr weiß, welche Jahreszeit oder welches Jahr es war oder was gesagt wurde, ist mir das Badezimmer noch im Gedächtnis, die dekorativen Blumenzwiebeln und die Fliesen und das Wasser, das schon lief und dafür gesorgt hatte, dass der Spiegel beschlagen war; ich erinnere mich an den großen, entblößten Körper meines Vaters, daran, wie faszinierend seine Anwesenheit in der engen Kabine war, in der wir lachend um einen Platz unter dem warmen Wasserstrahl rangen. Ich war alt genug, um mich selbst zu waschen, aber wir berührten einander noch immer ungezwungen; er bat mich, ihm den Rücken einzuseifen, da er dort nur schwer herankam, und dann wusch er meinen. Obwohl er häufig streng war und manchmal gefühllos sein konnte, ging er dabei behutsam vor; wenn Seife in meine Augen kam, spülte er sie mir aus und hielt dabei mein Gesicht nach oben, eine seltene Art körperlicher Zuwendung. Wir waren aus der Dusche auf die Kacheln getreten, die manchmal rutschig sein konnten, ein Umstand, an den er mich jedes Mal erinnerte, sei vorsichtig, sagte er, und dann ging ich auf ihn zu, ohne eine bestimmte Absicht, aber vielleicht auch nicht ganz unschuldig, ich bin mir nicht sicher nach all den Jahren, so wie ich auch nicht mehr weiß, ob er mich anblickte oder wegschaute, obwohl er weggeblickt haben muss, sonst hätte er mich wohl aufgehalten oder wäre meiner Berührung ausgewichen. Wahrscheinlich wäre es zutreffender zu sagen, dass meine Bewegung unschuldig war, aber nicht unwillentlich, denn was sonst sollte mich angetrieben haben wenn nicht ein Wille, ein körperlicher Wille; ich wollte ihn berühren, nicht um etwas Bestimmtes zu bezwecken, sondern aus einem Drängen heraus, ja vielleicht war es weniger ein Wille als ein inneres Drängen, das mich zu ihm zog und das er wahrnahm, als ich meine Arme um ihn legte und meinen Körper an ihn drückte und er meine Erektion spürte. Das war das Ende jeder Behutsamkeit, er stieß mich von sich, ohne einen Gedanken an die glatten Fliesen zu verschwenden; und als ich in sein Gesicht sah, verzerrt vor Ekel, war es, als würde ich sein wahres Gesicht erblicken, sein authentisches, nicht das erlernte der Vaterschaft. Er legte sich schnell ein Handtuch um und ging ohne ein Wort hinaus, aber sein Blick durchdrang mich und setzte sich in mir fest, schlug tiefere Wurzeln als jede Erinnerung und wurde zur Grundlage meines Selbstverständnisses und meiner Erwartungen. Von jenem Tag an gab es keine Ungezwungenheit mehr zwischen uns. Er entzog mir die Sicherheit, die ich gefühlt hatte, die Gewissheit meiner Bindung an ihn, der elementaren Bindung des Kindes an seinen Vater; bis dahin hatte ich nicht gewusst, dass sie gelöst werden konnte wie alle anderen auch. Es war, als würde ich zugleich einen Teil von mir selbst verlieren, als wäre ich durch das Abrücken meines Vaters weniger real, weniger substanziell oder meiner Substanz weniger gewiss, als wäre auch ich etwas, das sich einfach auflösen könnte. Noch immer sehe, noch immer erkenne ich mich selbst in diesem Blick, und so war es wieder, als ich ziellos und ohne Plan durch die *blokowe* lief. Die Sonne stand hoch am Himmel, und ich war völlig verschwitzt, der Bogen Papier, den man mir in die Hand gedrückt hatte, war zu einem feuchten Knäuel geworden. Es sollte dann noch Jahre dauern, bis mein Vater die Worte aussprach, die unser Band vollständig durchtrennten, aber schon vorher gab es keine Spiele mehr, kein gemeinsames Duschen. Die Nähe, derer ich mir so sicher gewesen war, fand ich nirgendwo sonst: Meine Freunde schreckten vor meiner Bedürftigkeit zurück, und schon bald konnte ich bestenfalls auf ihre Gleichgültigkeit hoffen. Das war der Zeitpunkt meines Rückzugs in jene ruhelose Einsamkeit, die ich nie wieder ganz ablegen sollte. Nur ein einziges Mal hatte ich mir seitdem die Vorstellung erlaubt, das Verlorene wiedergefunden zu haben, und die Erinnerung daran suchte mich ebenfalls heim, während ich durch einen mir unbekannten Teil von Mladost lief. Die Abstände zwischen den *blokowe* waren größer geworden, ich lief über Brachland und vorbei an verlassenen Baustellen, riesigen Betonteilen, die sich auftürmten wie ausgegrabene Ruinen oder versunkene Schiffe am Grund des Meeres. Sie waren über und über mit Graffiti besprüht, gedankenlosen Obszönitäten oder Slogans oder kindlichen Malereien, berührend in ihrer Unzulänglichkeit; und obwohl diese Gegend bewohnt sein musste, waren die Graffiti lange Zeit der einzige Hinweis auf menschliche Präsenz, das und die zähklebrigen Pfützen, die sich unter den Ästen gebildet hatten, die an einigen Stellen über den Beton ragten, dort, wo reife Früchte zu Boden gefallen und zu teerartigem Kleister zertreten worden waren, der nun große schwarze Vögel anlockte, die an ihm schnüffelten und kratzten und die zeternd aufflogen, als ich mich ihnen näherte. Es war, als wäre ich in ein Land der Raben – wenn es denn Raben waren – geraten, ein Land der Raben und der Hunde, die überall in Sofia herumliefen, die hier aber rabiater und zahlreicher waren, bösartige und schlimm zugerichtete Tiere, die verzweifelter wirkten als die Hunde in meiner Gegend. Einige machten Anstalten, mich anzufallen, als ich sie aufschreckte, sie spannten ihre Körper an und knurrten auf eine Weise, die mich normalerweise geängstigt hätte, in diesem Moment aber kaltließ; ich war bereit, ihnen entgegenzutreten, mich wenn nötig auf sie zu stürzen, ja ich brannte sogar darauf, und vielleicht war es diese Bereitschaft, die sie zögern ließ. Es waren Hunde jeder Rasse und Größe, wobei klar war, dass sie eine gewisse Physis zum Überleben brauchten, und die meisten waren mittelgroß und muskulös, hatten bullenartige Züge und breite Kiefer, robuste Hunde mit einer brutalen Eleganz, die mir gefiel, genauso wie ihr gelbbraun meliertes Fell, mit dem sie, wenn sie zusammengerollt im hohen Gras schliefen, wie Rehkitze aussahen. Nicht alle waren feindselig, einige waren geradezu freundlich, wedelten mit dem Schwanz und liefen ein paar Schritte neben mir her. Normalerweise hätte ich Mitleid mit ihnen gehabt, besonders mit dem zahmsten von ihnen, einem schönen Hund, der länger als die anderen neben mir blieb und über dessen rechte Seite sich eine auffällige Narbe zog. Sie trat haarlos und roh aus seinem Leib hervor, offensichtlich war die Haut entlang seines Körpers aufgerissen worden und später ungleichmäßig zusammengewachsen, es sah aus, als hätte etwas das Fleisch verschmolzen. Die Narbe war schrecklich, der Hund konnte die Verletzung nur mit großem Glück überlebt haben, und dennoch war er viel weniger wild als die anderen und verlangte am begierigsten nach meiner Zuwendung; einmal stieß er mir sogar mit der Schnauze gegen die Hand, in der ich die Nachricht von meinem Vater hielt. Es war herzlos, aber ich beachtete ihn nicht, und er lief so lange neben mir her, wie er sich traute, bis wir anscheinend eine unsichtbare Grenze erreichten und er kehrtmachte. Ich lief weiter und kam schließlich zum äußersten Rand der Siedlung, wo sich hinter den letzten *blokowe* ein steiler Abhang auftat. Unten standen vereinzelt Bäume im ungemähten Gras, dahinter erstreckte sich mehrere Kilometer weit Brachland, das auf der anderen Seite wie eine Bucht von einem weiteren Viertel hoher Plattenbauten begrenzt wurde, einem Halbkreis aus *blokowe*, die sich gegen die Landschaft stemmten wie eine Hafenmauer. Dort, wo ich stand, war der Asphalt aufgebrochen, ich befand mich an einer Art Grenzstreifen, einem Ort, der fast schon zur Wildnis gehörte; und ohne eine bewusste Entscheidung getroffen zu haben, machte ich mich daran, die steile Böschung hinunterzuklettern. Der Abstieg war schwer, vor allem in den Schuhen, die ich zur Arbeit trug, schwarze Lederschuhe wie jene, in deren Pflege mein Vater mich als Kind unterwiesen hatte, Schuhe, die zu putzen waren, bis sie glänzten. Er sagte mir, die Schuhe seien ein Ausweis meiner Person, aber ich war nie achtsam genug, immer wieder vergaß ich, dass ich sie trug, und rannte in ihnen umher, bis sie schmutzig oder abgewetzt waren, und er sagte, ich hätte keinen Sinn für den Wert der Dinge, oder noch schlimmer, ich hätte keinen Stolz, und das war etwas, was er von mir als seinem Sohn erwartete. Ich konnte mich kaum aufrecht halten, stemmte die Füße gegen den Abhang, doch der Boden war rutschig, und bald waren meine Schuhe schlammverkrustet. Nach dem Tag in der Dusche hatte jahrelang nichts die verlorene Nähe meines Vaters ersetzt, und ich flüchtete mich immer mehr in Bücher, keine ernsthaften oder bedeutenden, sondern solche, mit denen ich mir selbst entfliehen konnte, und diese Bücher oder vielmehr unsere geteilte Begeisterung für sie verband mich mit meinen wenigen Freunden und bildete das Fundament meiner Freundschaft zu K. Er war aus derselben Stadt, aber wir waren uns nie begegnet, da er in einem anderen Viertel wohnte und auf eine andere Schule ging. Wir lernten uns auf Anregung eines gemeinsamen Freundes kennen, der mich eines Nachmittags anrief, als K. bei ihm zu Besuch war; ihr mögt dieselben Schriftsteller, sagte er und reichte den Telefonhörer an ihn weiter. Es dauerte einige Monate, bis wir uns schließlich trafen, aber wir telefonierten immer häufiger und länger, bis es, glaube ich, für uns beide nichts Wichtigeres im Leben gab; manchmal redeten wir die ganze Nacht, wie es nur Teenager oder frisch Verliebte tun. Die Gespräche machten mich glücklich, aber sie waren auch die Quelle einer Angst, die an mir zehrte und deren Ursache ich nicht kannte – und die deshalb umso belastender war. Monatelang bestand unsere Freundschaft aus nichts als Worten, und obwohl ich mir wünschte, ihn zu treffen, war das auch beruhigend; schon damals hatte ich das Gefühl, dass Worte das Beste waren, was ich zu geben vermochte, dass sie unsere Freundschaft gedeihen lassen würden. Bald hatten wir einander alles erzählt, mehrmals, hatten jede unserer Geschichten preisgegeben, und doch wurde ich niemals müde, seine Geschichten und seine Stimme zu hören. Ich wollte ihn treffen, aber zugleich schreckte ich davor zurück; mir machte der Gedanke Angst, dass K. mich sehen würde, meinen Körper, der sich mehr und mehr wie etwas Fremdes anfühlte, unförmig und überdimensional, ein Körper, der in keiner Weise mit meinem Selbstverständnis korrelierte, mit dem Selbst, das in mir wohnte. Schließlich trafen wir uns doch, es war Ende Oktober. Wir hatten eine Art Altweibersommer, dessen Milde eine freudige Überraschung war. Ich lebte zu der Zeit im Souterrain des Hauses meines Vaters, nachdem ich lange zwischen seinem Haus und dem meiner Mutter gependelt war, eine Konsequenz des fortwährenden Rechtsstreits meiner Eltern, der sich jahrelang hinzog. Nachdem seine Mutter ihn abgesetzt hatte, waren wir zunächst befangen, ich brauchte einen Moment, bis ich die Stimme, die ich kannte, mit dem Jungen, der vor mir stand, in Einklang brachte; er war kleiner als ich und dünn, seine roten Haare fielen ihm über Stirn und Augen, und er hatte ein blasses, schönes, mit Akne überzogenes Gesicht. Wir trafen uns bei mir, weil wir dort unter uns waren, freier, und auch wenn wir keine Ahnung hatten, wie wir diese Freiheit nutzen konnten, hatten wir sie doch instinktiv bevorzugt. Mein Vater, dem die Gesellschaft von Kindern – und überhaupt jedem, den er nicht kannte – immer schon unbehaglich gewesen war, ließ uns, nachdem er K. die Hand geschüttelt hatte, allein. Er hatte uns Pizza bestellt, und wir aßen sie in meinem Zimmer, redend und lachend. Wir hatten alle Freiheit, die wir uns wünschen konnten, dennoch warteten wir darauf, dass sich mein Vater und meine Stiefmutter ins Obergeschoss des Hauses zurückziehen würden und das weiträumige Erdgeschoss direkt über uns leer wäre. Und dann, als wir annahmen, dass sie schliefen, schlichen wir uns in die Garage, deren großes Tor sich einfach entriegeln und geräuschlos oder beinahe geräuschlos langsam nach oben bewegen ließ, gerade so weit, bis man sich bäuchlings durch den Spalt schieben konnte. Ich machte das fast jede Nacht, obwohl es nichts gab, wo ich hätte hingehen können, wir lebten in einem Vorort, alle Straßen sahen gleich aus. Auch die Geheimniskrämerei war grundlos, denn zu diesem Zeitpunkt hatte sich mein Vater so gut wie jeder Verantwortung für mich bereits entledigt, ich konnte tun und lassen, was ich wollte. Aber es war notwendig, dass ich es heimlich tat, dass ich mein Zimmer verließ, ohne dass jemand davon wusste, unerreichbar für die Autoritäten, an denen ich mich den ganzen Tag rieb, ob zu Hause oder in der Schule; nur auf diesen Spaziergängen verließ ich die Deckung, hinter der ich mich verschanzte. Bei jedem Wetter schlich ich mich raus, und nun tat ich es mit K., ließ ihn an meinem Alleinsein teilhaben, und er vertiefte es sogar noch, anstatt es zu stören. Wir kraxelten den steilen Hügel hinunter, auf dem das Haus meines Vaters stand, thronend über der Nachbarschaft, ein Zeichen dafür, wie weit er es gebracht hatte. Es war die Nacht vor Halloween, ausnahmsweise gab es also tatsächlich etwas zu sehen auf den Straßen, die Häuser waren für den Feiertag geschmückt, eines aufwendiger als das andere. Bäume waren zu Wohnstätten von Gespenstern geworden, und da waren Laternen aus ausgehöhlten Kürbissen, Strohpuppen, böse Geister jeder Art, ganze Coven tanzender Plastikhexen in lumpigen Kleidern. Alles war grob und geschmacklos und forderte zum Unfug geradezu heraus. Wir stellten uns vor, wie wir die Dekorationen von einem Vorgarten in den anderen verfrachten würden, dachten uns obszöne neue Arrangements aus, beließen es aber bei der Phantasie, berauscht von unserem Erfindungsreichtum und einander anstachelnd, bis wir uns tränenüberströmt unter ersticktem Lachen krümmten. Doch da waren noch andere, grellere Dekorationen: In jenem Herbst wurde ein neuer Präsident gewählt, und zwischen den Gespenstern und Hexen ragten die Kampagnenschilder auf, ein seltsames Nebeneinander von Verspieltheit und politischer Fehde. Die Fernsehnachrichten wurden seit Monaten von Debatten und erregten Stimmen bestimmt, und bei uns zu Hause setzte sich dieser Streit fort; mein Vater schwang gern große Reden, und zum ersten Mal in meinem Leben hielt ich dagegen, wollte unbedingt eine eigene Position finden. Alles, was ich sagte, schien ihn zu provozieren, jede Diskussion wurde zum Disput; obwohl er mir aus dem Weg ging, prallten wir aufeinander, und unsere Kollisionen waren wie rituelle Kämpfe: zwei Tiere, die ihre Hörner ineinander verhakten. Wir lebten in einem republikanischen Bundesstaat, und mein Vater vertrat dieselben vorhersehbaren Ansichten wie jeder, den er kannte, zumindest kam es mir so vor; K. und ich waren anderer Meinung, wir hassten die Partei meines Vaters und die Schilder in den Vorgärten, auf denen immer wieder derselbe Name prangte. K. ging auf eines dieser Schilder zu und trat mit dem Fuß dagegen, sodass sich das Drahtgestänge verbog, dann zog er es aus dem Boden und zerriss es in zwei Teile, die er zurück ins Gras warf. Ich erschrak, doch im nächsten Augenblick war ich begeistert und griff selbst nach einem Schild. Eine Weile wechselten wir uns ab, doch dann wurden wir derart von Euphorie oder Ungeduld erfasst, dass wir die Straßenseiten zwischen uns aufteilten, von Haus zu Haus gingen und systematisch ein Schild nach dem anderen kaputt machten; vielleicht machten wir uns vor, damit etwas anderes zu zerstören. Als wir lachend davonliefen, legte K. seinen Arm um meine Schulter. Es war eine beiläufige Geste, aber sie war neu für mich, und das Glück, das mich überkam, machte mir beinahe Angst; es erfüllte mich und setzte mich unter Spannung und hatte zugleich etwas Bedrohliches, so zügellos war es, durch nichts im Zaum zu halten. Als ich so mit K. durch unser Viertel ging, sein Arm auf meinen Schultern und mein Arm um seine Hüfte, fühlte ich mich vollständig und geborgen wie schon seit Jahren nicht mehr. Wir stießen aneinander beim Laufen, aber was machte das schon, niemand sah uns, wir bewegten uns mit einer Freizügigkeit, die zwar unbeholfen war, aber dennoch echt. Das Haus meines Vaters befand sich in der Nähe des Viertels, in dem ich geboren worden war und in dem meine Mutter immer noch lebte; einige Monate nachdem er sie verlassen hatte, war er mit seiner neuen Frau in diese Gegend gezogen, und meine Mutter war ebenso zu einem Teil seiner Vergangenheit geworden wie die Armut und der Schmutz auf der Farm meiner Großeltern. Obwohl unser Spaziergang so wirkte, als hätte er kein Ziel, führte ich uns zur Straße meiner Mutter, zu dem Haus, in dem ich aufgewachsen war und von dem ich wollte, dass K. es sah, so als würde allein seine Architektur etwas Neues über mich offenbaren. Wir mussten nicht hineingehen, es genügte, auf dem Bürgersteig zu stehen und das große Haus anzuschauen, in dem meine Mutter jetzt allein lebte; ich zeigte ihm das Fenster zu meinem Zimmer oder zu dem, was mein Zimmer gewesen war, es war dunkel wie alle anderen auch. Und dann führte ich ihn weiter die lange Straße entlang, die das Viertel umrundete (obwohl ich schon seit Jahren nicht mehr dort war, sehe ich sie vor mir, bis hin zu den Rissen im Asphalt) und die nun eine Biegung machte und uns zu meiner ersten Schule führte, einem hässlichen, gedrungenen Gebäude aus Ziegeln und Betonbauteilen. Es war Teil meiner Geschichte, und ich wollte, dass es auch Teil seiner Geschichte würde, das Gelände, der kleine Sportplatz, der von Bäumen gesäumte Zaun mit seinen vertrockneten Geißblatt-Ranken. Wir waren nicht in Eile, niemand wusste, wo wir waren, niemand erwartete uns zurück, also gingen wir auf den Spielplatz und setzten uns auf die Schaukeln. Wir schaukelten nicht wirklich, sondern saßen nur Seite an Seite da, unterhielten uns und schwangen dabei sanft hin und her; ich hatte schon viel geredet, und nun sprach vor allem K., und da wir einander nichts Neues zu erzählen hatten, wiederholte er die Geschichten, die mir so viel Freude bereiteten. Ich lehnte mich zurück, umschloss die Ketten der Schaukel mit den Händen und schaute in den Vorstadthimmel, der wie stumpfes Metall aussah oder unlackiertes Holz und in dem die wenigen Sterne keines der Bilder ergaben, von denen ich gelernt hatte, dass sie dort sein müssten. Und dann lehnte ich mich zu weit zurück, verlor das Gleichgewicht, der Plastiksitz rutschte unter mir weg, und ich fiel in den Sand. K. verstummte mitten im Satz, und dann fingen wir beide zu lachen an, und K. lehnte sich zurück und ließ sich ebenfalls fallen und landete neben mir im Sand. Wir lachten immer weiter, auf dem Rücken liegend, die Beine immer noch in der Schaukel verhakt, und ich spürte wieder jene Mischung aus Glück und Angst, so als reichte jemand mir Nahrung und ich müsste befürchten, sie würde mir, wenn ich von ihr kostete, wieder genommen. Irgendwann hörten wir auf zu lachen, standen auf und klopften uns den Sand von der Kleidung. Als wir zurück zum Haus meines Vaters kamen, waren wir ein paar Stunden unterwegs gewesen, und während wir uns wieder durch den Spalt unter der Garagentür zwängten, jammerten wir über unsere schmerzenden Füße und Beine, und K. sagte, dass ihm auch der Rücken wehtue. Erschöpft und dankbar ließen wir uns auf das Bett im großen Raum des Souterrains fallen; es war ein Wasserbett, und wir mussten erneut lachen, während wir von seinen Wellenbewegungen angehoben wurden und versanken und uns am Bettgestell und aneinander festhielten, um nicht herunterzufallen. Wir schafften es, das Bett halbwegs zu beruhigen, doch es waberte schon, wenn wir nur unsere Köpfe bewegten, und obwohl wir müde waren, hatte ohnehin keiner von uns Lust zu schlafen. Wir lagen nebeneinander, wie immer ohne Unterlass redend, und dann klagte K. noch einmal über seinen Rücken und fragte, ob ich ihn nicht etwas massieren könnte. Er rollte sich auf den Bauch, damit ich an seinen Rücken kam, aber es ging nicht auf diesem Bett, sobald ich Druck ausübte, gab die Matratze nach, und er merkte nichts davon; also stand er auf, setzte sich auf das hölzerne Bettgestell und drehte mir den Rücken zu, doch auch das stellte ihn nicht zufrieden, und er bat mich, unter sein T-Shirt zu greifen und die Haut zu massieren. Und so griff ich seine Schultern und knetete sie und drückte, bis er hörbar Luft einsaugte und ich etwas nachließ. Ich massierte seinen Hals und arbeitete mich dann an der Wirbelsäule und den Muskeln entlang, die sich dort bündelten, und vielleicht zum ersten Mal in unserer Freundschaft kam unsere konstante Unterhaltung zum Erliegen. Ich hatte noch niemanden auf diese Art berührt, und ich wollte ihn weiter berühren und war bestürzt, als K. sein Gewicht verlagerte, denn ich dachte, er habe genug und wolle aufstehen. Stattdessen lehnte er sich zurück, so langsam, dass es mich zunächst verwirrte und ich dagegenhielt und meine Hände noch fester gegen seinen Rücken drückte; erst als er beharrte, begriff ich und ließ zu, dass er sich an mich lehnte, woraufhin er den Druck seines Körpers noch verstärkte, bis wir langsam rückwärts fielen, ich auf das Bett und K. auf mich. Meine Hände waren immer noch unter seinem T-Shirt, aber ich hatte meine Arme nun um ihn gelegt und hielt ihn in einer Umarmung fest, die er nicht erwiderte, aber auch nicht zurückwies; er ließ sie zu, ließ seinen Kopf auf meine Brust sinken, und so lagen wir eine Zeitlang da. Dann verlagerte er sein Gewicht wieder, oder vielleicht war ich es auch, und wir lagen nebeneinander auf dem Bett. Er hielt mich jetzt, oder wir hielten einander; ich lag eng an seinen Rücken geschmiegt, meine Arme hielten ihn immer noch umklammert, über ihnen hatte er seine gekreuzt. Lange lagen wir so da, ohne uns zu bewegen, und als wir schon fast eingeschlafen waren, wurde mir bewusst, dass unsere Körper sich berührten, wurde ich mir seines Bauchs bewusst, auf dem meine Finger zur Ruhe gekommen waren. In der Mitte seines Bauchs war eine Linie, an der sich die Muskelplatten trafen, eine Rinne, ein First, den ich mit den Spitzen meiner Finger nachzog; er war ganz leicht mit Haaren bewachsen, die unvorstellbar weich und fein waren, so wie die Haut einer bestimmten Frucht. Es war der Körper eines Jungen, wird mir heute klar, wir waren jünger als meine Studenten, doch er erschien mir in keiner Weise unvollständig oder nicht völlig ausgeformt, ich konnte mir keine größere Perfektion vorstellen, er war durch und durch schön. Es kam mir nicht in den Sinn, mehr von diesem Moment zu wollen, ihn auszutesten und zu sehen, wie weit er ausgedehnt werden könnte, es kam mir nicht in den Sinn, K. auf eine andere Weise zu berühren, als ich es tat, oder zumindest erinnere ich mich nicht mehr daran. Wir schliefen schließlich recht fest, wir müssen geschlafen haben, denn früh am Morgen wachte ich auf, und K. war krank. Auf allen vieren hockte er neben dem Bett, es wirkte, als wäre er rausgefallen; sein Stöhnen hatte mich geweckt, und ich sah, dass er sich übergeben hatte und sich erneut übergab; etwas, das wir gegessen hatten, musste ihm schlecht bekommen sein, dachte ich, obwohl wir dasselbe gegessen hatten und mir nicht schlecht war. Er stöhnte noch einmal auf, es war beinahe ein Schluchzen, und als er sah, dass ich wach war, entschuldigte er sich, dass er mich geweckt hatte oder für die Sauerei auf dem

Boden, ich war mir nicht sicher. Er hatte Schweißperlen auf der Stirn, und als ich meine Hand auf seinen Rücken legte, fühlte sich der dünne Stoff seines T-Shirts feucht an. Ich ließ meine Hand auf seinem Rücken liegen, der sich mit jedem seiner würgenden und Übelkeit bereitenden Atemzüge hob und senkte, bis er mich wegstieß und sich erneut übergab, wobei jedes zuckende Aufbäumen seines Körpers von einem Stöhnen oder Schluchzen begleitet wurde. Ich war ratlos, ich wollte ihm helfen, aber ich wusste nicht wie, und als er ruhiger wurde, fragte ich ihn, ob er irgendetwas brauche. Ich möchte nach Hause, sagte er, immer noch auf Händen und Knien, und ich ging nach oben, um meinen Vater zu suchen. Ich wusste, dass er schon wach war, ich hatte ihn in der Etage über uns gehört, und als ich die Tür am oberen Ende der Treppe öffnete, fand ich ihn allein in der Küche vor. Er stand mit dem Rücken zu mir am Spülbecken, und obwohl er mich gehört haben musste, drehte er sich nicht um, um mich zu begrüßen, auch dann nicht, als ich ihn ansprach. Die Morgendämmerung war kaum angebrochen, durch das Fenster beobachtete er die ersten Lichtstrahlen, ein Moment der Besinnung, den ich störte, als ich ihm sagte, dass K. krank sei und nach Hause gebracht werden müsse. Ob er uns fahren könne, fragte ich, und wie immer, wenn ich mit meinem Vater sprach, fügte ich eine Art Entschuldigung hinzu, sodass ich noch vor seiner Antwort um Verzeihung für die Frage gebeten hatte. In Ordnung, sagte er, und obwohl er sich nicht vom Fenster fortbewegte oder sich umdrehte, verstand ich, dass wir uns beeilen sollten, dass ich ihn, nachdem ich ihn gestört hatte, nicht auch noch warten lassen dürfte. Ich ging wieder nach unten, K. hatte sich etwas erholt, war aufgestanden und hatte sich auf den Rand des

Bettes gesetzt, wo er sich mit den Händen abstützte. Er sagte, er fühle sich jetzt bereit für die Fahrt, er wolle nur nach Hause, dort werde es ihm besser gehen. Ich holte Handtücher aus dem Badezimmer und wischte sein Erbrochenes weg, aus irgendeinem Grund schämte ich mich dafür, ich wollte nicht, dass mein Vater es sah. Als K. aufstand, um mir zu helfen, bedeutete ich ihm, dass er sich wieder setzen solle, obwohl ich sah, dass auch er sich schämte, dass es ihm unendlich peinlich war. Bitte, sagte er, aber ich wies ihn zurück, ich weiß nicht genau, warum, und bat ihn, seine Sachen zusammenzusuchen. Mein Vater war nach oben in sein Schlafzimmer gegangen, um sich anzuziehen, und nun kam er zurück, wir konnten ihn über uns die Treppe hinabsteigen hören. K. war dabei, seine paar Sachen in seine Tasche zu werfen, als sich die Tür öffnete und mein Vater schlüsselrasselnd auf dem Treppenabsatz erschien. Eilig warf ich ein Handtuch über den Teil des Erbrochenen, den ich noch nicht aufgewischt hatte, wenn ich schon gegen den Geruch nichts tun konnte, wollte ich wenigstens dafür sorgen, dass man es nicht sah. Als er das Garagentor öffnete (das gleiche Tor, unter dem wir ein paar Stunden zuvor hinausgekrochen waren), sagte mein Vater etwas wie: Es tut mir leid, dass es dir nicht gutgeht, irgendetwas Nachbarschaftliches, was man in solchen Situationen eben sagt; K. bedankte sich, und wir stiegen ins Auto, K. und ich setzten uns auf die Rückbank. Instinktiv hielten wir Abstand voneinander, und auch wenn ich immer wieder zu ihm rüberschaute, sprachen wir nicht. Kurz nachdem wir losgefahren waren, fiel mir auf, dass ich ihn noch immer riechen konnte, nicht nur sein Erbrochenes, sondern auch seinen Körper, seinen Schweiß, bitter und stark; es war mir peinlich vor meinem Vater. Ich ließ das

Fenster etwas hinunter und lehnte meinen Kopf gegen das Glas. Kühl strömte Luft ins Auto, doch die Verdorbenheit blieb, und K., der in mir bislang nur gute Gefühle ausgelöst hatte, war nun Bestandteil meiner Scham und dieser Verdorbenheit, die nicht nur die Verdorbenheit des Körpers war, sondern etwas Fremderes, Schwerwiegenderes. Mein Vater musterte uns immer wieder im Rückspiegel, ein kurzer streifender Blick. K. schaute aus dem Fenster, aber ich wusste, auch er spürte diese Wachsamkeit und die Beklemmung, die sie hervorrief. Mir wurde klar, dass es die Wachsamkeit meines Vaters war, die das Verdorbene hervorbrachte, nicht weil sie selbst verdorben war, sondern weil sie etwas Verdorbenes in uns aufspürte. K. drehte sich vom Fenster weg, aber er schaute mich nicht an, und als ich ihn fragte, ob alles in Ordnung sei, blieb er stumm, als aber mein Vater die gleiche Frage stellte, die exakt gleiche Frage, antwortete er, so als hätte er mich zuvor nicht gehört oder als wäre sie aus dem Mund meines Vaters eine andere Frage. Ja, Sir, sagte er, und ich spürte, wie er sich von mir entfernte, wie er mich in dieser Atmosphäre der Verdorbenheit als das Verdorbene ausmachte. Es war, als verkörpere mein Vater das Gesunde und ich das Ansteckende, und ich war bestürzt, wenn auch nicht überrascht. Das waren die einzigen Worte, die sie wechselten, der Rest der Autofahrt verlief schweigend, und erst als wir K.s Haus erreichten, blickte er in meine Richtung und nickte, dann dankte er meinem Vater, stieg aus und eilte zur Haustür, die seine Mutter schon offen hielt. Mein Vater winkte ihr zu, wofür er sich zum Fenster des Beifahrersitzes hinüberlehnte, dann wendete er, und ich drehte mich um und sah, wie sich die Tür hinter K. schloss. Als wir am Ende der Straße an einer Ampel hielten, schaute ich im Rückspiegel in das Gesicht meines Vaters. Er sah mich an, nicht mehr nur kurz und kontrollierend wie einige Augenblicke zuvor, sondern unverwandt, und als sich unsere Blicke trafen, verzog sich sein Gesicht, so als könnte er K. immer noch riechen, obgleich der Geruch sich verzogen hatte. Ich starrte zurück. Für einen Moment dachte ich, er würde etwas sagen, sein Gesicht verhärtete sich schon, und ich wappnete mich; doch dann schaltete die Ampel um, und er fuhr weiter, und ich ließ meinen Kopf wieder ans Fenster sinken und schaute auf die Straßen, an denen wir vorbeikamen. Ich war bereit gewesen, meinen Vater zur Rede zu stellen, ihn anzuklagen, dass er seinen eigenen Ekel auf K. übertragen hatte, und die Wut von damals stieg erneut in mir auf, als ich nun durch das Gras der riesigen Brache ging, von deren Existenz ich nichts gewusst hatte. Ich hatte Mladost, dieses verschandelte Viertel, oft als Wüstenei bezeichnet, doch hier war tatsächlich wüstes Land; die Leute warfen ihren Müll einfach den Hügel hinunter, nicht nur Flaschen und Dosen, sondern auch Ziegel und Autoreifen, ich stieß sogar auf einen Berg zerbrochener Betonteile, den ein LKW abgekippt haben musste. In der ganzen Stadt war es trocken gewesen, nicht asphaltierte Flächen waren ausgedörrt und hart, hier jedoch versanken meine Schuhe im Boden. Ich lief auf das dichte Grasland zu, das aus der Entfernung wie Wasser ausgesehen hatte, eine weite Bucht und dahinter das Land der *blokowe*, und noch immer wusste ich nicht, wohin ich eigentlich wollte. K. und ich blieben nach diesem Tag noch eine Zeitlang miteinander befreundet, aber nie wieder verbrachten wir eine solche Nacht miteinander; wir gingen reservierter miteinander um, sprachen nicht mehr stundenlang am Telefon und auch nicht mehr mit der gleichen Offenheit. Er rief mich immer seltener an, und wenn ich ihn anrief, war er fast nie zu Hause. Er hatte ein Mädchen kennengelernt, und wenn wir nun telefonierten, sprach er über sie, wiederholte jedes Wort, das sie zueinander sagten, beschrieb jede ihrer Gesten. Während er seine Gefühle katalogisierte, versuchte ich ihm wie zuvor in seinen Worten zu begegnen, aber es gelang mir nicht mehr, sie bildeten ein Territorium, auf das er sich zurückzog und von dem ich ausgeschlossen war. Er erzählte mir von jedem Triumph und jeder Enttäuschung, davon, wie sie ihn anstachelte und auf alles, was er wollte, warten ließ, und dass dieser Belohnungsaufschub ihn entzückte, solange er sich der Belohnung sicher war. Zunehmend frustriert war er hingegen von einem Aufschub, der außerhalb ihrer Kontrolle lag, nämlich der Wachsamkeit seiner Mutter, die ihnen die Ungestörtheit verwehrte, nach der sie sich sehnten. Sie lasse sie keine Sekunde aus den Augen, sagte K., sie bestehe darauf, dass seine Zimmertür geöffnet bleibe, sie könnten also jederzeit gestört werden, und bei ihr zu Hause sei es auch nicht besser, im Gegenteil, ihr Vater sei noch strenger, dort dürften sie sich noch nicht einmal küssen; es war Winter, und selbst wenn sie draußen einen passenden Ort fänden, der abgelegen und romantisch genug wäre, käme das wegen der Kälte nicht in Frage. Wenn nur einer von ihnen ein Auto hätte, sagte er, mit einem Auto sei man immer ungestört, aber sie hatten keines, sie waren zu jung. Und erst nachdem er diese Inventur der Unmöglichkeiten vollzogen hatte, sagte er, dass ich ihm vielleicht helfen könne, wenn es mir nichts ausmache, und natürlich machte es mir nichts aus; ich war dankbar dafür, dass er mich um Hilfe bat, ich hoffte, es würde uns einander wieder näherbringen. Ich sagte, ich würde alles für ihn tun, und worum er mich bat, war keine große Sache – ich sollte nur zu ihm kommen und mich mit ihm und seiner Freundin in seinem Zimmer aufhalten. Seine Mutter wäre dann nicht so wachsam und sie hätten etwas Zeit für sich, sagte er, sie wären zwar nicht ganz allein, aber doch so gut wie, schließlich sei ich sein bester Freund. Und ihr würde es auch nichts ausmachen, sagte er über das Mädchen, das er jetzt liebte; er habe ihr alles über mich erzählt, sie wolle mich kennenlernen, sie wisse, warum ich dabei sein müsse, und wolle es so sehr wie er. Bitte, sagte er, obwohl ich schon eingewilligt hatte, die Wiederholung war eine Art Höflichkeit; natürlich würde ich ihm helfen, dabei und bei allem anderen auch. Und so lernte ich am Wochenende darauf K.s Freundin kennen, über die ich schon so viel gehört hatte, dass sie mir nicht wie eine Fremde vorkam, auch wenn wir unbeholfen und zurückhaltend miteinander umgingen, als wir uns bei K. in der Küche zum ersten Mal sahen. Seine Mutter bot uns etwas zu trinken an und machte das übliche Willkommensbrimborium, während wir natürlich nichts lieber wollten, als allein sein, ungestört, etwas, das ich mit einer Mischung aus Ungeduld und Furcht erwartete, K. dagegen, wie ich wusste, nur mit Ungeduld. Er zappelte auf seinem Stuhl herum, schaute erst mich an und dann sie, doch während er mir fest in die Augen sah, wich er ihrem Blick aus, als könnte er ihm nicht lange standhalten. Ich war die sichere Wahl, mir konnte er zeigen, was er fühlte, und auch wenn ich hier nicht die Intimität fand, die zwischen uns existiert hatte oder nach der ich mich sehnte, so doch zumindest eine Intimität, an der ich teilhaben konnte, auch wenn sie mich nicht einschloss. Er trommelte mit den Fingern auf dem Tisch und scharrte mit den Füßen. Seine Freundin war zierlich und blond und auf unscheinbare Weise hübsch; wir hatten uns einander schon vorgestellt, und sie lächelte mich mit großen Zähnen an. Ich hatte mich dagegen gesträubt, sie zu mögen, aber ich mochte sie, sie war entgegenkommend, und sie wollte, dass wir uns anfreundeten, sie habe so viel über mich gehört, sagte sie, endlich würden wir uns kennenlernen. Ihr Name begann mit einem K, sie hatten das gleiche Initial, und sie witzelten darüber: K. und K., sagten sie lachend und ließen ihre Namen wie Musik klingen, K. und K. Schon jetzt hatten sie ihre eigenen Witze, sie brachen sogar vor K.s Mutter in Lachen aus, und sie lachte mit ihnen. Selbst in ihrer Anwesenheit wurde deutlich, was sie füreinander empfanden, ihre Gefühle lagen offen zutage, sie hatten ihre Richtigkeit. Wenn es gewisse Hindernisse gab, so doch nur zum Schein – ein Bühnendrama, bei dem der Schlussapplaus gewiss war, auch ihre Eltern würden klatschen, ihre Missbilligung war nur vorgetäuscht, was sie wirklich bewegte, waren Nachsicht und Stolz und eine Empfindung süßer Jugend, die sich aus der Erinnerung an die eigene Jugendzeit speiste, eine Zeit, die sie auf diese Weise noch einmal durchleben und rückblickend sanktionieren konnten. K.s Mutter erlaubte uns schließlich, nach oben zu gehen, nicht ohne uns zu ermahnen; sie sagte, ich solle ein Auge auf die beiden haben, sie verlasse sich darauf, und sie zeigte mit dem Finger auf mich, scheinbar im Scherz, aber für mich fühlte es sich völlig ernst an, und ich sagte: Ja, Ma'am, als wäre auch ich selbstverständlich Teil dieser Welt voller Richtigkeit. Wir gingen hintereinander die schmale Treppe hoch, vorneweg K.s Freundin, dann K. und dann ich, und sobald wir aus dem Blickfeld der Mutter waren, fassten die beiden einander an den Händen. Während ich hinter ihnen herging, wurde ich von einer tiefen Erregung erfasst, die sich beunruhigend anfühlte, hinzu kam eine Furcht, die sich steigerte, je näher wir K.s Zimmer kamen. Ich verharrte, um mich meiner Gefühle zu vergewissern, doch als K. nach mir rief, eilte ich die letzten Treppenstufen hoch und sah ihn an der Tür zu seinem Zimmer stehen, wo er mir fragend entgegenblickte. Na los, sagte er ungeduldig, noch ungeduldiger als zuvor, und dann grinste er, und ich vergaß meine Furcht. Ich ging an ihm vorbei in das kleine Zimmer, wo seine Freundin schon auf dem Bett saß, ihre Beine übereinanderschlug und sie wieder voneinander löste, um sie dann erneut übereinanderzuschlagen. Ich ging zur einzigen anderen Sitzgelegenheit, dem Stuhl vor dem Schreibtisch, aber K. hielt mich davon ab, warte, sagte er und schloss die Tür beziehungsweise schloss sie nicht völlig, sondern ließ, der Anweisung seiner Mutter folgend, einen Spalt offen, so schmal, wie er sich traute. Dann fragte er mich, ob es mir etwas ausmachen würde, mich auf den Boden vor die Tür zu setzen; da sie nach innen aufging, könnten sie so nicht überrascht werden, und wenn seine Mutter käme, müsste ich nur langsam aufstehen, dann hätten sie Zeit, sich zu sortieren. Er entschuldigte sich erneut für die Zumutung, aber natürlich erhob ich keinen Einspruch, ich war sogar froh, es war ein Dienst, den ich ihm erweisen konnte. Außerdem würde ich so mit dem Gesicht zu seinem Bett sitzen und könnte ihnen zusehen. Ich war das erste Mal bei ihm, sein Zimmer war wenig bemerkenswert, da waren Bücher, ein klobiger Computer, Poster von Fußballspielern, es sah aus wie das Zimmer jedes beliebigen Teenagers. Das einzige für mich interessante Objekt darin war das Bett, auf dem die beiden K.s saßen, es war ungemacht, die Bettdecke lag zerknautscht am Fußende, und plötzlich durchfuhr mich die Erinnerung an die Wärme, die K.s Körper ausgestrahlt hatte, als wir nebeneinander geschlafen hatten. Wir unterhielten uns eine Weile, seine Freundin wolle mich besser kennenlernen, sagte sie, aber während wir redeten, schwieg K. Er war frustriert, begriff ich, er wollte nicht, dass wir uns unterhielten, aber K., seine Freundin, ließ nicht locker, und als ich wortkarger wurde, hakte sie nach, fragte mich nach meiner Familie, der Schule, nach Geschichten, die sie von K. kannte. Es versetzte mir einen Stich, dass er ihr so viel erzählt hatte, dass er meine Geschichten benutzt hatte, um das Band zu ihr zu stärken. Es waren unsere Geheimnisse gewesen, wir zwei hatten sie geteilt, nun teilte er sie mit ihr. Sie redete weiter und weiter und ließ K. warten, was der Sinn der Sache war: Sie hielt ihn hin, es war eines ihrer Spiele. Schließlich stand K. auf, ging zur Stereoanlage, die auf einem Regal über dem Schreibtisch stand, und machte Musik an, nicht laut, nicht um Geräusche zu überdecken, sondern um die nun folgende Stille zu tarnen, denn als er sich wieder setzte, unterbrach er unser Gespräch, indem er eine Hand auf ihren Oberschenkel legte, sich zu ihr beugte und seine Lippen auf ihre drückte. Sie wehrte ihn nicht ab, im Gegenteil: Sie entspannte ihren Körper und ließ sich von ihm gegen die Wand drücken. Als sie einander küssten, war es, als verknotete sich etwas in mir, und ich wandte den Blick ab, starrte auf die Plakate, die reglos an der Wand hingen, aber schon bald hielt ich es nicht mehr aus, immer wieder wanderte mein Blick zum Bett. Ich wollte nicht, dass sie mich beim Zuschauen erwischten, aber die Sorge war unbegründet, sie hatten die Augen geschlossen und waren vollkommen ineinander vertieft. Überraschenderweise übernahm nun K., die sich eben noch geziert und gezögert hatte, die Führung; es war ihre Hand, die den Weg zu seinem Schoß fand, und meine Erregung wuchs, als ich das sah, meine Erregung und meine Furcht. Sie küssten sich immer noch, ihre Lippen waren wie miteinander verschmolzen, doch nun lag K.s Hand auf dem Gürtel meines Freundes; ihre Nervosität war wie weggeblasen, ersetzt durch Kompetenz, jedenfalls wirkte es gekonnt, wie sie den Gürtel öffnete. Sie weiß, was ihm gefällt, dachte ich, als ihre Hand in seine Jeans schlüpfte und sich dort bewegte und seine Erektion sich durch den Stoff abzeichnete. Plötzlich ertrug ich es nicht mehr, mit ihren Körpern und der Leidenschaft, die ihre Münder aneinander festhielt, in einem Raum zu sein, ich wollte weg, wohin auch immer, doch zugleich konnte ich meinen Blick nicht abwenden. Ich glaube, ich hatte es mir bis zu diesem Moment nicht gestattet, wirklich zu verstehen, was ich eigentlich wollte und wie sehr ich es wollte. Schließlich hörten sie auf sich zu küssen, K. löste ihren Mund von seinem und flüsterte ihm etwas ins Ohr, dann senkte sie ihren Kopf in seinen Schoß, knöpfte seine Jeans mit beiden Händen auf und legte ihren Mund dorthin, wo ihre Hände gewesen waren. Ich zog meine Knie heran und umschlang sie mit meinen Armen. Ich konnte nichts mehr sehen, sie hatte ihren Kopf so gedreht, dass ihr langes Haar das Geschehen wie ein Schleier verdeckte, und erstarrt schaute ich zu, wie K. eine Hand auf ihren Kopf legte und sie dann auf ihre Schulter rutschen ließ, die er fest umklammerte. Dann sah ich sein Gesicht und erkannte, dass auch er mich beobachtete und darauf gewartet hatte, dass sich unsere Blicke trafen. Er schaute mich unverwandt an, ohne Zuwendung oder Wärme oder irgendeinen Hinweis auf das, was wir geteilt hatten, und mein Gefühl, eine Grenze verletzt, etwas Verbotenes gesehen zu haben, löste sich auf, denn ich sollte sehen, was hier geschah, nur darum ging es – ich war nicht als Wachposten hier, sondern als Zuschauer, ich sollte begreifen, wie anders er war, wie frei von der Verdorbenheit, für die mein Vater ihm die Augen geöffnet hatte; und nun, da ich es begriffen hatte, wusste ich auch, dass unsere Freundschaft zu Ende war. Er schloss seine Augen und gab sich hin, und mit einem schnellen Atemzug durch die Zähne ließ er seinen Kopf gegen die Wand sinken. Er wusste, dass ich ihnen zuschaute, er ließ es zu. Es war eine Art Abschiedsgeschenk, dachte ich, während ich sein Gesicht betrachtete und sah, wie es sich verzog, fast so, als hätte er Schmerzen. Auch ich spürte einen Schmerz, und nahezu automatisch ließ ich meine Hand zwischen meine Beine fallen und umfasste mich fest. Ich glaube, das ist es, wonach ich seither immer gesucht habe, diese Mischung aus Ausgeschlossensein und Begehren, die ich dort in seinem Zimmer erfuhr; der Schmerz des Ausgeschlossenseins und die Lust des Begehrens – manchmal glaube ich, es ist das Einzige, wonach ich je gesucht habe. Ich hatte mich vom Hang entfernt und war in das weite Gelände hineingelaufen, in dem sich offenbar die Abwässer der umliegenden Stadtviertel sammelten, denn trotz der Trockenheit war der Boden hier morastig, voller Schlamm und Wurzeln. Ich würde das Brachland nicht durchqueren können, begriff ich, schon jetzt versank ich bis zu den Knöcheln, meine Schuhe waren ruiniert. Ich machte kehrt und lief am Rand des Hanges entlang, den ich heruntergeklettert war, den Morast umkurvend, so gut es ging. Es war immer noch heiß; obwohl die Sonne nicht mehr im Zenit stand, schien sie immer noch unbändige Kraft zu haben. Wo ich lief, war kein Pflaster, kein Beton, kein Stahl, und es war still, kein menschlicher Laut war zu vernehmen. Ich hatte viel über K. nachgedacht, und ich war nicht wütend auf ihn; wenn er grausam gewesen war, so konnte ich es verstehen, er war ein Kind damals, er hatte sich genommen, was er brauchte. Nicht allzu weit entfernt lag ein kleines Wäldchen, ich ging darauf zu und erhöhte mein Tempo etwas, um der Sonne zu entkommen; ich spürte die Hitze und die Spannung meiner Haut an den Stellen, wo ich einen Sonnenbrand bekam, selbst das schwächere Nachmittagslicht verursachte Schmerzen. Als ich mich dem Wäldchen näherte, drang ein Geräusch in mein Bewusstsein, es klang wie etwas, das sich bewegte, dann begriff ich, dass es Wasser war, schnell fließendes Wasser, und bald sah ich es zwischen den Bäumen aufblitzen, es war ein breiter Bach, der flach über Gestein hinwegfloss. Ich war erstaunt, so nah an den *blokowe* darauf zu stoßen, nichts hatte unterwegs darauf hingedeutet, und als ich den Bach entlanglief, war es, als besänftigte er etwas in mir. Ich fühlte eher Trauer als Wut, auch wenn ich nicht genau wusste, wem dieses Gefühl galt, mir selbst oder K. oder den Männern, die ich nach ihm kennengelernt und von denen ich keinen so geliebt hatte wie ihn, von denen ich nur wenige überhaupt geliebt hatte; und als mir klar wurde, dass meine Trauer ihnen allen galt, fiel mir das Blatt Papier in meiner Hand ein, das sich langsam auflöste, während sich meine Hand darum schloss und wieder öffnete. Ich dachte an meinen Vater, alt und krank, ich stellte ihn mir bettlägerig und zerbrechlich vor; ich wollte herausfinden, ob ich auch für ihn Trauer empfand, ob meine Trauer so weit reichte. Waren sie jetzt bei ihm, fragte ich mich, hatten meine Schwestern ähnliche Nachrichten erhalten, hatten sie sich erweichen lassen und waren hingefahren? War

G. bei ihm? Ich dachte daran, wie wütend sie in jener Nacht in Mladost gewesen war, als sie uns die Geschichten über ihn erzählte, die zugleich von ihr handelten und von mir. Wir hatten ihr lange zugehört, meine andere Schwester und ich; die letzten Kerzen waren irgendwann erloschen, doch wir sahen einander im Licht, das von der Straße in die Wohnung schien. G. war das jüngste Kind meines Vaters, sein letztes Kind, das (wie er vielleicht dachte) ihn endlich so liebte, wie er es verdient hatte, und er erzählte ihr von seiner Kindheit, Dinge, von denen ich nie gehört hatte. Seine Mutter, begann sie und unterbrach sich dann, wie sie es oft tun würde an dem Abend, sie fragte uns: Kennt ihr die Geschichte schon? Doch die Vergangenheit meines Vaters war immer undurchsichtig für mich geblieben, er sprach selten darüber, und sie schien so kompliziert zu sein, ein Gewirr von Halbbrüdern und Cousins, zu viele, um sie auseinanderzuhalten. Und zu den meisten hatte er keinen Kontakt, böses Blut, sagte er nur, wenn das Gespräch auf sie kam, und damit war das Thema beendet. Wisst ihr, wie jung sie war, als unser Vater geboren wurde, sagte meine Schwester, sie war gerade mal vierzehn, selbst noch ein Kind, könnt ihr euch das vorstellen? Als er eingeschult wurde, fuhren sie mit demselben Schulbus, sie war in ihrem letzten Jahr, er war gerade eingeschult worden. Sie hatte noch andere Kinder, drei Söhne und eine Tochter, die starb, alle von verschiedenen Vätern. Es war ein Skandal, sagte meine Schwester, könnt ihr euch vorstellen, wie das für sie gewesen sein muss an so einem Ort? Ich konnte das, was G. erzählte, nicht mit der distanziert wirkenden kleinen Frau zusammenbringen, die immer so schicklich und zufrieden wirkte, wenn wir sie einmal im Jahr besuchten, dort in dem Haus, wo sie mit dem

Mann lebte, den ich für meinen Großvater hielt, auch wenn ich wahrscheinlich schon ahnte, dass er nicht mein leiblicher Großvater war, da mein Vater ihn mit Vornamen anredete. Meine Schwester hatte recht, den Leuten in der Stadt musste ihr Leben skandalös vorgekommen sein, und ihren Eltern sowieso. Sie waren es, die sich um meinen Vater kümmerten, besonders seine Großmutter, das einzige Mitglied seiner Familie, das später nicht seine Verachtung traf. Er hatte sie immer Ma genannt, eine einzige Silbe, und bis heute kann ich mich an keinen anderen Namen für die Frau erinnern, die ich nur einmal gesehen habe, als sie schon so winzig war, dass sie kaum noch vorhanden zu sein schien; sie lag in einem Bett im Krankenhaus oder wohin auch immer man sie zum Sterben gebracht hatte, und ihre schönen weißen Haare umrahmten ihr Gesicht. Ich erinnere mich nicht mehr an die Jahreszeit, auch nicht daran, wie weit wir fahren mussten oder warum ich mit meinem Vater allein war, der mich hochhob und behutsam auf das Bett neben die Frau setzte, die unvorstellbar alt war, älter als jeder andere Mensch, den ich kannte, und deren Bild ich bis heute, obwohl so vieles andere verloren ist, klar vor Augen habe. Mein Vater saß auf der anderen Seite und fütterte sie, als wäre sie ein Kind, Löffel um Löffel; er flüsterte ihr Worte der Ermutigung zu oder der Ermahnung, wenn sie nicht essen wollte, wenn sie die Lippen verschloss oder das Essen zurück in die Schüssel spuckte. Ich hatte viele Jahre nicht mehr an sie gedacht, obwohl mein Vater auch nach ihrem Tod manchmal von ihr erzählte, wogegen er nie von seinem Großvater sprach, der vor meiner Geburt gestorben war. Oder jedenfalls nicht mit mir, meine Schwester wusste Dinge über ihn, und in jener Nacht erzählte sie uns davon. Er sei ein strenger Mann gewesen, sagte sie, er habe versucht, seine Tochter im Zaum zu halten, sie zu maßregeln und sie (wie er vielleicht dachte) zu retten, und seine Gewalttätigkeit, ob provoziert oder nicht, habe das Leben meines Vaters bestimmt. Sie waren eine stetige Provokation, diese Tochter und ihre immer zahlreicheren Söhne, ihre Männer und die Kinder, die sie hinterließen; die ganze Gegend muss sich genüsslich das Maul darüber zerrissen haben, wie das so ist an Orten, wo sonst wenig passiert. Er terrorisierte sie, die Tochter und ihre Kinder, sagte meine Schwester, er schlug sie und drohte mit Schlimmerem als Schlägen. Der Vater unseres Vaters war älter als unsere Großmutter, er war über zwanzig, als sie sich kennenlernten, und sie hatte sich in ihn verliebt. Männergeschichten waren ihre Art, dem Vater die Stirn zu bieten, sagte G., doch bei ihm, dem ersten Mann, sei es anders gewesen, sie habe ihn geliebt und er sie auch. Sie war zu jung dafür, sie wusste, dass ihr Vater außer sich sein würde, aber sie war verliebt, sie schlief mit ihm, und dann war sie schwanger mit meinem Vater. Und dann sagte meine Schwester: Er hat ihn getötet, bevor unser Vater geboren wurde, hat er ihn umgebracht, und während wir bis dahin geschwiegen hatten, meine andere Schwester und ich, erschraken wir nun und brachten unseren Schock und unsere Ungläubigkeit zum Ausdruck. Die Geschichte, die G. dann erzählte, war unzusammenhängend, sie kannte selbst nur Bruchstücke: Es sei Winter gewesen, als mein Großvater erfuhr, was passiert war, sagte meine Schwester, es stürmte, und er lief hinaus in den Sturm, um den Mann zu töten, der seine Tochter ins Unglück gestürzt hatte – aber wie, warf ich ein, doch meine Schwester wusste es nicht, alles, was sie wusste, war, dass er am nächsten Morgen erfroren in seinem Auto gefunden wurde.

Aber das ist doch verrückt, platzte es aus mir heraus, selbst an so einem Ort, solche Sachen geschehen doch nicht einfach, jedenfalls nicht ohne Konsequenzen. Und überhaupt, mein Vater habe eben gerne Geschichten erzählt, die hanebüchensten Dinge habe er behauptet; wahrscheinlich sei das eine seiner Südstaatenschauergeschichten gewesen. Aber meine Schwester beharrte darauf, etwas in der Art, wie er es erzählt hatte, habe sie davon überzeugt, dass es wahr sei oder dass er geglaubt habe, es sei wahr. Und darauf, dachte ich, kam es letztlich an, auf seinen Glauben, und ich fragte mich, wann ihm selbst diese Geschichte erzählt worden war, die ihm eine Erklärung für die Abwesenheit seines Vaters lieferte; ob er zu diesem Zeitpunkt noch ein Kind gewesen war, wie sehr diese Abwesenheit auf ihm gelastet hatte und wie er sie sich vorher erklärt hatte. Wer hatte ihm diese Geschichte erzählt und warum – seine Mutter, um ihn wütend zu machen, oder sein Großvater, um ihm Angst einzuflößen? Außerdem, sagte meine Schwester, erklärt das ihr Verhalten, also das der Mutter meines Vaters, die sich immer wieder neue Männer, vor allem aber die unvertretbarsten Männer gesucht habe, als wollte sie ihrem Vater nicht nur die Stirn bieten, sondern ihn auch verletzen, ihn und immer öfter auch sich selbst. Oft seien es gewalttätige Männer gewesen, sagte meine Schwester, so hatte sie es gehört; von frühester Kindheit an habe mein Vater Angst vor ihnen gehabt, genauso wie vor meinem Großvater, der ihn und seine Brüder ohne Vorwarnung schlug. Und auch untereinander bekämpften sie sich, diese Jungen mit den verschiedenen Vätern, als Kinder und später als Erwachsene; einer von ihnen starb im Vietnamkrieg, bevor ich geboren wurde, und auch die anderen kannten wir kaum, so selten sahen wir sie.

Zwei, drei Male nahm mich mein Vater als Kind zu Familientreffen mit, und immer kam es zum Streit, zu einem Auflodern der Gewalt, bis einer oder mehrere am Boden lagen. Schon als Kinder hielten sie nicht zusammen, mein Vater und seine Brüder; sie wechselten ihre Gefolgschaft nach Bedarf, verbündeten sich mal gegen einen und dann gegen einen anderen oder schlossen Allianzen mit einem der Männer, die wie aus dem Nichts erschienen und nie lange blieben. Am stärksten waren sie alle um ihren Großvater bemüht, den sie hassten, aber auch brauchten, vor allem weil ihre Mutter sich immer brutalere Männer suchte. Es war, als wollte sie, dass sie ihr wehtaten, sagte meine Schwester, und als wäre es ihr egal, was mit ihren Söhnen geschah. Eines Tages, unser Vater sei noch ein kleiner Junge gewesen, acht oder neun vielleicht, habe er seine Mutter laut schreien gehört und sei losgerannt. Er fand sie mit einem seiner Brüder auf dem Feld, vor ihnen stand der Vater des Jungen, hemmungslos wütend; unser Vater, sagte meine Schwester, sei nicht überrascht gewesen, als dieser Mann seine Mutter schlug, erst mit der flachen Hand und dann mit seiner Faust. Und nicht nur sie, auch das Kind schlug er, nicht nur einmal oder zweimal, sondern viele Male, mit einer Grausamkeit, die meinem Vater Angst machte. Er lief zur Werkstatt, wo sein Großvater über die Motorhaube seines Autos gebeugt war, und er brüllte, dass er kommen solle, dass der Mann seiner Mutter und seinem Bruder wehtue, dass er (mein Vater) Angst habe; und sein Großvater griff sich das nächstbeste Werkzeug, einen schweren Schraubenschlüssel, lief zum Feld und drosch mit dem Schraubenschlüssel auf den Mann ein, der eben noch seine Tochter geschlagen hatte, nicht aufgebracht, sondern mit einer gespenstischen Ruhe, wieder und wieder, während seine

Tochter ihn anflehte, aufzuhören, und mein Vater von einer neuen Angst erfasst wurde. Hat er ihn also auch umgebracht, fragte meine andere Schwester, aber G. wusste es nicht; wie alle Geschichten war auch diese lückenhaft, fragmentarisch. Sie wusste aber, dass der Großvater von jenem Tag ein Wundmal zurückbehielt, seine Hand, mit der er den Schraubenschlüssel gehalten hatte, war wulstig vernarbt, das Eisenwerkzeug hatte auf dem Motor des Autos gelegen und war glühend heiß gewesen. Es hat ihn nicht aufgehalten, könnt ihr euch das vorstellen, fragte meine Schwester, für den Rest seines Lebens war er entstellt, die Finger seiner Hand blieben gekrümmt, er konnte sie nie wieder ganz öffnen. Aber als er das Werkzeug griff, habe ihn nichts aufgehalten, er habe es einfach genommen – und sie hob ihre Hand, drehte die Innenseite nach oben und legte die Finger um einen imaginären Schraubenschlüssel, das Handgelenk leicht zur Seite gedreht, als würde ein Gewicht die Hand nach unten ziehen. Und obwohl mir nichts an der Geschichte vertraut war, überkam mich ein leichtes Schwindelgefühl bei diesem Anblick; ich sah, wie mein Vater dieselbe Geste machte, ganz genau dieselbe, und ich wusste, dass ich die Geschichte schon einmal gehört haben musste, dass er sie mir erzählt haben musste, als ich ein Kind war. Sie gehörte auch mir, begriff ich, während meine Schwester fortfuhr, und ich fragte mich, wie viel von meinem Vater ich noch vergessen hatte, wie viel davon wiederherstellbar und wie viel endgültig verloren war. Ich saß in Mladost am Wasser und hielt mir zwei Bilder meines Vaters vor Augen, um zu prüfen, was ich fühlte: das des Kindes, verletzlich und so unschuldig wie alle Kinder; und das des bedürftigen alten Mannes, der wiedergutzumachen versuchte, was er angerichtet hatte. Ich wollte wissen, was diese Bilder in mir auslösten, ob ich in der Lage wäre, seinem Wunsch nachzukommen und ihn zu besuchen; aber von allen Bildern jenes Tages berührten mich diese zwei am wenigstens, mein Vater als Kind, mein sterbender Vater, sie tangierten mich kaum, sie entglitten mir, während ein anderes Bild in mir aufstieg, das aus der Zeit stammte, nachdem K. unsere Freundschaft beendet hatte – als auch mein Vater schließlich mit mir brach. Es war das letzte in einer langen Reihe von Ereignissen in jenem großen Haus, dessen Atmosphäre unerträglich geworden war; mein Vater und ich sprachen kaum noch miteinander, vielleicht weil wir beide Angst davor hatten, was wir sagen würden. Er verbrachte weniger Zeit zu Hause, blieb länger bei der Arbeit und nutzte jeden Vorwand für Geschäftsreisen nach Chicago oder New York; meine Stiefmutter blieb mit mir und der älteren meiner beiden Schwestern, die noch ein Kleinkind war, zurück. Rückblickend wurde mir klar, wie unglücklich meine Stiefmutter damals war, wie oft mein Vater sie im Stich ließ und wie gefangen sie sich gefühlt haben muss; und auch, dass wir uns stritten, weil wir füreinander weniger gefährliche Angriffsziele waren als mein Vater. Wir schrien uns beim geringsten Anlass an und schlugen die Türen, eigentlich brauchten wir gar keinen Anlass; und eines Abends, nach einer besonders heftigen Auseinandersetzung, in der ich irgendeine Grenze überschritten hatte, an die ich mich nicht mehr erinnere, verwies sie mich des Hauses. Sie verriegelte die Tür zum Souterrain, sodass ich früher oder später gezwungen sein würde, das Haus zu verlassen, und ich tat ihr den Gefallen, ohne auch nur abzuwarten, ob sie ihre Meinung änderte; ich floh wie immer durch die Garage. Wutentbrannt lief ich die zwei, drei Meilen zum Haus meiner Mutter, zugleich verspürte ich eine gewisse Befriedigung; sie bestraften mich oft, aber nie zuvor hatten sie mich aus dem Haus geworfen, und was auch immer ich getan hatte, rechtfertigte das nicht. Mein Vater, dessen war ich mir sicher, würde das genauso sehen und meiner Stiefmutter sagen, sie solle mich wieder ins Haus lassen. Ich lief schnell, ich wollte zu meiner Mutter und ihn anrufen; er war in New York, ich kannte die Nummer des Hotels, in dem er immer wohnte. Ich war fast jedes Wochenende bei meiner Mutter, aber ich kam selten unangemeldet, sie wusste also, dass irgendetwas nicht stimmte, als ich vor der Tür stand. Sie fragte mich, was geschehen sei. Ich muss meinen Vater anrufen, sagte ich, so nannten wir ihn in diesem Haus, meine Mutter nahm seinen Namen nicht in den Mund. Ich ließ meine Tasche an der Tür fallen (ich hatte meine Schulsachen eingepackt und ein paar Sachen zum Übernachten) und ging in die Küche, wo ein Telefon an der Wand hing. Meine Mutter sah, dass ich aufgebracht war, sie folgte mir und fragte erneut, was los sei, erzähl es mir, bevor du ihn anrufst, sagte sie, du musst dich beruhigen. Aber ich wollte mich nicht beruhigen, ich genoss die Empörung, die mich erfüllte und von der ich annahm, dass mein Vater sie teilen würde; ich wollte ihn anrufen, bevor sie verflog. Ich stellte mir vor, wie er mich trösten und mir versprechen würde, alles wieder in Ordnung zu bringen, wie er es früher ganz selbstverständlich getan hatte. Aber meine Zuversicht schwand, sobald er abhob, denn er tat es zu schnell, gleich nach dem ersten Klingeln. Er hatte auf meinen Anruf gewartet, was bedeutete, dass meine Stiefmutter schon mit ihm gesprochen hatte, und an seinem Ton hörte ich, dass er von ihrer Sicht der Dinge überzeugt war. Ich konnte kein Verständnis von ihm erwarten, er würde mich dazu zwingen, mich bei ihr zu entschuldigen, immer wieder würde ich mich bei ihr entschuldigen müssen, bis sie zufrieden war; es würde demütigend sein, und sie würde das genießen. Damit rechnete ich, während ich meinem Vater erzählte, wie ungeheuerlich sie sich verhalten hatte, ich wohne dort, sagte ich, sie kann mich nicht einfach rausschmeißen. Ich redete und redete, und er hörte zu, ohne ein Wort zu sagen; hätte ich seine Gegenwart nicht so deutlich gespürt, hätte genauso gut die Verbindung unterbrochen sein können. Sein Schweigen gab mir das Gefühl, dass meine Empörung mich in die falsche Richtung leitete, dass ich mir mein eigenes Grab schaufelte, also hielt ich inne und wartete darauf, dass er etwas sagen würde, lehnte mich in sein Schweigen. Ich wartete lange, jedenfalls kam es mir lange vor, bis ich schließlich selbst wieder das Wort ergriff. Sag ihr, dass sie mich wieder ins Haus lassen soll, brachte ich hervor, und auch wenn ich den Imperativ benutzte, klang ich wie ein Geschlagener. Ich wusste, dass mir eine Zurechtweisung bevorstand, aber ich ging davon aus, dass sie mich, sobald ich mich ausreichend entschuldigt hätte, wieder bei sich aufnehmen würden; es war mein Zuhause, und in meiner Welt wurden Kinder nicht einfach vor die Tür gesetzt. Sag ihr, dass sie mich reinlassen soll, sagte ich, und an dieser Stelle machte mein Vater ein Geräusch. Ich hörte, wie er sein Gewicht auf dem Stuhl verlagerte, auf dem er saß, dann atmete er hörbar aus, es war nicht wirklich ein Seufzer, es klang nicht wütend oder traurig, sondern bar jedes Gefühls, und dann sprach er zum ersten Mal, seit er sich am anderen Ende gemeldet hatte. Wenn, sagte er und ließ den Satz einen Moment in der Luft hängen, wenn es stimmt, was du über dich selbst sagst, dann bist du in meinem Haus nicht mehr willkommen. Es war nun an mir zu schweigen, zuerst, weil ich nicht verstand, was er meinte, und dann, weil ich es verstand. Ich hatte das Gefühl, dass etwas gelöst, dass ein großes Gewicht freigesetzt wurde und sich in die einzig mögliche Richtung in Bewegung setzte. Was meinst du damit, fragte ich ihn schließlich, und er antwortete mir; er sagte, meine Stiefmutter und er hätten ein Notizbuch in meinem Zimmer gefunden. Ich wusste, welches Notizbuch er meinte, ein Tagebuch, das ich vor kurzem begonnen hatte und in dem ich über K. geschrieben hatte und darüber, was ich in seinem Zimmer gefühlt und über mich erfahren hatte. Ich hatte darauf geachtet, es zu verstecken; wenn sie es gefunden hatten, dann deshalb, weil sie danach gesucht hatten, aber mein Vater legte mir gegenüber keine Rechenschaft ab, lieferte keine Erklärung. Sie hätten es gefunden und gelesen, was ich geschrieben habe, sagte er einfach, schon vor Wochen. Was sie über mich erfahren hatten, begriff ich, hatte die beiden verbündet, sie standen mir mit vereinten Kräften gegenüber, und ich stellte mir vor, dass sie sich in den Wochen seitdem überlegt hatten, wie sie ihr Wissen am besten nutzen könnten. Ich war mir sicher, dass meine Stiefmutter mein Zimmer durchsucht hatte, mein Vater hätte sich niemals die Mühe gemacht, und ich begriff, wie sehr ich ihr in die Hände gespielt hatte. Stimmt es, fragte er mich schließlich, er ließ mir die Wahl oder den Anschein einer Wahl. Er tat so, als wäre es etwas, das mit Worten richtiggestellt oder aus der Welt geschafft werden könnte, aber ich konnte es nicht aus der Welt schaffen, denn dann hätte ich mich selbst aus der Welt geschafft, genau darum ging es, also sagte ich: Ja, es stimmt – ich stand für mich ein. Mein Vater atmete wieder hörbar aus, noch schärfer als zuvor, sodass ich schon zusammenzuckte, bevor er überhaupt etwas sagte, und ich sah, wie meine Mutter, die mit einer Zigarette in der Hand am Waschbecken stand, erstarrte. Mein Vater sprach nun anders, mit einer anderen Stimme, der seiner eigenen Kindheit, dachte ich, der Stimme des Schmutzes, den er sonst so mühevoll verbarg. Du magst also kleine Jungen, sagte die Stimme, es war die Stimme seiner Instinkte, jenes Blickes, den er mir zugeworfen hatte, der verdorbenen Atmosphäre damals im Auto. Trotz meines Alters wusste ich, wie absurd die Anschuldigung war, ich war ja selbst noch ein Junge, welchen Vergehens wollte er mich beschuldigen, doch inzwischen glaube ich, dass diese Vorstellung tatsächlich sein einziger Verständnishorizont dafür war, was ich sein könnte; wer ich wirklich war, ging verloren. Doch so absurd es auch war, ich weinte, und als meine Mutter zu mir eilte, war ich schon in Tränen aufgelöst. Ich wehrte sie ab, drehte ihr den Rücken zu, ich schämte mich für meine Tränen; ich konnte kaum atmen, und alles, was ich hervorbrachte, war: Aber ich bin doch dein Sohn, mein einziger Einspruch und das Letzte, was ich sagte. Er machte ein abschätziges Geräusch, das fast wie ein Lachen klang, und dann setzte er wieder zum Sprechen an, mit einer knurrenden Stimme, die ich noch nie gehört hatte: Ein Scheiß bist du, eine Schwuchtel, wenn ich das gewusst hätte, wärst du nie auf die Welt gekommen, ohne Pause sprach er jetzt, immer weiter, du ekelst mich an, hörst du, du ekelst mich an, wie kannst du da mein Sohn sein? Und während seine Worte in mich eindrangen, war mir, als wäre es sinnlos, für mich einzustehen, weil da nichts war, wofür ich einstehen könnte, nichts oder fast nichts, als würde ich mich auflösen und als wären meine Tränen das äußere Zeichen dieser Auflösung. Er sprach immer noch, es gab immer noch Dinge, die er mir sagen wollte, aber ich hängte den Telefonhörer in seine Halterung und blieb so stehen, die Hand am Hörer, als würde ich mich daran festhalten, während meine Mutter mir ihre Hand auf den Rücken legte. Ich lehnte meine Stirn an die Wand und verbarg mein Gesicht vor ihr. Ich weinte immer noch, aber meine Tränen waren nicht mehr Ausdruck von Schock oder Kummer, sondern von Zorn, ja Furor, und dieser Furor erfüllte mich mit etwas, das sich nicht mehr auflösen sollte. Was wäre ich ohne diesen Zorn, fragte ich mich, während ich über das Wasser schaute, jenen Zorn, den ich immer noch in mir trage, der mal aufwallt und mal schwächer wird, aber immer da ist; was immer er mir im Leben verwehrt hat, ohne ihn hätte ich mich verloren. Ich hob meine Hand. Nachdem ich es so lange umfasst hatte, war es nicht leicht, das zusammengeknüllte Papier loszulassen, aber ich warf es in den Bach und schaute zu, wie das Wasser es davontrug. Ich würde nicht antworten, ich würde meinen Vater nicht wiedersehen, ich würde nicht um ihn trauern, würde keine Erde auf sein Grab werfen. Eine Weile stand ich so da und sah auf das Wasser, ich bin mir nicht sicher, wie lange, und irgendwann holte mich ein entferntes Geräusch aus meiner Versunkenheit. Es war ein unmelodisches Scheppern, das sich über das Rauschen des Wassers legte, und es dauerte einen Moment, bis ich begriff, dass es eine Glocke war, eine große Glocke wie von einem Kirchturm, aber ich kannte keine Kirche in Mladost, das von den Kommunisten und daher ohne Kirchen gebaut worden war; die einzigen Orte, an denen hier Religion ausgeübt wurde, waren kleine Holzhäuschen oder angemietete Hallen amerikanischer Missionare. Ich konnte mir nicht vorstellen, woher in Mladost ein solches Geräusch kommen sollte, eine Glocke, die zweimal kurz hintereinander erklang, wenn jemand (so stellte ich es mir vor) an ihrem Seil zog, ein schiefes Läuten, das über das Wäldchen und das Wasser hallte. Ich lief darauf zu, und bald wurde der Boden ebener und formte sich dann zu einem ansteigenden Weg, dessen unregelmäßige Steine schließlich einer Pflasterung wichen. Es war ein hübscher Weg, so makellos wie wenig in dieser Stadt, und zu seiner rechten Seite erhob sich eine niedrige Steinmauer, die weiter oben in eine andere, strahlend weiß verputzte Mauer überging. Es war eine Art Anlage, verborgen hinter den *blokowe*, groß und offenkundig sehr alt, aber perfekt in Schuss; die Steine des Weges waren ebenfalls alt, so wie die Bäume, die sich über ihm schlossen. Die Glocke erklang nun ganz in der Nähe, auf der anderen Seite der Mauer, der Weg wurde breiter und für Autos befahrbar, und mir wurde klar, dass er zur Straße führen musste. Ich kam zu einem Tor mit großen hölzernen Flügeln; es war geschlossen, aber jeder Flügel hatte eine Öffnung in Form eines Kreuzes, und während das Läuten ausklang, schaute ich hindurch auf das Ensemble innerhalb der Mauer, eine Ansammlung kleiner Gebäude, verbunden durch Wege, die an Grünanlagen entlangführten. Es war die Heimstatt einer Ordensgemeinschaft, keine Kirche, sondern ein Kloster, das erbaut worden sein musste, als sich ringsum noch freies Land erstreckte und Sofia zugleich erreichbar und in sicherer Entfernung lag. Es wurde zum Gebet gerufen, doch ich sah niemanden auf dem Gelände. Im ganzen Land gibt es Klöster, in den meisten harrt ein Mönch aus und wacht, manchmal sind es zwei; sie sterben hier aus wie überall sonst auch, aber noch gab es jemanden, der die Glocken läutete und zum Gebet rief, selbst wenn niemand da war, der dieser Aufforderung nachkommen konnte. Ich lief weiter; ich hatte mich entschieden, nicht in die Schule zurückzukehren, sondern dem Weg zur Straße zu folgen und dann direkt nach Hause zu gehen, aber nach einer Biegung blieb ich erneut stehen. Zu meiner Linken tat sich eine Lichtung auf und auf der Seite des Weges graste ein Pferd, das vor einen Karren gespannt war. Niemand war zu sehen; vielleicht war doch jemand der Aufforderung zum Gebet nachgekommen. Pferde sind nicht ungewöhnlich in Mladost, Zigeuner benutzen sie für ihre Runden, aber mir war noch nirgends ein unbeaufsichtigtes Pferd begegnet. Es sah bemitleidenswert aus, kränklich und dünn, seine Haut hing lose zwischen den hervorstehenden Rippen; ein Bild des Elends, dachte ich, während ich näher herantrat, doch es zupfte geruhsam an den spärlichen Grasbüscheln, die auf dem steinigen Boden wuchsen. Ich schaute ihm einige Minuten lang zu, dann legte ich meine Hand an seine Flanke, die dunkel und so heiß von der Sonne war, dass man sie fast nicht berühren konnte. Ich spürte, wie es unvermittelt seufzte, ein kurzes Entweichen von Atemluft, eine Regung des Körpers. Ich sah, dass es nicht festgebunden war, es hätte jederzeit wegtrotten können, doch wo sollte es schon hin, der Wagen, nahm ich an, war schwer, und dort, wo es stand, gab es etwas, so dürftig es auch war.

III MALADIE FRANÇAISE

Als es klopfte, schnell und fest, war ich nicht überrascht. Ich stand am Herd und wärmte mir eine einfache Mahlzeit auf, meine Hände blieben ruhig. Trotz der Dunkelheit hinter den Fenstern in meinem Rücken war es noch nicht spät; es wurde früh dunkel im Februar, und nachdem es lange beunruhigend mild gewesen war, war der Winter bitterkalt geworden, kälter als jeder andere seit Beginn der Wetteraufzeichnung, der scharfe Wind peinigte jeden Zentimeter unbedeckter Haut. Er hatte nicht unten an der Haustür geklingelt, was mich vorgewarnt und mir etwas Zeit gegeben hätte, mich auf ihn einzustellen; er hatte wahrscheinlich gedacht, das Überraschungsmoment geriete ihm zum Vorteil, und ich stellte ihn mir vor, wie er draußen vor der Tür stand und hoffte, dass jemand kam oder ging und ihn ins Haus ließ, während er sich so gut wie möglich gegen den Wind schützte, die Zigarette fest zwischen die Lippen geklemmt. All das wäre nicht nötig gewesen; ich hätte den Summer so schnell betätigt, wie ich jetzt die Wohnungstür öffnete, ohne auch nur die Abdeckung des Spions zur Seite zu schieben, wenngleich ich, die Hand schon am Türgriff, kurz innehielt und durchatmete. Es war fast genau zwei Jahre her, dass ich Mitko das letzte Mal gesehen hatte. Nach meiner Rückkehr aus Warna hatte ich alles in meiner Macht Stehende getan, damit wir uns nicht wiedersehen würden: ihn auf Facebook und Skype blockiert, ihn aus meinen Telefon- und meinen E-Mail-Kontakten gelöscht. Im Grunde waren das Maßnahmen, um mich vor mir selbst zu schützen; ich wollte es mir erschweren, ihn in einem Anfall von Reue wieder zu kontaktieren, und obgleich ich oft an ihn dachte und er mir in Träumen erschien, die mich stärker erregten als alles, was ich im Wachzustand erlebte, bedauerte ich nichts. Ich hatte ihn vermisst, aber noch stärker war das Gefühl der Erleichterung gewesen, dass er weg war.

Der Hausflur war dunkel, als ich die Tür öffnete. Das Licht im Treppenhaus erlosch nach einer Weile automatisch, der Timer musste abgelaufen sein, seit er es angeschaltet hatte, sofern er es überhaupt angeschaltet hatte; vielleicht dachte er, auch die Dunkelheit wäre zu seinem Vorteil. Ich sah ihn nur dank des Lichts, das aus meiner Wohnung fiel und ihn kaum erreichte; er lehnte an der gegenüberliegenden Wand, so als hätte er lange darauf gewartet, dass ich die Tür öffnete, oder sich darauf eingestellt, lange warten zu müssen. Er richtete sich auf und trat ins Licht, und ich registrierte, dass er für die Kälte nicht angemessen gekleidet war; er trug eine dünne Jacke und zerschlissene Jeans, seine Stoffschuhe waren durchnässt. Unrasiert und ungepflegt sah er aus, dünner als zuvor, auch wenn er schon immer dünn gewesen war; es war, als hätte er sich in den Monaten, in denen ich ihn nicht gesehen hatte, irgendwie verbraucht. Er stand mit hängenden Schultern vor mir, seine Hände – die in meiner Erinnerung ständig in Bewegung waren, immer auf der Suche nach einer Beschäftigung – hatte er in den Hosentaschen vergraben. *Dobar wetscher*, sagte er, eine förmliche Begrüßung, als sei er sich nicht sicher, wie wir zueinander standen, und ich gab die Formel im selben Tonfall zurück. Aber ich war nicht unglücklich darüber, ihn zu sehen. Etwas in mir regte sich bei seinem Anblick, trotz seines Zustands und meines Wunsches, meine Gefühle im Zaum zu halten.

Einen Augenblick lang standen wir nur da und betrachteten einander (was sah er, fragte ich mich, welche Geschichte der vergangenen zwei Jahre erzählte ihm mein Anblick?), und dann nickte er zur Wohnungstür hinter mir. *Moshe li*, sagte er, darf ich, und ich machte einen Schritt zur Seite und bat ihn herein, ja, natürlich, *sapowjadajte*. Ich begriff zu spät, dass ich die Höflichkeitsform des Verbs benutzt und ihn so zugleich willkommen geheißen und auf Distanz gehalten hatte. Er trat auf mich zu, und erst jetzt reichte er mir die Hand, herzlich und fest, so wie ich es in Erinnerung hatte, doch anders als bei unserer ersten Begegnung erwiderte er meinen Blick nicht mit einem entwaffnenden und erwartungsvollen Ausdruck, sondern schaute nach unten auf unsere Hände, seine braun, meine weiß, seine Fingerkuppen breit und grob, fast eckig, und dann beugte er sich, um seine Schuhe aufzuschnüren, und ich nahm seinen Geruch in mich auf, nass und ungewaschen und von Alkohol durchtränkt. Ich folgte ihm ins Wohnzimmer, wo sich nichts verändert hatte, der leere Tisch stand noch immer am Fenster, das abgenutzte Sofa an der Wand, darüber hing ein Stadtplan von Sofia. Sein Blick fiel auf den Herd, und er sagte, es tut mir leid, du isst gerade, ich störe, und ich schaute ihn verwundert an, überrascht von seiner spröden Förmlichkeit. Welchem Gefühl von mir, fragte ich mich, wollte er damit begegnen? Oder war es etwas anderes, ein Versuch, seine Würde zu bewahren und sich gegen das zu stemmen, was ihn so brutal ausgemergelt und schließlich zu meiner Tür geführt hatte?

Mit verschränkten Armen, die Hände daruntergeklemmt, stand er in der Mitte des Raumes und wiegte sich vor und zurück, ich war mir nicht sicher, ob aus Nervosität oder weil ihm kalt war. Wir haben uns lange nicht gesehen, sagte ich schließlich, etwas Besseres fiel mir nicht ein, wie geht es dir, und endlich erwiderte er meinen Blick, aber nur kurz und ohne den Kopf ganz zu heben, sodass es wirkte, als schaue er zu mir auf. Mir geht es nicht gut, sagte er, und dann entschiedener: Mir geht es schlecht, ich muss mit dir reden, ich bin hier, um dir etwas zu sagen. Andere würden das nicht machen, sie würden denken, er ist Amerikaner, soll er doch selbst damit klarkommen, aber so bin ich nicht. Wovon redest du, fragte ich ihn, was ist los, und ich spürte meinen Unmut und eine böse Vorahnung. Und dann konnte ich seinen Worten nicht mehr folgen, er sprach zu schnell oder zu undeutlich, und obwohl er Details wiederholte, verstand ich nichts; ich kannte die Wörter, doch sie ergaben für mich kaum Sinn, und ich hob die Hände als Zeichen meiner Ratlosigkeit. Ich sah, wie frustriert er war; es hatte ihn Überwindung gekostet, mir zu erzählen, was er mir erzählen wollte, das spürte ich, und nachdem er sich diesen Ruck gegeben hatte, war ihm die Vorstellung unerträglich, letztlich gar nichts gesagt zu haben. Er setzte sich auf das Sofa, spreizte seine Beine und lehnte sich nach vorne, um meinen Laptop zu öffnen, der auf dem Couchtisch lag. Ich schreibe es auf, sagte er und bedeutete mir, mich zu ihm zu setzen, was ich auch tat, erregt von seiner Nähe und doch entschlossen, ihn nicht zu berühren und jeglicher Provokation zu widerstehen.

Auf dem Bildschirm war ein Internetbrowser geöffnet, und Mitko tippte direkt in das Feld der Suchmaschine, das sich mit Text füllte. Er war nicht besonders schnell, er benutzte nur die Zeigefinger und verwendete die Codes und Kürzel der Chatrooms, die ich erst nach Jahren einigermaßen zu entziffern gelernt hatte. Aber ich verstand genug, und meine Besorgnis wuchs, während ich bestätigend meinen Kopf wiegte, wenn er alle paar Wörter innehielt, um mich zu fragen: *Rasbirasch li?* Seit einigen Tagen, las ich, hatte er ein Problem, etwas, das er nicht kannte, Schmerzen in der Leistengegend; und aus seinem Penis kam weißer Ausfluss. Während er tippte, kam mir der so merkwürdige wie unangebrachte Gedanke, dass er das gleiche Wort – *tetsche* – benutzte wie zur Beschreibung eines tropfenden Wasserhahns, ein sprachliches Detail, das ich abspeicherte, eine Ablenkung von der Furcht, die Besitz von mir ergriff. Okay, sagte ich, als er aufhörte zu tippen und wartete, bis ich fertig gelesen hatte, bist du zu einem Arzt gegangen, und er nickte, beugte sich wieder über die Tastatur und schrieb, dass er in einer Klinik war, dass man ihm Blut abgenommen und gesagt habe, er leide an Syphilis. Oh, sagte ich und rückte unwillkürlich von ihm ab, ein Reflex gegen Ansteckung und gegen das Wort selbst, und mich überkam ein Grauen vor dieser Krankheit aus dem neunzehnten Jahrhundert, die ich nur aus Büchern kannte, so dass ich als Erstes ganz unmittelbar und eindringlich an eine Reise von Flaubert dachte, eine irgendwo gelesene Schilderung, wie er von einem Pferd oder Kamel stieg, um seine durchweichten Verbände zu wechseln.

Mitko musste mein Zurückweichen als Zeichen von Ungläubigkeit aufgefasst haben, mit durchdringender Stimme fragte er: Glaubst du, ich lüge, und stand auf. Nein, sagte ich schnell, da ich sah, wie er seine Hand zum Schoß senkte, natürlich nicht, das ist nicht nötig, aber er hatte schon seinen Gürtel geöffnet, und nachdem er kurz mit der Sicherheitsnadel kämpfte, die seine Jeans am Verschluss zusammenhielt (Knopf und Reißverschluss waren verschwunden), zog er sie mit einer einzigen, schnellen Bewegung mitsamt seiner Unterhose bis zu den Knien hinunter. Mich verblüffte erneut, wie zwanglos er in solchen Momenten sein konnte, wie wenig ihm das Entblößtsein ausmachte, und ich konnte nicht anders, ich musste zu seinem Schwanz sehen, der mir so vertraut gewesen war und der wie immer aussah, schwer und lang, ohne jedes Anzeichen für eine Krankheit; ich war bestürzt von meinem Verlangen, ihn zu betrachten. Mitko nahm ihn in die Hand, presste den Schaft fest zwischen zwei Finger und zog diese langsam nach unten. Es war eine Geste, die mich an den abschließenden Akt unseres Sex erinnerte, das Melken, um den letzten Tropfen der begehrten Substanz zu gewinnen, und ich sah, wie ein einzelner Tropfen an der Spitze austrat, weiß und trübe, nicht wirklich unterscheidbar von Samenflüssigkeit, und vielleicht war es genau diese Ähnlichkeit, die mich abstieß, die mir den Magen umdrehte, als Mitko mit dem Zeigefinger seiner anderen Hand den Ausfluss aufnahm, der geradezu einer Perle glich, ein Vergleich, der trotz meines Ekels unvermeidbar war. Er betrachtete den Tropfen seinerseits voller Abscheu; *gadno*, sagte er, widerlich. Er hielt seine beschmutzten Hände von sich weg und ging unbeholfen ins Badezimmer, sein Schwanz schwang in der Luft, seine Hose hing immer noch um seine Knie, die Vorderseite seiner Unterhose hatte, wie mir jetzt auffiel, bräunlich schmutzige Flecken, als würde er unter einer Art chronischer Inkontinenz leiden, was er vermutlich tat. Ich dachte daran, wie penibel er mit seinem Körper war, wie furchtbar es für ihn sein musste, plötzlich der Quell solcher Unreinheit zu sein, eines unkontrollierbaren Ausflusses. Er nahm sich Zeit im Badezimmer, wusch sich die Hände, dann stellte er sich auf die Zehenspitzen und lehnte sich nach vorne, um die Spitze seines Penis unter den Wasserstrahl zu halten. Ich sah ihm, immer noch auf dem Sofa sitzend, dabei zu, wie er sich mit Toilettenpapier abtrocknete und dann seine Unterhose wieder hochzog, wobei er den verschmutzten Stoff so lange wie möglich von seiner Haut weghielt, bevor er den elastischen Bund losließ.

Er kam ins Wohnzimmer und setzte sich wieder neben mich. Das ist eine ernste Sache, sagte ich, es tut mir leid, und er schüttelte zustimmend den Kopf. Dann sah er mich an. Hattest du irgendwelche Probleme, fragte er, Probleme dieser Art? Ich, erwiderte ich verdattert, natürlich nicht, nein. In der Klinik, fuhr er fort, haben sie gesagt, dass ich es schon lange habe, deswegen wollte ich es dir erzählen. Du musst dich untersuchen lassen, sagte er, und ich nickte zustimmend. Ja, sagte ich, du hast recht. Doch ich machte mir keine großen Sorgen: Es war zwei Jahre her, ich hatte nichts beobachtet, was mir Grund zur Beunruhigung gegeben hätte, und ganz sicher nichts, was Mitkos drastischen Symptomen glich. Andererseits hatte ich mich seit Jahren auf nichts mehr testen lassen. Meine immerwährenden Ängste von früher waren einer gewissen Sorglosigkeit gewichen, von der ich wusste, dass sie unverantwortlich war, aber ich ergriff normalerweise die üblichen Vorsichtsmaßnahmen, und der Gedanke an mögliche Gefahren war ohnehin leicht zu verbannen. Die meisten Typen hätten es dir nicht erzählt, sagte Mitko wieder, sie hätten sich gedacht, was schulde ich ihm schon, einen Scheiß schulde ich ihm. Aber so bin ich nicht, fuhr er fort, und du bist mein Freund. Ich habe dich immer als Freund betrachtet, sagte er und veränderte ganz leicht die Klangfarbe unserer Unterhaltung, machte sie intimer. Auch diese Tonlage – nachsinnend, fast bedauernd – kannte ich bei ihm noch nicht, und ich traute ihr nicht, ich bezweifelte, dass ihn allein sein Gewissen zu mir geführt hatte. Tut es dir leid, sagte er dann und senkte dabei seine Stimme noch mehr, tut es dir leid, dass du damals nach Warna gekommen bist? Ich antwortete ihm nicht gleich, ich dachte daran, wie verängstigt ich in jener Nacht gewesen war, ich dachte an die ganze falsche Geschichte zwischen uns, die mir immer falscher vorgekommen war, je länger ich seitdem über sie nachgedacht hatte. Nein, sagte ich, ich bedaure das nicht, und während ich es sagte, merkte ich, dass es stimmte. Und du, fragte ich, und er hob kurz den Kopf, ein schnelles Zucken, ein Nicken fast, *ne, ne sashaljawam*. Zum ersten Mal seit seiner Ankunft lächelte er, nicht das begierige Lächeln, das ich von früher kannte, sondern eines, das die Stimmung aufhellte. *Radvam se*, sagte er, ich bin froh, dass es dir nicht leidtut, und dann legte er seine Hand auf mein Knie, nicht unbedingt, um mich zu verführen, der Umstand seiner Erkrankung verbannte jeden Gedanken daran, sondern wie um den Kontakt zwischen uns neu herzustellen, als würde er andeuten, dass wir irgendwann wiederaufnehmen könnten, was wir unterbrochen hatten. Mitko, sagte ich, ich muss dir etwas sagen, ich habe jetzt einen Freund, und ich hielt kurz inne, nicht ganz sicher, wie ich es am besten erklären sollte, das bulgarische Wort ließ so viel Raum für Interpretation; *imam postojanen prijatel*, sagte ich schließlich, ich habe einen ständigen Freund, eine ungeschickte Formulierung, aber eine bessere fiel mir nicht ein. Ich wollte etwas deutlich machen, eine Grenze ziehen, aber noch während ich sprach, wurde mir klar, dass Mitko wieder an meiner Tür klingeln und dass ich ihn sehr wahrscheinlich hereinlassen würde. Ist er Bulgare, fragte Mitko, der mich richtig verstanden hatte, und ich sagte, nein, wir haben uns hier kennengelernt, aber er ist Portugiese und lebt in Lissabon, und dann sagte ich nichts mehr. Ich wollte meine Beziehung zu R. für mich behalten, und der Gedanke an ihn gab Mitkos Warnung eine neue Dringlichkeit. Könnte ich mir jemals verzeihen, wenn ich ihn angesteckt und damit in die Welt hineingezogen hätte, aus der er mich (so sah ich es) herausgeholt hatte?

Jasno, sagte Mitko und zog seine Hand zurück, ich verstehe; er schien kein Problem damit zu haben, das Thema fallenzulassen. Ich hatte bemerkt, dass sein Blick wie zufällig ein oder zwei Mal zu der Pfanne auf dem Herd gehuscht war; ich stand auf, zündete die Gasflamme an und fragte ihn, ob er hungrig sei. Es war nicht wirklich eine Frage, und er gab auch nicht vor, seine Antwort abzuwägen. Während ich das Essen warm machte, wandte er sich wieder meinem Laptop zu, loggte sich bei Facebook ein und ganz sicher auch bei der bulgarischen Dating-Website, an die ich mich von früher erinnerte, danach schloss er den Computer und setzte sich zu mir an den kleinen Tisch. Es überraschte mich, dass ich mich nicht daran erinnern konnte, jemals eine Mahlzeit mit ihm so eingenommen zu haben, ruhig, im Sitzen und zu zweit. Zunächst schwiegen wir; Mitko langte zu, und ich betrachtete ihn beim Essen, erstaunt darüber, wie froh es mich machte, dass er bei mir war. Ich fragte mich, wie sehr diese Freude wirklich seiner Anwesenheit geschuldet war, seinem Vergnügen an der dürftigen Mahlzeit, die ich zubereitet hatte, ob sie nicht mehr mit einem gefälligen Selbstbild zu tun hatte, mit einer Wahrnehmung von mir selbst als jemandem, der das Vergangene ruhen lässt und sich großzügig zeigt, denn ich wusste, bevor er ging, würde er meine Großzügigkeit in Anspruch nehmen, die nun, so empfand ich es, echt war, da ich keine Gegenleistung forderte. Als er bemerkte, dass ich ihn beobachtete, lächelte er, und ich lächelte zurück. Ich fragte ihn, wie er die vergangenen beiden Jahre verbracht habe, ob er in Warna geblieben sei, ob er Arbeit gefunden habe. Er blickte mich an, schwieg kurz und sagte, eine Zeitlang sei es ihm sehr schlechtgegangen, dann hielt er inne, als wäre er sich nicht sicher, wie er fortfahren solle, oder als warte er darauf, dass ich nachhakte. Was heißt das, fragte ich, was meinst du mit schlecht, und er legte seine Gabel nieder, die er wie ein Kind gehalten hatte, fest umschlossen mit allen fünf Fingern. Ich habe ein paar dumme Sachen gemacht, sagte er, sie haben mich erwischt und für ein Jahr weggeschlossen. Du warst im Gefängnis, fragte ich etwas dümmlich, was sonst hätte er meinen können, und er wiegte bejahend den Kopf. Was hast du angestellt, fragte ich und dachte natürlich an die Szene in Warna, an sein Gesicht, das zu so vielem fähig schien und das mit dem Gesicht, in das ich jetzt schaute, so wenig gemein hatte.

Mitko zuckte abschätzig mit den Schultern und nahm die Gabel wieder in die Hand. Es war ein Job, sagte er, ich habe für einen Typen in Warna gearbeitet. Er hilft Leuten mit Geld aus; wenn man etwas braucht, kann man zu ihm gehen. Aber man kann nicht einfach so das Geld von jemandem nehmen, sagte er, und es klang fast, als hätte ich dies bestritten, man muss es auch zurückzahlen. Wenn einer nicht zahlen wollte, hat er uns geschickt. Um ihnen wehzutun, sagte ich, und er zuckte wieder mit den Schultern. *Malko*, ein wenig, aber nie zu sehr, und dann, als hätte ich ihn beleidigt: Ich habe nie jemanden ernsthaft verletzt, ich bin nicht der Typ dafür, es gibt Leute, die so etwas machen, ich nicht. Er senkte seine Gabel zum Teller und schob sein Essen hin und her. Und wenn sie dann immer noch nicht bezahlten, fuhr er fort, sind wir zu ihnen nach Hause gegangen und haben ihnen alles weggenommen, und er deutete auf das Zimmer, in dem wir saßen, als würde er es sich leer vorstellen, den Fernseher, den Computer, die Möbel, wir haben alles mitgenommen, nichts haben wir dagelassen. Aber so ist das eben, sagte er, wieder in jenem rechtfertigenden Tonfall, man kann sich nicht einfach Geld leihen und es dann nicht zurückzahlen. Ich stellte seine Aussage weder in Frage, noch stimmte ich ihr zu, ich schaute ihn an, ohne etwas zu sagen. Und das war's, fuhr er fort, ich hatte schon vorher für ihn gearbeitet, aber dieses Mal gab es Schwierigkeiten, und ich musste weg. Es war nicht schön dort, es ist ein schlimmer Ort, mehr gibt es dazu nicht zu sagen. Aber ich bin durch damit, und er machte eine Geste, als würde er sich seine Hände sauber wischen, ich will das nicht mehr.

Und nachdem du rauskamst, fragte ich, was hast du da gemacht? Er zuckte wieder mit den Schultern, ich war eine Weile in Sofia, sagte er, ich hatte Arbeit hier, und er erzählte mir von seinem Job auf einer Baustelle, nicht als Bauarbeiter, sondern als Sicherheitsangestellter, der nachts das Gelände bewacht. *Skuchna rabota*, sagte er, langweilige Arbeit. Ich habe überlegt, ob ich dich anrufe, ich hatte immer noch deine Nummer, aber ich war mir nicht sicher, ob dir das recht wäre, ob du noch böse auf mich bist. Ich zuckte mit den Schultern und stellte mir dieselbe Frage, und er fuhr fort: Ein paar Monate lang habe ich dort gearbeitet, dann war es vorbei. Auf meinen fragenden Blick hin fügte er hinzu, dass dem Auftraggeber das Geld ausgegangen sei, das passiere ständig. Er sei dann wieder nach Warna gezogen und habe in der Wohnung seiner Mutter gewohnt, im Sommer ist das ganz okay, sagte er, dann sind Leute da, und es gibt etwas zu tun, und ich stellte mir vor, wie sehr er es genießen musste, wenn sich seine Heimatstadt für ein paar Wochen in ein kleines Europa verwandelte, wenn schöne junge Menschen aus dem Westen kamen, um den Strand und das billige Bier und den Balkankarneval zu genießen und das Leben zu führen, von dem er vielleicht annahm, dass es auch ihm zustand. Aber jetzt ist niemand dort, sagte er, die Stadt ist leer, und so sei er nach Sofia zurückgekehrt, um Arbeit zu suchen. Aber es gibt keine, sagte er, was soll man machen. Eine Weile habe ich bei Freunden gewohnt, aber man kann sich auf niemanden verlassen, und sein Gesicht verdunkelte sich, wer behauptet, dein Freund zu sein, ist noch lange nicht dein Freund. Und dann ist das passiert, sagte er und zeigte auf seinen Schoß, und ich habe kein Geld; ich soll zuerst Tabletten nehmen, und wenn die nicht helfen, brauche ich eine Injektion. Die Tabletten kosten vierzig Lewa, sagte er und dann, etwas heuchlerisch: Woher soll ich denn vierzig Lewa nehmen? Ich helfe dir natürlich, sagte ich, keine Sorge. Wir waren mit dem Essen fertig, und ich stand auf, nahm mein Portemonnaie von der kleinen Ablage neben der Tür und zog vierzig Lewa und dann noch einen Zwanzig-Lewa-Schein heraus. Hier, sagte ich, für die Medikamente. *Schte se oprawisch*, sagte ich, es geht dir bestimmt bald besser, und er nahm das Geld entgegen und dankte mir, für das Essen und für deine Hilfe, sagte er und reichte mir die Hand. Ich wollte ihn fragen, wohin er jetzt gehen würde, ob er ein Obdach für die Nacht hätte, aber ich fürchtete, er würde mich dazu bringen, den Bogen meiner Großzügigkeit zu überspannen. An der Wohnungstür hockte er sich hin, um sich die Schuhe anzuziehen, die immer noch feucht waren, dann stand er auf, warf sich seine dünne Jacke über und öffnete die Tür zum dunklen Treppenhaus. Danke noch mal, sagte er, und dann, so schnell, dass ich ihn nicht hätte aufhalten können, selbst wenn ich es gewollt hätte, umfasste er meine Schultern, beugte sich nach vorne und berührte meine Wange mit seinen Lippen. Er lächelte, ließ meine Schultern los und wuschelte mir mit der Hand durchs Haar, und sein Lächeln war nun so offenherzig, wie ich es in Erinnerung hatte. Es war eine freundliche, eine unromantische Geste, welche die Intimität des Kusses nicht abwertete, aber eine andere Tonart anschlug, und ich war erfüllt von Zuneigung, als er in den Flur trat und die Tür hinter sich schloss. Ich musste keiner Versuchung widerstehen, dachte ich, mein neues Gleichgewicht war nicht in Gefahr – die Monogamie, die sich immer noch wie etwas Neues anfühlte, wie das Ablegen einer alten Gewohnheit. Nachdem ich den Schlüssel im Schloss gedreht hatte, blieb ich noch eine Weile so stehen, die Hand am Türgriff, nicht um die Tür womöglich wieder zu öffnen, sondern um seinen Schritten im Treppenhaus zu lauschen. Er war längst unten, als mir einfiel, den Schalter für das Licht zu betätigen, und ich brachte den Timer zum Laufen, obwohl er schon nicht mehr von Nutzen war.

In jener Nacht schlief ich kaum. Nachdem Mitko gegangen war, setzte beinahe sofort die Sorge ein, und ich lag im Bett und fragte mich, was ich R. erzählen sollte, wenn die Tests positiv ausfielen, wovon ich inzwischen ausging. Ich hatte ihm eine E-Mail geschrieben, dass ich zu beschäftigt sei, um mit ihm – wie sonst eigentlich immer vor dem Schlafengehen – zu skypen. Mitkos Besuch hatte ich nicht erwähnt. Es war nicht meine Absicht, ihn anzulügen, R. wusste ja von Mitko, wie alles in meiner Vergangenheit war Mitko ein Teil der Geschichte, die uns zusammengebracht hatte; es ist eine Form der Liebe, denke ich, die Vergangenheit so zu betrachten. Aber R. würde sich noch mehr Sorgen machen als ich, und ich hielt es für besser, ihn zu verschonen, bis ich mir sicher war. Der nächste Tag war ein Freitag, und ich musste die ersten beiden Stunden am Morgen nicht unterrichten. In meinen drei Jahren in Sofia war ich nie krank gewesen, jedenfalls nicht krank genug, um ärztliche Hilfe in Anspruch zu nehmen; ich gehe ungern zum Arzt und habe schon als Kind die Demütigungen, die damit verbunden sind, verabscheut, die Verletzungen der Intimsphäre. Aber in der Nähe der Schule, in einem verglasten Gebäude direkt an der Ecke des Malinow-Boulevard und der Privatstraße, die zur Polizeischule und zum American College führt, befand sich eine Klinik, an der ich jeden Tag vorbeilief. Ich wusste, dass die anderen Lehrer dort hingingen, dass es eine moderne, gut funktionierende Einrichtung war und dass jemand dort Englisch sprechen würde. Letzteres war wichtig, denn mir fehlte das Vokabular, um meinen Fall darzustellen und zu erklären, welche Tests ich brauchte; meine sprachliche Hilflosigkeit, befürchtete ich, würde meine Hilflosigkeit angesichts der möglichen Krankheit nur noch verstärken. Als ich die Klinik betrat, erwartete mich der beruhigende Anblick eines Wartezimmers, wie man es so oder ähnlich auch in Amerika antreffen könnte. Einige Frauen wuselten hinter dem langen Tresen des stark beheizten Raumes herum, und obwohl die Klinik gerade erst geöffnet hatte, war es schon voll. Ich war nervös und ärgerte mich darüber. Trotz ihrer literarischen Schrecken war die Syphilis eine einfach zu behandelnde Krankheit, ich würde Antibiotika nehmen, wahrscheinlich würde eine Injektion genügen. Es ist dumm, dass mir das peinlich ist, sagte ich mir, es handelt sich um eine Infektion wie jede andere auch. Aber keine dieser Beschwichtigungen zeigte Wirkung, denn was ich spürte, als ich an den Empfangstresen trat, war zu stark und saß zu tief und war Teil einer umfassenderen Scham, die in meiner Geschichte mit Mitko, von unserer ersten Begegnung bis zu dieser verspäteten gesundheitlichen Folge, nur ihre neueste Ausformung fand.

Eine der Frauen blickte auf, ihre Hände hielten über der Tastatur ihres Computers inne, und meine Anspannung wurde von ihrer heiteren Begrüßung gelöst, mit der ich nicht gerechnet hatte. Sie schaute mich erwartungsvoll an, wartete darauf, dass ich etwas sagte, und als ich sie auf Bulgarisch fragte, ob sie Englisch spreche, schien es ihr aufrichtig leidzutun, dass sie verneinen musste, leider nicht, kein einziges Wort. Sie wandte sich an die anderen Frauen im Empfangsbereich, die jedoch auch nicht helfen konnten. Warten Sie einen Moment, sagte sie und griff zum Telefon, wir finden jemanden, und während ich dort stand, blickte ich mich im Wartezimmer um und war erleichtert, dass uns die acht bis zehn Menschen, die dort auf Plastikstühlen saßen, keiner von ihnen sichtlich krank, offenbar nicht beachtet hatten. Da, sagte die Frau hinter dem Tresen, die aufgestanden war und sich nach vorne beugte, um auf einen langen Korridor mit Sprechzimmern zu zeigen, diese Frau dort kann Ihnen helfen. Ich erblickte eine korpulente, sehr viel ältere Frau, die auf uns zukam; sie trug die unförmige Montur einer Sanitäterin oder Krankenschwester, und ihr schütteres blondes Haar war zu einer strengen, männlichen Kurzhaarfrisur geschnitten. Auch ihr Gesicht hatte, seiner Rundlichkeit zum Trotz, etwas Strenges, die Anspannung um ihre Lippen deutete nicht auf einen schlechten Morgen, sondern auf eine grundsätzlichere Erschöpfung hin. Guten Morgen, sagte sie mit einem affektiert britischen, vom Balkan gefärbten Akzent, was können wir für Sie tun? Sie sprach lauter als nötig, um mit ihren Englischkenntnissen zu prahlen, wie man es hier oft hört, da gutes Englisch seinen Sprechern ein gewisses Prestige verleiht, und mir wurde klar, dass ich schon jetzt Abneigung gegen sie verspürte. Ja, sagte ich, wenn nicht verstohlen, so doch sehr viel leiser, ich möchte mich testen lassen, und dann stockte ich, weil mir selbst auf Englisch die Begriffe fehlten, ein STI-Screening, sagte ich dann und rechnete damit, dass sie das Akronym nicht kennen würde und ich die Wörter aussprechen müsste. Aber sie verstand mich sofort: Ja, natürlich, sagte sie und lehnte sich über den Empfang, um nach einem Bogen Papier zu greifen, wobei ihre großen Brüste auf dem Tresen ruhten. Also, sagte sie und zog einen Kugelschreiber hervor, schauen wir mal, und dann ging sie mit ihrer lauten Stimme die Liste der Krankheiten durch und kreiselte sie ein: HIV, sie sprach den Namen einsilbig aus, *Hiff*,

Gonorrhö, Chlamydien, Hepatitis – sie glitt mit dem Stift die Seite hinunter – und noch etwas? Äh, ja, sagte ich, doch sie schnalzte mit der Zunge, bevor ich weitersprechen konnte, da sie unten in der Liste auf das Wort gestoßen war: Natürlich, Syphilis, und noch immer, ob aus Unbedarftheit oder Boshaftigkeit, sprach sie in derselben durchdringenden Stimmlage. Inzwischen schauten ein paar Leute zu uns herüber, unter ihnen ein sehr schöner Mann ungefähr in meinem Alter, unsere Blicke trafen sich, doch ich wandte meinen sofort ab. Es waren keine Englischkenntnisse vonnöten, um zu verstehen, worum es ging, die Namen der Krankheiten waren in beiden Sprachen gleich, und ich ließ meine Miene starr werden, um mich gegen die Aufmerksamkeit zu wappnen, die wir auf uns zogen. Sie reichte mir den Zettel und forderte mich auf, ihr zu folgen, und als wir durch den langen Korridor gingen, war ich erleichtert, den Blicken zu entkommen, und versuchte, nicht in die offenen Türen der Sprechzimmer zu schauen. Am Ende des Flurs bogen wir links ab und machten vor einer Tür halt, auf der *Laboratorija* stand. Bitte nehmen Sie Platz, sagte sie und zeigte auf die kurze Bank, die an der Wand stand, dann nahm sie mir den Zettel, den sie mir gerade gegeben hatte, aus der Hand, betrat den Raum und schloss die Tür hinter sich. Einen Augenblick später trat sie wieder heraus und sagte: Okay, ich lasse Sie jetzt hier, man wird Sie gleich aufrufen. Wenn Sie etwas brauchen, fragen Sie nach mir, und ich bedankte mich und merkte erst, nachdem sie gegangen war, dass sie mir ihren Namen nicht genannt hatte.

Nach ungefähr zwanzig Minuten, als ich mir schon Sorgen machte, ob ich es pünktlich zum Unterricht schaffen würde, öffnete sich die Tür, und eine Frau bat mich hinein. *Dobar den*, sagte ich und nickte ihr zu, und sie wies auf einen großen Stuhl in der Ecke, auf den ich mich setzen sollte. Der Raum war voller Apparate und Maschinen, die betriebsam surrten, auf den Ablagen waren Schalen mit roten, akkurat aufgereihten Röhrchen. Sie war mit einer dieser Schalen beschäftigt, klebte ein Etikett auf ein Röhrchen und schob es wieder an seinen Platz. *Sega*, sagte sie, nun, indem sie sich mir zuwandte und ein Blatt Papier vom Tisch nahm, wahrscheinlich der Zettel mit den von mir gewünschten Tests. Sie überflog ihn und nahm dann einige Röhrchen verschiedener Größe aus den Schalen, bestürzend viele. Sie ordnete sie auf dem kleinen Tisch zu meiner Rechten an und setzte sich neben mich. Nun, sagte sie wieder und schaute mir zum ersten Mal ins Gesicht, werden wir Probleme haben? Ich schaute sie verständnislos an, und sie fuhr fort: Werden Sie klarkommen, werden Sie – sie verwendete das Wort *mashki* – ein Mann sein? *Drash se mashki*, benimm dich wie ein Mann, das ist hier eine gebräuchliche Formulierung, über die ich mich immer geärgert habe, weil sie Zweifel daran zum Ausdruck zu bringen schien, ob ich einer Herausforderung gewachsen sein würde. Außerdem verabscheute ich nichts mehr als dieses Geplänkel vor einer medizinischen Prozedur, das plump vertrauliche Vorspiel von etwas Unangenehmen. Die Schwester sah der anderen, die mich hierhergebracht hatte, sehr ähnlich, auch sie war schon älter und hatte eine formlose Figur und kurzes, schütteres Haar, wenngleich ihres in jenem dramatischen Rotton gefärbt war, der in Sofia unerklärlich beliebt war. Ich komme klar, sagte ich, krempelte den Ärmel hoch und schloss meine Hand zu einer Faust, während sie einen Gummistauschlauch um meinen Bizeps legte. Nadeln machten mir nichts aus, aber ich hasste den Druck des Stauschlauches und das Hervortreten der Venen unter meiner Haut. Ah, sagte die Frau anerkennend, hier haben wir eine schöne, und sie bat mich, die Hand fest zusammenzudrücken, während sie die Haut über der Vene mit Alkohol desinfizierte. Wie immer in diesem Moment wandte ich meinen Blick ab und schaute auf das kleine quadratische Fenster und den Ausschnitt des Himmels darin, dann, als die Metallspitze meine Haut berührte, schloss ich die Augen, spürte den Einstich und den beunruhigend stumpfen Schmerz der Nadel unter der Haut. Sie weiß, was sie tut, dachte ich, als sie mit einer Hand das erste Röhrchen befestigte, mit der anderen den Stauschlauch lockerte und mich aufforderte, meine Faust zu öffnen; ich hatte schon schlechtere Erfahrungen gemacht, aber als ich wieder auf meinen Arm schaute, der mir wie ein Fremdkörper erschien, während er seiner Aufgabe nachkam und kräftig pumpte, sah ich, dass sie ohne Handschuhe arbeitete. Sie füllte die Reagenzgläser zügig, öffnete und pfropfte sie geschickt zu, bis sie schließlich die lange Nadel aus meinem Arm zog und gleichzeitig einen Wattebausch auf die Wunde legte. Drücken Sie, sagte sie, *sdrawo*, kräftig, dann ging sie mit den Röhrchen zum Tisch, beklebte sie mit Etiketten und ordnete sie den Schalen zu. Ich blieb erst noch sitzen und wartete auf weitere Anweisungen, dann fragte ich, ob ich fertig sei, *da, da*, antwortete sie herablassend, beschäftigt mit ihrer Arbeit, nach der Mittagspause könne ich mir die Befunde abholen.

Ich schaffte es gerade rechtzeitig zu meiner ersten Stunde, zur Enttäuschung meiner Studenten, die überrascht gewesen waren, die Tür des Unterrichtsraumes verschlossen vorzufinden, und sich schon auf eine Unterbrechung ihrer Routine gefreut hatten. Es blieben nur wenige Minuten bis zum zweiten Klingeln, keine Zeit, um mich zu sammeln, aber sie waren nett, meine Studenten, gesprächig, liebenswürdig, diskussionsfreudig, und obwohl ich immer noch an die Röhrchen dachte, die gerade ihr Geheimnis preisgaben, verlor ich mich schließlich im Hin und Her der Unterhaltung, dankbar dafür, dass es ein Tag war, an dem alles glattlief. Ich hatte vier Seminare, zwei vor und zwei nach der Mittagspause, und als die letzten Studenten den Raum verließen, spürte ich mein Bedauern – dieses eine Mal hätte ich jedes Angebot, unser Gespräch außerhalb der Stunde fortzuführen, dankbar angenommen. Als ich wieder in die Klinik kam, waren dieselben Frauen am Empfang wie zuvor, und die, mit der ich am Morgen gesprochen hatte, griff zum Telefon, als sie mich sah, und sprach kurz mit jemandem. Sie können ein wenig Bulgarisch, oder, fragte sie, als ich am Tresen stand und sie das Telefon zurück auf die Ladestation stellte, und dann sagte sie, dass es noch etwas dauern würde, nicht lange, und bat mich, Platz zu nehmen. Das Wartezimmer war jetzt leer, und auch sonst war es ruhiger in der Klinik, die Betriebsamkeit des Vormittags hatte sich verflüchtigt. Ich setzte mich auf einen Plastikstuhl neben einen langen, niedrigen Tisch, auf dem Hochglanzbroschüren, Informationen zu Diabetes und Augenkrankheiten und Werbeprospekte für Medikamente und eine bestimmte Gleitmittelmarke ungeordnet herumlagen. Ich nahm eine Broschüre zur Hand, verstand aber kaum etwas, schon das Deckblatt war voller mir unbekannter Begriffe, doch als ich sie aufschlug, stieß ich auf die üblichen Bilder medizinischer Warnung und Beschwichtigung, die mir aus anderen Wartezimmern vertraut waren. Obwohl ich Arztpraxen mied, hatten sich diese Bilder mit ihren Ermahnungen zu Vorbeugung und Vorsicht schon vor langer

Zeit in mein Bewusstsein gebrannt und waren ein Teil dessen geworden, wie ich mich selbst sah. Ich war in den Jahren der schlimmsten Aids-Panik aufgewachsen, als sexuelles Begehren und Krankheit auf fundamentale Weise miteinander verbunden schienen, nichts, was man steuern und beeinflussen könnte, sondern etwas unabänderlich Verknüpftes, Ursache und Wirkung. Dort, wo ich herkam, handelte jede Geschichte über Männer wie mich von Krankheit; mein Leben war ein moralisches Lehrstück, in dem es allein um Keuschheit oder Verdammnis gehen konnte. Vielleicht suchte ich deshalb, als ich endlich Sex hatte, weniger die Lust als den Rausch überwundener Hemmungen und Ängste, den Kitzel des Loslassens, der so stark war, dass er fast suizidal wurde. Während ich durch die Broschüren blätterte und darauf wartete, dass ich aufgerufen wurde, dachte ich an meinen ersten derartigen Test, den ich während meines letzten Schuljahrs in einer gemeinnützigen Klinik in Michigan hatte machen lassen. Ich hatte meine Heimatstadt zwei Jahre zuvor verlassen, und immer wieder hörte ich von Freunden, die erkrankt waren. Ich wusste, dass ich mich der Krankheit ausgesetzt hatte, dass ich unfassbar leichtsinnig gewesen war; und als ich zwei Wochen nach dem Test darauf wartete, dass die Krankenschwester mich aufrief, war ich mir des Resultats sicher. Mein bester Freund saß neben mir und hielt meine Hand, als die Krankenschwester mir den Befund mitteilte, und was ich in jenem Moment spürte, war nicht Erleichterung, sondern Enttäuschung oder vielmehr etwas, das so befremdlich und durchmischt war, dass ich bis heute keinen Namen dafür habe. Vielleicht wollte ich einfach, dass die Welt Sinn ergab, und dieser Sinn lag für mich in der Idee von Bestrafung.

Zum ersten Mal seit meiner Ankunft öffnete sich die Tür der Klinik, und die Krankenschwester, mit der ich am Morgen gesprochen hatte, kam herein. Sie ging langsam, zwischen zwei Fingern ihrer Hand hielt sie einen Plastikbecher, dessen Boden sich von der Hitze des Kaffees darin ausbeulte. Hallo, sagte sie mit ihrem seltsamen Akzent, warten Sie auf Ihre Befunde, und als ich ihr sagte, dass ich schon eine Weile hier sei und das Gefühl habe, ich sei vielleicht vergessen worden, verfinsterte sich ihr Gesicht anteilnehmend. Ich schaue mal, was ich machen kann, sagte sie, wandte sich zur Empfangsdame und begann, schnell auf sie einzureden. Sie bezeichnete mich als *gospodinat*, der Herr, was mich überraschte; für ältere Leute hier bin ich normalerweise *momtscheto*, der Junge, ein freundlicher Begriff, der mir besser gefiel. Kommen Sie, sagte sie dann, und ich folgte ihr zu dem gleichen Raum wie zuvor, mein Bauch fühlte sich seltsam gewichtslos an. Noch einen Moment, sagte sie, warten Sie hier, und dann klopfte sie kräftig an die Tür des Labors und öffnete sie, ohne auf eine Antwort zu warten. Sie ließ die Tür offen, und ich schnappte Fetzen der Unterhaltung auf, zumindest von dem, was sie sagte, denn sie sprach lauter als ihr Gegenüber, und ihre Stimme klang zurechtweisend. Ich hörte, wie ein Stuhl knarrte, jemand erhob sich, dann folgte ein leiseres und längeres Gespräch, von dem ich so gut wie nichts verstand, doch ich begriff, dass es etwas zu besprechen gab, und plötzlich ballte sich etwas in meiner Magengegend zusammen, und mir wurde klar, dass ich überrascht war, dass ich meiner Angst zum Trotz nicht wirklich geglaubt hatte, infiziert worden zu sein. Ich musste an R. denken und daran, was ich ihm sagen und wie er darauf reagieren würde.

Die Stimmen kamen näher, und ich hörte, wie die Laborantin fragte, drücken wir ihm das einfach in die Hand, und wie die andere Frau, meine Ansprechpartnerin, sagte: Natürlich, es ist sein Befund. Sie trat allein in den Flur und lächelte, und vielleicht hatte ich nur den Eindruck, dass es ein anderes Lächeln war. Sagen Sie, hatten Sie je zuvor einen positiven Befund bei einem dieser Tests, fragte sie, und ich antwortete: Nein, nie, er war immer negativ. Es könnte nämlich sein, sagte sie, dass Sie diesmal etwas haben, und sie hob das Blatt, das sie in der Hand hielt, sodass ich draufschauen konnte. Hier, sagte sie und zeigte auf ein handschriftliches Symbol, ein Plus-Zeichen oder ein Kreuz, umgeben von kyrillischen Buchstaben und anderen Zeichen, die zu entziffern sie mir keine Gelegenheit gab. Sie wurden positiv auf Syphilis getestet, sagte sie. Da das die Nachricht war, auf die ich mich innerlich eingestellt hatte, zeigte ich keine Reaktion, was sie zu überraschen oder zu enttäuschen schien, als sei sie um die beabsichtigte Wirkung betrogen worden. Das ist eine sehr ernsthafte Infektionskrankheit, sagte sie streng, als sei ich ein Kind, das sie zurechtweisen müsse. Ja, sagte ich kleinlaut, natürlich, und sie fuhr etwas besänftigt fort: Aber das ist nur der erste Test, Sie müssen noch einen zweiten machen, um das Ergebnis zu bestätigen. Können wir das gleich machen, fragte ich, der Gedanke, noch länger warten zu müssen, bereitete mir Übelkeit, aber sie verneinte, als sei sie überrascht von der Frage, Sie müssen dafür in eine andere Klinik, wir können das nicht machen. Hier, sagte sie und zog hinter meinem Befund einen kleineren Zettel hervor, ich habe es Ihnen aufgeschrieben. *THE XXIX POLYCLINIC*, hatte sie notiert, die römischen Ziffern in Blockschrift, und darunter *GOZE DELTSCHEW*, der Name eines Stadtteils, in dem ich noch nie gewesen war. Als ich den Zettel entgegennahm, stellte ich mir den umständlichen Weg dorthin vor und mein Eintreffen in einer staatlichen Klinik, wo niemand Englisch sprechen würde, und ich musste daran denken, was ich über solche Kliniken gehört hatte, über die langen Warteschlangen und den schlechten Zustand der Einrichtung, über die Inkompetenz der Ärzte und die Missachtung, die sie den Patienten entgegenbrachten. Sie sah wohl, was in mir vorging, und sagte, als würde sie sich erbarmen, dass einer der Busse, die vor der Klinik hielten, dorthin fahre, sie wisse allerdings nicht genau, welcher. Dann ging sie in Richtung Empfang, sie hatte für mich getan, was sie tun konnte, und ich folgte ihr gehorsam. Deshalb hasse ich Kliniken und Untersuchungen, dachte ich, es ist demütigend, Ärzte und Schwestern werden ermächtigt, ihr Urteil zu sprechen und dann ihre Hände in Unschuld zu waschen, sie verändern Leben und bleiben selbst unverändert. Sie müssen sich am Montag dort vorstellen, sagte sie, am Wochenende sind keine Sprechstunden. Und wenn ich die Ergebnisse des zweiten Tests habe, fragte ich, während wir uns den Glastüren am Eingang näherten, kann ich mich dann hier behandeln lassen? Es muss hoffnungsvoll geklungen haben oder bittend, und es kam mir so vor, als würde sie, während sie mir die Tür offen hielt, mit einem gewissen Vergnügen antworten: Nein, am besten ist, Sie erledigen alles dort. Ich trat nach draußen und drehte mich halb um, meine Hand zum Gruß erhoben. Aber es war eine vertane Geste; sie hatte sich schon neuen Aufgaben zugewandt und die Tür hinter sich ins Schloss fallen lassen.

Am Sonntagabend kam Mitko wieder. Dieses Mal klingelte er unten an der Haustür, entweder war er zuversichtlich, dass ich ihn hereinlassen würde, oder er war es leid gewesen, auf jemanden zu warten, der ihm die Tür öffnete. Es war spät, und ich lag schon im Bett, ein Buch in der Hand. Es war ein langes, sorgenvolles Wochenende gewesen, und ich hatte kaum übertreiben müssen, als ich – um am nächsten Morgen in die Klinik fahren zu können – meinem Chef geschrieben hatte, dass ich mich krank fühle und deshalb am Montag nicht kommen würde. Ich war, wenn man so will, abermals in der Poesie der Krankheit gefangen, in ihrer Aura, dem Miasma der Scham; ich fühlte mich unrein, ich wollte mich verstecken, und entgegen meinem besseren Wissen war mir, als müsste ich jemanden nur berühren, um ihn anzustecken. Ich wusch mir zwanghaft die Hände und machte obsessiv Gebrauch von den kleinen Fläschchen antiseptischen Gels, das die meisten Lehrer immer bei sich haben. Ich verließ die Wohnung nur, wenn ich unbedingt musste, und vermied draußen jede Art von Kontakt, jeden Zusammenstoß und jede Berührung auf der Straße oder im Lebensmittelladen, was schwierig war, denn die amerikanische Vorstellung von Diskretionsabstand ist den Menschen hier fremd. Ich war natürlich nicht das erste Mal krank, aber das hier fühlte sich an, als wäre es mehr als eine Krankheit: eine körperliche Bescheinigung meiner Schande.

Ich hatte R. am Freitagabend alles erzählt, wir hatten geskypt, sobald er online gegangen war; es hatte eine Weile gedauert, er war mit Freunden ausgegangen und später als sonst nach Hause gekommen. Als sein Gesicht meinen Bildschirm erfüllte, hatte er noch seine Jacke an, seine Haare waren zerzaust von der Mütze, die er gerade abgezogen hatte. Er war schon mitten im Satz, als endlich auch seine Stimme bei mir ankam, er entschuldigte sich für die Verspätung, und erst dann fiel ihm auf, dass etwas nicht stimmte. Was ist los, fragte er, was ist passiert? Zuerst konnte ich nicht sprechen, und als ich dann anfing, klang ich wie ein Kind; ich muss dir etwas erzählen, sagte ich, es tut mir leid, bitte sei nicht böse. Was ist denn, fragte er, inzwischen etwas verängstigt, nun sag schon. Und dann erzählte ich und beobachtete währenddessen sein Gesicht: von Mitkos Besuch und der Klinik und dem, was ich dort erfahren hatte. Ich hatte keine Ahnung, wie er reagieren würde, ich rechnete damit, dass er wütend werden, vielleicht sogar unsere Beziehung beenden würde. Aber er atmete nur etwas tiefer ein und sagte: Okay, ich lasse mich testen, kein Problem, das Schlimmste, was passieren kann, ist doch, dass ich eine Spritze kriege. Beruhige dich, sagte er, und ich spürte, wie ich von Erleichterung und Dankbarkeit durchströmt wurde. Es überraschte mich, dass er es so gefasst aufnahm, gefasster als ich, normalerweise war ich der Krisenfeste von uns beiden, ich war älter und mein Leben verlief in ruhigeren Bahnen als seins, und als wir unser Gespräch beendeten, fragte ich mich, ob seine Gelassenheit anhalten würde oder ob er nur so schockiert war, dass es eine Weile dauern würde, bis die Nachricht ganz in sein Bewusstsein drang und die Sorgen einsetzten. Und so war es dann auch, als ich am nächsten Morgen erwachte, war mein Postfach voller E-Mails, die er im Laufe der Nacht geschrieben hatte, jede verängstigter als die vorige. Er habe doch gerade erst sein Studium abgeschlossen und immer noch keine Arbeit, er sei vollkommen von seinen Eltern abhängig, er müsste sie um Geld bitten, und das hieße, ihnen die ganze Geschichte zu erzählen. Er habe ihnen doch gerade erst von mir erzählt und überhaupt davon, dass er schwul sei, wie solle er ihnen denn jetzt sagen, dass er Syphilis habe, was würden sie denn denken? Am Ende klang er regelrecht verzweifelt, und ich fühlte mich schrecklich, dass ich ihm das angetan hatte. Als er aufgestanden war, sprachen wir noch einmal, und ich sagte ihm, dass ich ihm Geld überweisen, dass ich selbstverständlich alle Kosten übernehmen würde, es sei schließlich meine Schuld. Ich war darauf eingestellt, dass seine Angst in Wut und schließlich Schuldzuweisungen umschlagen würde, doch das geschah nicht. Am Sonntagabend hatte er zu seiner ursprünglichen Entschlossenheit zurückgefunden; am Morgen würden wir beide eine Klinik aufsuchen, uns behandeln lassen, und bald würde alles vorbei sein.

Ich hatte den Computer weggepackt und las, als ich die Klingel hörte. Ich wusste natürlich, wer es war, dennoch trat ich auf den Balkon, um nachzusehen. Mitko stand auf der Straße, trotz der Kälte ohne Mütze, und blickte nach oben, hielt nach mir Ausschau. Er lächelte, als er mich sah, und ich machte mit der Hand ein Zeichen, dass er unten warten solle, eine tätschelnde Geste, dann ging ich zurück in die Wohnung und zog mir rasch meine Sachen an, die noch zerknüllt auf dem Boden lagen. Wir waren übereingekommen, R. und ich, dass ich Mitko nicht in die Wohnung lassen würde, sollte er zurückkehren, dass wir draußen sprechen oder woanders hingehen würden; ich mag die Vorstellung nicht, dass er bei dir zu Hause ist, hatte R. gesagt, und eigentlich war er der Meinung, ich sollte den Kontakt zu ihm ganz abbrechen. Warum willst du ihn überhaupt sehen, hatte R. mich mehrmals in den vergangenen Tagen gefragt, du schuldest ihm nichts, du hast ihm schon geholfen, und wenn du ihm weiterhin hilfst, nimmt das niemals ein Ende, er wird immer wiederkommen. Du weißt, dass du ihm nichts bedeutest, sagte R., ihr wart nie wirklich befreundet oder so. Ich wusste, dass er recht hatte, und deshalb war es so schwierig, ihm begreiflich zu machen, warum ich mich Mitko gegenüber verpflichtet fühlte, warum ich ihn trotz allem nicht einfach seinem Schicksal überlassen konnte, was ich ja schon versucht hatte und was ich vielleicht wieder tun musste. Du willst der große Amerikaner sein, warf R. mir schließlich vor, du glaubst, dass du sein Leben in Ordnung bringen kannst, du willst ihn retten. Und vielleicht war es nicht ganz falsch; auf jeden Fall war da eine Fürsorglichkeit in mir, die ich gegenüber niemandem so empfand wie gegenüber Mitko, ich ertrug es nicht, dass er trotz seiner gelegentlichen Brutalität letztlich so hilflos war – in einer Welt, die sich nicht um ihn scherte. Ich wollte ihm helfen, aber ich glaubte nicht mehr, sofern ich es je geglaubt hatte, dass man ihn aus dem, was sein Leben geworden war, dauerhaft befreien konnte. Ich wusste, ich würde ihn nicht retten, aber wie sollte ich ausgerechnet R. erklären, dass ich so etwas wie Unentrinnbarkeit spürte, wann immer Mitko auftauchte, als wären wir in eine Geschichte verwickelt, die längst geschrieben war.

Als ich nach draußen in die Kälte trat, wartete er geduldig neben der Tür und zog an einer Zigarette, die er im Mundwinkel hängen ließ, als er mir die Hand zum Gruß reichte. *K'wo ima*, fragte er und schaute zur dunklen Wohnung hinauf, was ist los? Ein Freund wohnt gerade bei mir, sagte ich, R. hatte mich gebeten, diese Lüge zu benutzen, und Mitko nickte.

Jasno, sagte er, verstehe. Dein Freund aus Portugal, fragte er, die naheliegende Annahme, doch die Erwähnung von R. brachte mich aus der Fassung, und ich schüttelte schnell den Kopf, als wollte ich jeden Gedanken an ihn vertreiben. Nein, sagte ich, einfach ein Freund, und bevor er nachfragen konnte, fragte ich: Bist du hungrig, sollen wir etwas essen gehen? Langsam setzten wir uns in Bewegung, der Bürgersteig war dick mit Eis bedeckt. Mitko trug die gleichen Sachen wie beim letzten Mal, die gleiche dünne Jacke, aber die Kälte schien ihm nichts auszumachen, überhaupt schien es ihm besserzugehen: Er hatte geduscht und sich rasiert, seine Kleidung war sauber, und als ich auf seine Füße schaute, sah ich, dass er anstelle der Stoffschuhe halbhohe Lederstiefel trug, ausgetreten, aber robust. Von einem Freund, sagte Mitko achselzuckend, als ich ihn darauf ansprach, sie sind nicht besonders schön, aber praktisch, besser als meine anderen Schuhe. Am Ende meines Wohnblocks bogen wir rechts in eine Seitenstraße ein, die weniger genutzt wurde und deshalb besonders tückisch war, trotz meiner Stiefel rutschte ich mehrmals aus und wäre einmal fast hingefallen. Vorsicht, sagte Mitko, griff nach meinem Arm, trittsicherer als ich, und hielt mich fest, bis ich das Gleichgewicht wiedererlangte; dann legte er seinen Arm um meine Schulter, und so bewegten wir uns langsam, Meter um Meter, auf die Hauptstraße zu. Dort war ein McDonald's, der, wie R. mich erinnert hatte, rund um die Uhr geöffnet, immer gut beleuchtet und voller Menschen war. Falls ich Mitko treffen müsste, wäre das ein guter Ort, hatte er gesagt, ein sicherer Ort.

Ich hatte erwartet, dass Mitko mehr Essen auf sein Tablett laden würde, als er zu sich nehmen konnte, wie immer, wenn ich einlud, aber er bestellte sich nur Pommes frites und ein

Sandwich und, auf mein Drängen, einen Milchshake, er hatte noch nie einen getrunken, sagte er, er wäre nie darauf gekommen, einen zu probieren. Sobald der Kassierer das Getränk aufs Tablett gestellt hatte, griff Mitko danach und führte den Strohhalm an seine Lippen, und es war wunderbar, wie sich seine Augen beim ersten Schluck vor Vergnügen weiteten. Wir gingen in eine abgelegene Ecke, so weit wie möglich von den anderen Gästen, einigen Paaren und einer größeren Gruppe von Freunden, entfernt. Rechts von unserem Tisch befand sich eine Glastür, dahinter war ein Raum für Kindergeburtstage. Er war dunkel, und die Tür war verschlossen, wie Mitko herausfand, als er an ihrem Griff zog, doch man konnte Details der leuchtend bunten Ausstattung erkennen, Plastikwürfel zum Klettern, Plüschsitze in Form von Comicfiguren. Etwas daran beunruhigte mich irgendwie, es war eine Welt, die ganz auf eine Unbekümmertheit ausgerichtet war, von der ich mir nicht vorstellen konnte, dass sie irgendetwas mit echter Kindheit zu tun hatte, jedenfalls kam es mir so vor, wenn ich an meine Kindheit dachte. Mitko setzte sich und verschlang sein Essen und hielt erst inne, als sein Tablett fast leer war. Dann schaute er auf, beinahe beschämt, als hätte er für einen Augenblick vergessen, dass ich auch noch da war. *Kak si*, fragte er und lächelte ein wenig, und ich sagte, dass es mir gutgehe, dass ich vielleicht ein wenig müde sei, doch sonst sei alles in Ordnung. Es ist schon spät, entschuldigte er sich, ich weiß, dass du früh schlafen gehst, ich hätte nicht geklingelt, wenn ich nicht gesehen hätte, dass noch Licht brennt. Das war natürlich eine Unwahrheit, wie wir beide wussten, und vielleicht war ich ein wenig schroff, als ich ihn fragte: Warum bist du gekommen, brauchst du etwas, aber er schob die Frage beiseite und erkundigte sich stattdessen, ob ich schon in der Klinik gewesen sei, ob ich einen Test gemacht habe. Ja, sagte ich, ich muss morgen noch einen zweiten machen lassen, aber der erste war positiv, ich weiß, dass ich mich angesteckt habe. Mitko schaute mich schweigend an, oh, sagte er dann, das tut mir leid, und es klang aufrichtig, umso mehr, als er die Entschuldigung wiederholte, *sashaljawam*, es tut mir leid. Ich machte eine wegwerfende Handbewegung. Ich habe es von dir, und mein Freund hat es wahrscheinlich von mir, und du hast es von jemand anderem, es ist eine Infektionskrankheit, niemand hat Schuld daran, dir muss nichts leidtun. Mitko schaute mich an, überrascht, dass ich meinen Vorteil ihm gegenüber einfach so verspielte, dennoch nickte er zustimmend. Und bei dir, fragte ich, haben die Tabletten geholfen, aber er zog nur mit einem schnellen Ruck den Kopf nach oben, eine Geste, die hier nein bedeutet, wie eine Tür, die man zuknallt. Nein, sie haben nicht geholfen, sagte er, auf seinen Schoß deutend, ich habe immer noch das gleiche Problem, und wieder benutzte er das Wort, mit dem man einen tropfenden Wasserhahn beschreiben würde. Ich war noch mal in der Klinik, die Tabletten waren zu schwach, ich brauche die Injektionen. Das ist gefährlich für mich, fuhr er fort, ich habe jetzt schon Probleme mit meiner Leber, wie du weißt, und das Medikament ist aggressiv. Ich dachte daran, was er über die Wochen im Krankenhaus in Warna erzählt hatte, dass er mit größerem Abscheu darüber gesprochen hatte als über seine Zeit im Gefängnis, und nickte. Das ist der Stand, sagte er, aber es hilft nichts, wenn ich die Sache loswerden will, muss es sein. *Sashaljawam*, sagte ich, sein Wort wiederholend, es tut mir leid. Und es ist teuer, fuhr er fort und sah mir direkt in die Augen, um mein ganzes Mitleid herauszukitzeln, die Spritzen kosten noch viel mehr als die Tabletten, hundert Lewa, sagte er und fügte schnell hinzu, aber das ist für alle drei Shots, dann bin ich durch. Er hatte mich um nichts gebeten, aber die Frage stand natürlich im Raum, es schien grausam, ihn dazu zu bringen, sie auszusprechen. *Dobre*, sagte ich, in Ordnung, ich werde dir helfen, mach dir keine Sorgen. In ihm löste sich eine Spannung, die mir zuvor nicht aufgefallen war, er lächelte, und ich verstand, dass er sich tatsächlich Sorgen gemacht hatte und sich nicht sicher gewesen war, ob meine Gefühle für ihn noch so weit reichen würden. Danke, sagte er, und dann: Du bist ein wahrer Freund, *istinski prijatel*, und es beunruhigte mich, wie sehr ich es genoss, ihn das sagen zu hören.

Mitko wandte sich wieder dem Essen zu oder dem, was davon übrig war, entschlossen, nichts zu vergeuden. Ich wollte für einen Moment allein sein, und so schob ich meinen Stuhl zurück, stand auf und sagte, dass ich gleich wieder da sei. Die Toilette war gleich bei unserem Tisch, direkt gegenüber dem verschlossenen Spielzimmer, das mir so seltsam unheilvoll vorkam. Sie war klein, eine einzige Kabine mit einem Pissoir und einem Waschbecken an der Wand. Ich trat ans Pissoir, öffnete der Form halber meine Hose, spürte aber keinen Drang zu pinkeln; stattdessen schloss ich die Augen, dankbar dafür, dass ich Mitko und den Gefühlen, die er in mir hervorrief, dieser heftigen Freude, für einen Augenblick entkommen war. Ich würde mich später fragen, ob dieses Gefühl selbst schon eine Einladung zu dem war, was dann geschah, ob ich Mitko hatte sehen lassen, was in mir vorging; aber ich glaube nicht, ich glaube, ich war überrascht, als ich hörte, wie sich die Tür öffnete, oder eher spürte, wie sie sich öffnete, die winzige

Druckveränderung, der nachlassende Widerstand der Luft, so wie auch mein eigener Widerstand nachließ, als ich die unverhoffte Wärme von Mitkos Körper hinter mir spürte. Ich hatte gewusst, dass er es war, mir war nicht einmal der Gedanke gekommen, dass es jemand anderes sein könnte, so wie mir auch jetzt nicht der Gedanke kam, ihn abzuweisen, oder er kam mir, aber er war so schwach, dass er fortgerissen wurde von meiner Erregung. Man konnte die Tür nicht abschließen, wir hätten jederzeit gestört werden können, und wahrscheinlich erhöhte dieses Risiko die Lust, die ich spürte, als Mitko sich mit seinem ganzen Körper an mich drückte, seine Füße neben meine stellte, seinen Oberkörper an meinen Rücken lehnte, sein warmer Atem in meinem Nacken. Das ist mein Leben, meine Realität, durchschoss es mich mit einer seltsamen Erleichterung, hier gehöre ich hin, und ich musste an R. denken, heute schäme ich mich dafür, aber in diesem Moment war es, als sei unser gemeinsames Leben, offen, sonnendurchflutet und beständig, völlig ohne Substanz; ich fühlte, wie es sich auflöste, einfach auflöste, wie ein entflammbarer Schatten, und ein Teil von mir war froh darüber, dass es verschwand. Mitko drückte seinen Mund an meinen Nacken und schob seine Hände unter mein Hemd, er berührte mich, wie ich gerne berührt werde, erinnerte sich genau daran, obwohl so viel Zeit vergangen war. Er drückte sich stärker an mich und zwang mich nach vorne, und ich stemmte mich mit einer Hand gegen die Fliesen der Wand, während er sich an mir rieb; er wollte mir zeigen, dass er erigiert war, dass auch er es wollte, dass er bereit war zu tun, was wir so oft getan hatten. Mit meiner anderen Hand holte ich mir einen runter, ich war steif geworden, sobald er mich berührt hatte, bei der ersten Andeutung seiner Berührung, und alles in mir wurde mitgerissen in einem Sog, schnell und rücksichtslos, mitgerissen von Mitko, vom Gewicht seines Körpers, von seinen Händen und dann plötzlich von seinen Zähnen an meinem Nacken, bis ich so intensiv kam wie seit Monaten nicht mehr, so intensiv, wie ich es mit R. vielleicht nie erlebt hatte. In diesem Augenblick, als ich mich mit dem Unterarm gegen die Wand lehnte und den Kopf darauf fallen ließ, war ich Mitko dankbar, erst später würde ich etwas anderes fühlen. Er blieb noch etwas länger so stehen, schlang seine Arme enger um mich, als würde er mich festhalten; dann spürte ich ein letztes Mal seine Lippen auf meiner Haut, und er war fort.

Ich ließ meinen Arm und meine Stirn an der gefliesten Wand ruhen, nahm tiefe Atemzüge und spürte, wie sich mein ganzer Organismus wieder beruhigte, eine Empfindung wie das Knacken sich abkühlenden Metalles. Ohne meine Augen zu öffnen, betätigte ich die Spülung des Pissoirs, dann noch einmal und dann noch ein drittes Mal. Ich war es natürlich gewohnt, in solchen Momenten Reue zu spüren, manchmal dachte ich sogar, diese Reue wäre ein Bestandteil meiner Lust, wie ein bitterer Nachgeschmack, der ein komplexes Aroma vervollständigt; aber nun spürte ich etwas Stärkeres, ich war krank, ich war ansteckend, Kinder benutzten diese Toilette, und ich dachte an das verschlossene Spielzimmer und spülte wieder und wieder. Dann trat ich in die Toilettenkabine, rollte einen großen Schwung Toilettenpapier ab, machte es am Waschbecken nass und wischte damit den Hebel des Pissoirs sauber, den ich berührt hatte, und auch die Stelle an der Wand, an die ich mich gelehnt hatte, auch wenn von dort keine Ansteckungsgefahr ausgehen konnte; und dann wischte ich auch das Porzellan des Pissoirs ab, von innen und außen. Ich wusste, dass das übertrieben war, ich wischte Oberflächen sauber, die kaum je berührt werden, aber ich machte weiter, bis sich das Toilettenpapier in meiner Hand auflöste. Schließlich warf ich den nassen Klumpen in die Toilette und wusch mir gründlich die Hände. Erst danach, als ich in den Spiegel schaute, mein Gesicht immer noch gerötet, erlaubte ich mir, an R. zu denken. Er liebt dich, sagte ich flüsternd. Und dann sagte ich es noch einmal.

Mitko hatte den Tisch abgeräumt, als ich aus der Toilette kam. Nur der Becher mit dem Milchshake stand noch da, und er hatte sich darübergebeugt, die Ellenbogen auf dem Tisch, den Kopf fragend zur Seite gelehnt. Er sieht aus wie ein Kind, dachte ich wie schon so oft. Er schaute mich erwartungsvoll und wachsam zugleich an, als würde er denken, er habe sich zwar nicht exakt so verhalten, wie er sollte, sei aber so bezaubernd gewesen, dass er trotzdem mit einer Belohnung rechnen dürfe. Als er mich fragte, ob alles in Ordnung sei, bejahte ich, alles in Ordnung. *Malko sme luditschki*, sagte er dann und brach in ein Lächeln aus, ein breites, strahlendes Lächeln: Wir sind ein bisschen verrückt; und ich musste ihm zustimmen und lächelte schwach zurück. Aber mein Lächeln erlosch schnell, und ohne mich zu setzen, sagte ich, dass wir gehen sollten. Ja, sagte Mitko, dein Freund wartet auf dich, und bevor ich mich an meinen Vorwand erinnerte, dachte ich an R. Er stand auf, nahm den Becher und saugte ein letztes Mal hörbar am Strohhalm, sog so viel wie möglich von der letzten Süße in sich auf. Die Kälte draußen war nach dem Aufenthalt im Warmen brutal, aber ich blieb stehen, um Mitko das Geld zu geben, um das er gebeten hatte; ich nahm fünf neue Scheine aus meinem Portemonnaie, faltete sie einmal und drückte sie ihm in die Hand. Danke, sagte er, umschloss das Geld mit seiner Faust und führte sie zu seinem Herzen, vielen, vielen Dank, *naistina*, ich meine das ernst. Keine Ursache, sagte ich, du brauchst es, und dann fragte ich ihn schnell, wie er nach Hause kommen würde, mit dem Bus oder der Metro. Es war spät geworden, außerdem war Sonntag, und wir waren uns beide nicht sicher, ob die Metro noch fuhr. Auf der anderen Seite des Boulevards war eine Bushaltestelle, von dort aus würde er in Richtung Zentrum kommen, und wir überquerten gemeinsam die stille Straße, auf der der Schneematsch, den der Verkehr des Tages hinterlassen hatte, schon gefroren war. Mitko ging in seinen neuen Schuhen voran, sicheren Schrittes und nicht mehr ganz so zuvorkommend wie vorher, wie es mir unvermittelt durch den Kopf schoss – er hatte bekommen, was er wollte. Rastlos schaute er sich um, als wäre er verärgert über die Leere der Straße. Außer uns wartete nur eine einzige Person an dem dürftigen Unterstand aus Wellblech und Plastik, ein Mann um die dreißig, in einem dicken Mantel, der sich, die Schultern gegen den Wind hochgezogen, über eine Zigarette beugte. Er warf uns einen kurzen Blick zu und schaute dann weg, aber Mitko sprach ihn ohne Zögern an, er nannte ihn *bratle*, Bruder, und fragte erst nach einer Zigarette und dann, nachdem er sie erhalten hatte, nach Feuer. *Dobre*, sagte ich, nachdem sie das erledigt hatten, in Ordnung, ich lasse dich jetzt allein, ich muss zurück, und Mitko steckte sich die Zigarette in den Mund und reichte mir zum Abschied kurz die Hand. Dann trat er aus dem Unterstand hervor und drehte sich, obwohl das bedeutete, dass er sein Gesicht dem Wind aussetzen musste, in die Richtung, aus der der Bus kommen würde.

Die Fahrzeuge der Linie 76 sind alt und in schlechtem Zustand, und der Bus, der am nächsten Morgen an der Haltestelle vorfuhr, sah aus wie alle anderen, klobig und matt metallisch grün. Es war ein Doppelbus, die beiden Abteile waren durch ein großes Gelenkteil miteinander verbunden, das von einer ziehharmonikaartigen Plastikhülle eingeschlossen war, die sich zusammenzog oder öffnete, wenn die beiden Bushälften auf den schlechten Straßen gegeneinander arbeiteten. Das Plastik war an einigen Stellen aufgerissen, und schmerzhaft kalte Luft blies ins Innere des Busses, konnte jedoch aus unerfindlichen Gründen nichts gegen die erstickende Hitze ausrichten. Weil ich zu Beginn der Strecke zustieg, fand ich einen Sitzplatz am Fenster und wischte mit dem Ärmel meines Mantels über das beschlagene Glas, sodass ein kleiner Halbkreis entstand, der jedoch sofort wieder beschlug. An jeder der folgenden Haltestellen stiegen mehr Leute ein als aus, und an der Zarigradsko-Chaussee, der großen Straße, die ins Stadtzentrum führte, war der Bus voll, und eine dicke ältere Frau hatte sich auf den Platz neben mich gesetzt. In dem nunmehr beengten Raum gab ich es auf, das Fenster sauber zu halten, ließ es beschlagen und lenkte meine Aufmerksamkeit auf das Innere des Busses. Der Gang hatte sich mit Passagieren gefüllt, genau wie der offene Raum mit den Vorrichtungen zum Abstempeln der Fahrscheine ein oder zwei Reihen vor mir und der größere Raum weiter vorne bei dem Gelenk oder Scharnier zwischen den beiden Bushälften, das von einer kreisförmigen Platte auf dem Fußboden verdeckt wurde. Man konnte dort nicht gut stehen, ältere Leute vermieden es, obwohl es ein Geländer zum Festhalten gab, falls der Bus schaukelte, was er je nach Laune des Busfahrers recht heftig tun konnte. Mir kam ein Herbstnachmittag in den Sinn, an dem ich eine Gruppe Schüler – die Schule war gerade zu Ende, der Berufsverkehr hatte noch nicht begonnen – dabei beobachtete, wie sie sich abwechselnd dort hinstellten, ohne sich festzuhalten, in die Knie gingen, die Arme ausgestreckt wie Surfer, und lachten, wenn sie aus dem Gleichgewicht gerieten. Heute war niemand dafür in der Stimmung, in der Art, wie die Männer nach den Haltestangen griffen, lag die Verdrießlichkeit des Montagmorgens. Je mehr Menschen einstiegen, desto stickiger wurde es, und die Luft nahm jenen Wintergeruch an, an den ich mich inzwischen gewöhnt hatte: nach nasser Wolle, Zigaretten und – obwohl es noch so früh war – Bier.

Ich begann zu schwitzen und schaute zur Luke im Oberteil des Fensters; ich wäre gerne aufgestanden und hätte sie geöffnet, doch ich wagte es nicht, ich hätte den Unmut der Leute auf mich gezogen, man ist hier davon überzeugt, dass man sich von Zugluft den Tod holt. In dem offenen Bereich vor mir stand ein Mann am Fenster, der sich leicht vor- und zurückbewegte, nicht mit dem Bus, sondern in einem eigenen Rhythmus; er verlagerte sein Gewicht nach vorne und hinten, während sein Mantel am Fenster entlangscheuerte. Als er sich nach vorne bewegte, sah ich, dass eine Fliege auf der Fensterscheibe hinter ihm saß. Sie saß einfach still da, vielleicht hatte die Kälte des Fensters sie betäubt, eine gewöhnliche Stubenfliege, die aus den geheizten Räumen einer Wohnung in der warmen Kleidung eines Fahrgastes hierhergelangt sein musste. Im Sommer gibt es natürlich viele Fliegen in den Bussen, eine surrende Plage, aber diese Fliege schien besonders; sie hatte entgegen aller Wahrscheinlichkeit bis tief in den Winter hinein überlebt und war in diesem Bus gelandet. Trotz des Gerüttels verharrte sie an der Fensterscheibe, bis sie schließlich eine kleine Bewegung nach oben machte, einen Erkundungsschritt auf dem kalten Glas. Als der Mann sich zurücklehnte und sein Mantel sich über die Fliege legte, hätte ich fast etwas gerufen, um ihn zurückzuhalten. Ich konnte meinen Blick nicht von der Stelle nehmen, an der ich sie gesehen hatte, und wartete darauf, dass sie wieder auftauchte. In meiner Sorge um die Kreatur hatte ich die drückende Hitze und das allgemeine Elend dieser Busfahrt vergessen und war erleichtert, als ich sah, dass die Fliege noch heil auf der Scheibe saß. Mehrere Minuten lang beobachtete ich, wie der Mann mit seinen Bewegungen die Fliege verdeckte und wieder freigab, und fast jedes Mal, wenn sie unter dem Mantel wieder auftauchte, machte die Fliege auf der Scheibe einen kleinen Satz nach oben, auf die Schultern des Mannes zu; tu das nicht, murmelte ich vor mich hin, falsche Richtung. Ich wusste, dass es lächerlich war, mich so zu sorgen, es war nur eine Fliege, was bedeutete sie schon; aber sie bedeutete mir etwas, zumindest solange ich sie beobachtete. Fürsorge, dachte ich, erwächst daraus, dass man etwas lange genug betrachtet, warum sollte es eine Rolle spielen, wie groß etwas ist? Der Gedanke erschien mir zunächst hoffnungsvoll, doch andererseits ist es so schwierig, Dingen Beachtung zu schenken, etwas wirklich wahrzunehmen, und wir können nicht gleichzeitig überallhin sehen; meistens ist es so einfach, den Blick abzuwenden.

Im Stadtzentrum, bei Orlow most, der Adlerbrücke, leerte sich der Bus endlich ein wenig, mehr als die Hälfte der Fahrgäste stieg aus, und deutlich weniger Menschen stiegen ein. Zu meiner Erleichterung erhob sich die Frau neben mir, und auch der Mann, der an der Scheibe gelehnt hatte, gehörte zur Traube der Menschen, die den Bus verließen. Ich hielt ungeduldig nach der Fliege Ausschau, und als ich sie nirgends sah, stand ich, bevor die neuen Fahrgäste den Bus betraten, auf, um zu sehen, ob sie auf den Boden gefallen war. Aber auch dort war sie nicht, und ich setzte mich ratlos wieder auf meinen Platz. Nach einigen Stationen erreichten wir Goze Deltschew und fuhren nun durch eine Wohngegend, und da ich die Strecke nicht kannte, setzte ich mich näher zur Tür, um die Schilder der Haltestellen lesen zu können. Aber ich hätte mir keine Sorgen machen müssen; die Poliklinik hatte ihren eigenen Halt, und ich war nicht der Einzige, der hier ausstieg, als wir hinaus in den Schnee getreten waren, hatte sich der Bus fast vollständig geleert. Die Klinik war ein ausladendes Betongebäude, vier oder fünf Stockwerke hoch und viel größer als die Klinik beim American College, fast schon ein richtiges Krankenhaus. Die Treppe zum Eingang war gefährlich vereist, genauso wie die unbenutzbare Rollstuhlrampe links davon. Vorsichtig stieg ich hinauf, wobei ich immer erst beide Füße auf einer Stufe abstellte, bevor ich mich an die nächste wagte; so leicht konnte man den Halt verlieren, so unsicher und alt fühlte ich mich; wie kamen hier wohl Menschen hinauf, die tatsächlich gebrechlich waren? Das Erdgeschoss des Gebäudes war ein großer, widerhallender Raum, der unfertig wirkte, der Boden war wenig mehr als Beton, die Wände blanker Putz. Es gab keine Anmeldung oder Information, nur ein großes schwarzes Brett, auf dem die Abteilungen, die entsprechenden Etagen und – auf austauschbaren Plastikstreifen – die

Namen der Ärzte aufgeführt waren. Ich hatte das Blatt mit dem Namen der Abteilung bei mir, aber die hastige Handschrift der Frau in der Klinik war kaum entzifferbar. Einige der Begriffe kannte ich, Ophthalmologie, Gynäkologie, aber die Transkriptionen waren merkwürdig, ich musste sie innerlich vor mir aufsagen, und einige konnte ich auch dann nicht entschlüsseln. Als ich mich verwirrt umschaute, sah ich, wie eine Frau in einem weißen Kittel die große zentrale Treppe herunterkam, sie hielt einen Plastikbecher mit Kaffee in der Hand und machte offensichtlich eine Pause, obwohl der Arbeitstag kaum begonnen hatte. Entschuldigen Sie bitte, sagte ich, die höflichste Form der Ansprache verwendend, *proschtawajte*, verzeihen Sie, und hielt ihr den Zettel hin, können Sie mir helfen, diese Abteilung zu finden? Sie nahm mir das Papier aus der Hand, warf einen Blick darauf und dann, beinahe ausdruckslos, auf mein Gesicht. Sie schickte mich in eine entfernte Ecke der Halle, wo ich ein Schild mit der Aufschrift *Dermatologija i Venerologija* erblickte. Ich erkannte das erste Wort, für das zweite brauchte ich einen Moment; man spricht zwar auch im Englischen von »venerischen« Krankheiten, aber ich hatte noch nie von einem Krankenhaus mit einer Abteilung für Venerologie gehört und wusste nicht, ob das Wort in den Staaten überhaupt benutzt wurde. Seinen lateinischen Wurzeln zufolge hätte es so viel wie »Studium der Liebe« bedeuten müssen, und ich fragte mich nun, wie viele Patienten hierherkamen, für deren Beschwerden es das richtige Wort war, und ob es für mein Dilemma zutreffend war.

Ich öffnete die Tür und trat in einen langen, kahlen Korridor, von dem Sprechzimmer abgingen. Sitzbänke waren in regelmäßigen Abständen an der Wand befestigt. Erleichtert stellte ich fest, dass fast niemand hier war, auf einer Bank saß ein älteres Paar, auf einer anderen ein Teenager. Am Ende des Flurs führte eine Tür nach draußen, und über der letzten Tür auf der linken Seite sah ich das Schild der Anmeldung. Die Tür war geschlossen, aber als ich klopfte, bat mich eine Stimme einzutreten. Eine Frau mittleren Alters saß an einem Schreibtisch, vor ihr war eine Zeitung ausgebreitet, ihre rechte Hand ruhte neben einer Tasse Kaffee, ich hatte sie offensichtlich bei ihrem Morgenritual unterbrochen. Sie schaute nicht auf, als ich das Zimmer betrat, sondern blickte weiter auf die Zeitung und wandte sich mir erst zu, als ich sie ansprach, vermutlich weil mein ausländischer Akzent ihr Interesse weckte. Sie erwiderte meinen Gruß und sah mich erwartungsvoll an. Ich habe ein positives Testergebnis bekommen, sagte ich und übergab ihr das Schreiben, das man mir in der anderen Klinik ausgehändigt hatte, und ich bin hier, um einen zweiten Befund einzuholen, der das Resultat bestätigt. In Ordnung, sagte sie und erhob sich mühsam von ihrem Schreibtisch, so als würde sie ihren Kaffee nur widerwillig zurücklassen; haben Sie Symptome festgestellt, fragte sie, irgendeine Art von Ausschlag – sie benutzte das Wort für Wunden: *rani* –, und als ich ihr sagte, dass ich keine Symptome habe oder zumindest keine, die mir aufgefallen seien (ich wusste, dass sie geringfügig und schmerzlos sein konnten), fragte sie mich, wie ich denn überhaupt auf die Idee gekommen sei, einen Test machen zu lassen, ob ich einen Grund für die Annahme gehabt hätte, dass ich mich infiziert haben könnte. Ich hatte diese Frage nicht erwartet und brauchte einen Moment, bevor ich antworten konnte. Ein Freund hat mich besucht, sagte ich schließlich, er hat mir erzählt, dass er diese Krankheit hat, und hat mir empfohlen, mich testen zu lassen. Sie zog ihre Augenbrauen etwas hoch, dann sagte sie: Sie hatten also Kontakt mit dieser Person – *kontakt*, das war das Wort, das sie verwendete, es ist das gleiche Wort wie im Englischen; und ich gab es genauso zurück und schaute ihr dabei direkt in die Augen: Ja, ich hatte Kontakt mit ihm. Ich weigerte mich, die Scham, von der sie offenbar wollte, dass ich sie fühlte, zu akzeptieren, und sie schien das anzuerkennen; sie senkte ihren Blick und schob sich an mir vorbei, um die Tür zu öffnen. *Dobre*, sagte sie, in Ordnung, folgen Sie mir. Sie brachte die Sache in einem Raum auf der anderen Seite des Korridors schnell und ohne ein weiteres Wort hinter sich, desinfizierte meine Haut und nahm mir Blut ab, und abermals war ich erstaunt, dass all dies ohne Latexhandschuhe geschah. Dann verabschiedete sie mich mit dem Versprechen, dass sich ein Arzt Zeit für mich nehmen würde, wenn ich am Nachmittag wiederkäme, um das Testergebnis zu erfahren.

Ich ertrug den Gedanken nicht, einige Stunden in diesem langen Korridor mit seinen kahlen Bänken zu verbringen, auf denen noch immer die gleichen Patienten oder baldigen Patienten auf ihren Plätzen saßen und auf eine lange Wartezeit eingestellt schienen. Ich hatte den Drang zu laufen, auch wenn der Schnee das schwierig machte, also ging ich durch die Tür neben dem Anmeldezimmer nach draußen und eine lange Rampe zur Straße hinunter. Die Luft hatte sich aufgewärmt, es sah nach einem schönen Tag aus, so sonnig und klar, wie in jenem Winter nur wenige Tage gewesen waren; der Schnee und das Eis waren schon etwas weicher, ihre Oberfläche war glatt und nass und gab bereits ein klein wenig nach. Ich dachte an Mitko und seine neuen Schuhe, seine alten wären inzwischen völlig durchnässt gewesen. Meine Winterstiefel hielten meine Füße warm und trocken, auch wenn sie nicht viel gegen den vereisten Boden ausrichten konnten, und ich schritt die Rampe langsam herunter und überquerte dann die kleine Straße, die entlang der Seite des Klinikgebäudes zur Hauptstraße führte. Goze Deltschew war eine hübsche Gegend, wohlhabend und älter als Mladost, mit mehr Bäumen und mehr Grün; im Frühjahr war es hier sicher sehr schön, dachte ich. Auch hier standen Plattenbauten, die Verkörperung des sowjetischen Modells kollektiven Lebens, allerdings nicht so dicht und willkürlich angeordnet wie in Mladost, wo im Chaos nach dem Zusammenbruch des alten Systems Bauflächen ohne Sinn und Verstand vergeben und billige Wohnanlagen ohne größere Planung errichtet oder halb errichtet worden waren. In Goze Deltschew gab es weniger Neubauten, und die ursprüngliche geometrische Anlage des Viertels war noch erkennbar. Die Läden, an denen ich vorbeiging, waren anders als die Standardbuden mit ihrem Minimalangebot in Mladost, sie strahlten Urbanität und sogar Eleganz aus oder versuchten sich zumindest an einer Idee von Eleganz. Vor einigen von ihnen war der Gehweg vom Schnee freigeschaufelt worden, was hier so gut wie nie vorkommt. Obwohl es kalt war und obwohl die meisten um diese Zeit arbeiteten, lief ich an Menschen vorbei, die einkauften oder mit ihren Hunden Gassi gingen, an geschäftigen jungen Leuten, Studenten vielleicht, sodass die Straßen auf mich lebendig wirkten, viel lebendiger als in meiner Gegend. Andererseits stellte ich mir fast überall vor, dass mein Leben, wenn es nur an diesem Ort stattfände, meinem Ideal näher käme, als hinge das Glück von Straßen oder Parks ab, was es vielleicht in einem gewissen Maße auch tut; aufgrund von R.s langer Abwesenheit hatte ich mir ohnehin angewöhnt, eine Vorstellung von meinem eigentlichen Leben in die Zukunft zu projizieren, an einen fernen Ort, sodass ich manchmal befürchtete, dass ich mein reales Leben in Sofia nicht wirklich lebte. R. ist jetzt wahrscheinlich auch auf den Beinen und auf dem Weg in seine Klinik, dachte ich, vielleicht ist er besorgt oder beschämt, vielleicht fühlt er Reue.

Ich bog auf den großen, geschäftigen Boulevard, der die Grenze des Viertels markierte, obwohl das bedeutete, mich dem Wind auszusetzen, der ungehindert von Häusern oder Bäumen über die Straße blies. Ein paar Ecken weiter konnte ich auf der anderen Straßenseite etwas erkennen, das wie eine Baustelle aussah, allerdings nicht wie für ein Einkaufszentrum oder ein Wohnhaus, wie sie überall in Sofia anzutreffen waren; ein einzelner Betonpfeiler überragte ein mit Werbetafeln begrenztes Areal, und ich konnte mir nicht vorstellen, worum es sich dabei handelte. Als ich auf Höhe der Baustelle angekommen war, sah ich, dass die Werbetafeln schon ausgeblichen und an den Ecken abgewetzt waren und über den Bau einer Kathedrale Auskunft gaben, deren geplantes Eröffnungsdatum schon einige Jahre zurücklag. Auf einer der Tafeln war ein Entwurf der geplanten Kathedrale abgebildet, deren Name SWETI PARWOMATSCHENIK STEFAN lauten sollte, heiliger Stephanus, der erste Märtyrer, so reimte ich es mir zusammen, indem ich die Wortstämme für »erster« und »Pein« sowie das Suffix identifizierte, das eine Person anzeigt. In größeren Buchstaben als der Name des Heiligen war der Name des Sponsors zu lesen, eine der größten Banken des Landes. Die Baustelle war von einem Zaun umgeben, der mit einem grünen, an einigen Stellen löchrigen Netz umspannt war. Hier wurde zurzeit nichts gebaut, und es sah auch nicht so aus, als ob kürzlich etwas gebaut worden war. Der Pfeiler war der einzige Abschnitt, an dem die Arbeit tatsächlich begonnen hatte, und vielleicht hatte man auch schon das Fundament für den Rest der Kirche gelegt, allerdings war das aufgrund des Schnees schwer zu erkennen. Dann sah ich, dass auch ein Torbogen errichtet worden war, er schälte sich aus einer Seite des Pfeilers heraus, und daneben führten einige Stufen auf eine kleine Plattform. Das hätte also der Eingang werden sollen, und der Pfeiler sollte wahrscheinlich ein Teil des Glockenturms sein, von dem jedoch nicht viel zu erkennen war; dünne, nackte Metallstangen ragten vielleicht einen Meter weit aus dem Beton empor, doch das damit verbundene Vorhaben war, soweit ich das erkennen konnte, vollständig aufgegeben worden.

Ich überquerte die Straße, zwei Fahrspuren vor dem Mittelstreifen aus Beton, zwei dahinter, das Eis gefährlicher als der Verkehr. Der Zaun war nicht wirklich dazu da, um Leute von der Baustelle fernzuhalten, oder nicht mehr, seine Metallpfeiler steckten in Betonklötzen, die man leicht beiseiteschieben konnte, was an einer Stelle schon geschehen war, und dort schob ich mich durch die Öffnung hindurch. Der Torbogen war elegant, trotz des billigen Baumaterials, mit dem er errichtet worden war, und das gesamte Gelände wirkte wie eine Ruine oder wie das Gegenstück einer Ruine, ein nicht im Zerfall, sondern in der Entstehung erstarrtes Bauwerk. Auf dem Boden lagen Bierflaschen verstreut, billige Plastikbehälter ragten aus dem Schnee, wer weiß, wie lange sie dort schon lagen. Ich erklomm die wenigen Stufen zum Podest, das von dem Torbogen vor dem Schnee geschützt wurde, und hier lag noch mehr Abfall, Zigarettenstummel, Plastiktüten und einzelne Kondomverpackungen, an der Oberseite eingerissen und hastig geöffnet, wie ich mir vorstellte, mit den Fingern oder den Zähnen. Sie war also doch nicht völlig aufgegeben worden, die Baustelle, und ich stellte mir die Teenager vor, die hier Zuflucht vor den Wohnungen ihrer Familien suchten, in denen nicht selten drei Generationen zusammenlebten. Ich schaute zum Torbogen hoch, und etwas in mir reagierte auf seine vertraute Form, auch wenn ich seit Jahren keine Kirche mehr betreten hatte, oder nur als Tourist. Ich dachte an R. und fragte mich, ob er seinen Test schon hinter sich hatte, ob er gerade auf den Befund wartete; es war schlimm, dass ich nicht bei ihm war und dass er niemanden sonst hatte, der ihn begleiten konnte; es war schlimm, dass er all das meinetwegen über sich ergehen lassen musste. Ich hatte Angst, dass er bereuen würde, mir begegnet zu sein, und ich fragte mich, ob er dazu nicht auch allen Grund hatte. Vielleicht sollte auch ich so etwas wie Reue empfinden, vielleicht waren meine Jahre in diesem Land ein einziger Fehler und die Krankheit, die ich mir eingefangen hatte, nur eine Bestätigung dessen. Was hatte ich erreicht, außer dass sich mein Gefühl der Wurzellosigkeit verstärkt und ich eine Reihe falscher Neuanfänge gewagt hatte, die immer schwieriger zu rechtfertigen waren, je älter ich wurde? Ich glaube, ich hatte gehofft, dass ich mich in einem neuen Land auch wie ein neuer Mensch fühlen würde, aber ich war kein neuer Mensch geworden, und so bequem die Annahme war, dass meine habituelle Unsicherheit hier einen handfesten Grund hatte, so war es doch eine trügerische Bequemlichkeit, die mich daran hinderte, eine wirkliche Verbesserung meiner Situation herbeizuführen. Andererseits, schoss es mir durch den Kopf, während ich vom Podest hinunter in den Schnee und zurück zur Straße ging, glaubte ich nicht wirklich an die Möglichkeit einer Heilung. Wie könnte ich je eine Entscheidung bereuen, die mich – auf welchen Umwegen auch immer – zu R. geführt hatte, oder auch zu Mitko und jenen Momenten, die unauslöschlich in mein Gedächtnis eingebrannt waren und die ich immer in Ehren halten würde, welche Konsequenzen sie auch hatten.

Ich stieß auf ein Café, in dem ich ein paar Stunden mit einem Buch und einem schlechten Kaffee verbrachte. Als ich in die Poliklinik zurückkehrte, empfing mich eine andere Frau, die herzlicher war als die erste und mir freundlich erklärte, dass die Ergebnisse meines Tests vorlägen und eine Ärztin zur Konsultation bereitstünde; sie klopfte an die Tür eines Sprechzimmers und schaute kurz hinein, um meine Anwesenheit anzukündigen, dann bat sie mich, auf der Sitzbank vor dem Zimmer Platz zu nehmen. Nur ein paar Minuten, sie ruft sie auf, sagte sie, auch wenn es dann doch deutlich länger dauerte. Der Korridor war inzwischen leer, lediglich zwei Putzfrauen, die keine Ahnung hatten, wer ich war oder was mich hierherführte, standen mit einem Reinigungswagen und Wischmopps am anderen Ende und unterhielten sich. Bald ist alles vorbei, dachte ich und erinnerte mich an R.s Worte; ich würde mit der Ärztin sprechen und eine Injektion bekommen und dann in jenes reinere Leben zurückkehren, das wir beide uns aufgebaut hatten. Ich bemerkte erst beim zweiten oder dritten Ruf, dass mich jemand im Sprechzimmer aufforderte einzutreten, die Stimme klang bereits verärgert. Bestürzt sprang ich auf, und meine Beunruhigung verstärkte sich, als ich eintrat und sah, dass mich die Frau hinter dem

Schreibtisch grimmig musterte. Sie erhob sich, als ich nähertrat, aber sie grüßte mich nicht und gab mir auch nicht die Hand, sondern nickte lediglich in Erwiderung meines leisen *Dobar den*. Sie war zierlich, nicht mehr ganz jung, und ihr Aussehen überraschte mich, da es einem Schönheitsideal folgte, das hier zugleich omnipräsent und Ziel allgemeinen Spottes war, ein hypersexualisierter Stil, assoziiert mit einem bestimmten neureichen Schick. Sie trug aufwendiges Make-up, dicke Schichten Lidschatten und Lipgloss, ihr Haar war zu einer enormen, unbeweglichen Masse toupiert und gestylt. Ihr Arztkittel schmiegte sich eng an ihren Körper, darunter trug sie einen Rock aus einem matt schimmernden Stoff und Schuhe mit sehr hohen Absätzen. Ihr Bulgarisch klang seltsam, sehr schnell und irgendwie zugleich abgehackt und undeutlich, als wären die Worte eine knackige Frucht, in die sie hineinbiss, um dann festzustellen, dass sie in Wirklichkeit matschig ist. Der Befund des zweiten Tests liegt vor, sagte sie, und es besteht kein Zweifel, dass Sie diese Krankheit haben, eine sehr ernsthafte Krankheit, die gefährlich für Sie und für jeden ist, mit dem Sie sexuell verkehren, egal, auf welche Weise. Sie sprach merkwürdig förmlich, es klang, als würde sie eine offizielle Verlautbarung rezitieren, und vielleicht tat sie das auch. Sie stellte mir die Fragen, die mir schon gestellt worden waren, ob ich offene oder wunde Stellen im Genitalbereich gehabt hatte, und nicht nur dort, sondern auch in meinem Mund, unter meiner Zunge. Nicht, dass ich wüsste, sagte ich, nichts Ungewöhnliches, obwohl ich wunde Stellen im Mund gehabt hatte, ich hatte sie seit meiner Kindheit, sie kamen und verschwanden wieder, und der Gedanke an sie gab mir kurz zu denken. Die Frau legte leicht ihren Kopf zur Seite, sind Sie sich sicher, fragte sie, ihr Zweifel war deutlich hörbar. Während des Studiums hatten sich Freunde von mir, die Medizin studierten, gelegentlich darüber beklagt, dass Patienten immer lügen, sie sprachen darüber mit einer Mischung aus wissender Professionalität und Verdruss, die ich jetzt auch im Blick der Ärztin erkannte. Und wenn diese Aussage im Allgemeinen zutraf, um wie vieles zutreffender musste sie dann hier, in diesem Sprechzimmer, sein, wo ein Geständnis so häufig auch Erniedrigung bedeutete, wo man, indem man ein Geheimnis bewahrte, sich selbst schützte. Ja, sagte ich, ich bin mir sicher.

Daraufhin seufzte sie, ob akzeptierend oder frustriert, blieb unklar, und dann sagte sie etwas, das ich überhaupt nicht verstand, es war eine kurze, scharfe Anweisung. Ich zögerte; manchmal verarbeite ich, was gesagt wird, mit einer Art Verzögerung, als würde ich die Worte ein zweites Mal hören oder sie vor meinem inneren Auge sehen, aufgeschrieben wie auf einem Blatt Papier. Aber nichts dergleichen passierte, kein Wort kam bei mir an, und bevor ich nachfragen konnte, wiederholte sie ihre Anweisung lauter, so wie es die Leute manchmal machen, wenn sie mit Ausländern sprechen, als würde das helfen. Es tut mir leid, sagte ich und fühlte mich wie ein Kind, ich verstehe nicht, was Sie sagen. Die Ärztin schloss ihre Augen etwas länger als einen Wimpernschlag und atmete tief ein, als ringe sie um Fassung, dann sagte sie etwas, das ich verstand: Lassen Sie Ihre Hose herunter. Ich zögerte abermals, führte meine Hand zum Gürtel, aber öffnete seine Schnalle nicht. Mein Versagen, ihre Anweisung zu befolgen, war offensichtlich zu viel für sie, und sie sagte: Nun mach schon, ich muss deinen Schwanz sehen, wobei sie eine Bezeichnung benutzte, die nicht wirklich vulgär, aber auch kein medizinischer Begriff war. Ich war etwas schockiert, doch es war nicht nur der Begriff, der die Etikette verletzte, sondern auch das Pronomen, das sie benutzte, das formlose *ti*, die zweite Person Singular. Ich hatte die Wucht einer solchen Unhöflichkeit noch nie zu spüren bekommen; ich tat mich hier immer schwer, Menschen korrekt anzusprechen, im Englischen haben wir diese nuancierten Unterscheidungen nicht oder nicht mehr. Aber erst jetzt fühlte ich, welche Kraft in ihnen liegt: Es war, als hätte sich die Temperatur im Raum verändert, und die Würde, die ich doch bewahren wollte, bröckelte weiter, bis ich sie gänzlich verlor, indem ich mich entblößte und meinen Penis zur Begutachtung anhob, ihn auf ihr Kommando nach rechts und links zog, damit sie ihn von allen Seiten betrachten konnte. Schließlich war sie zufrieden, bedeutete mir, mich wieder anzuziehen, und trat zu einer Ablage neben ihrem Schreibtisch, auf der sich eine matte Blechdose und ein großer Bausch Watte befanden. Sie riss etwas davon ab, tauchte es kurz in die Dose und übergab mir den durchnässten Klumpen, der übel und antiseptisch roch. Für Ihre Hände, sagte sie und wandte sich dann abschätzig wieder ihrem Schreibtisch zu.

Taka, sagte sie, nachdem sie Platz genommen hatte, ich war immer noch mit meiner Hose beschäftigt, also, die beste Behandlung für diese Krankheit ist eine Penizillin-Injektion, aber da Penizillin im Moment leider nicht zu bekommen ist, steht uns diese Möglichkeit nicht zur Verfügung. Einen Moment, unterbrach ich sie, vielleicht um etwas Boden zurückzugewinnen, sie herauszufordern, wie kann es sein, dass Sie ein so grundlegendes Medikament nicht haben? Aber sie gab sich unbeirrt und hielt eine Hand hoch, um mich zum Schweigen zu bringen. Der Hersteller dieses Medikaments sitzt in Österreich, sagte sie, und liefert nicht mehr an uns aus, es ist seit vier Monaten nirgendwo in Bulgarien aufzutreiben. In ganz Bulgarien, wie ist das möglich, fragte ich, weil ich es nicht glauben konnte, aber sie zuckte nur mit den Schultern und fuhr fort. Sie können sich gerne selbst vergewissern, sagte sie, aber ich kann Ihnen versichern, dass seit Monaten niemand in Bulgarien über dieses Medikament verfügt und dass Ihnen auch niemand sagen kann, wann es wieder verfügbar sein wird. Ich war wieder *Vie*, sie war zur Höflichkeitsform zurückgekehrt, und instinktiv hatte ich das Gefühl, dass es sich dabei um eine weitere Demütigung handelte. In Griechenland ist es erhältlich, sagte sie, falls Sie zur Behandlung dorthin fahren möchten, stelle ich Ihnen ein Rezept aus. Das geht nicht, sagte ich, ich muss arbeiten, ich kann nicht nach Griechenland fahren. *Kakto i da e*, sagte sie, wie dem auch sei, und dann schlug sie mir eine Alternative vor. Die zweitbeste Option ist eine Behandlung mit Tabletten, sagte sie; das ist nicht ideal, aber in den meisten Fällen wirkt es. Sie griff nach einem Rezeptblock am Rand ihres Schreibtischs. Sie nehmen die Tabletten zwei Wochen lang, sagte sie, und nach drei Monaten werden Sie noch einmal getestet, um zu sehen, ob die Behandlung angeschlagen hat. Ich hatte alles im Internet gelesen, was ich darüber finden konnte, und wusste, dass die zweiwöchige Behandlung mit Tabletten nicht immer genügte, vor allem dann nicht, wenn es sich um eine ältere Infektion handelte, in solchen Fällen bot eine vierwöchige Therapie bessere Heilungschancen. Wäre es im Zweifel nicht besser, traute ich mich zu sagen, die Tabletten über einen längeren Zeitraum einzunehmen, aber sie hob ihre Hand, bevor ich überhaupt zu Ende sprechen konnte, und begann etwas aufzusagen, wovon ich mir sicher war, dass es tatsächlich ein offizieller Text sein musste. Diese Empfehlungen, sagte sie, folgen den Richtlinien des Ministeriums für Gesundheit und Vorbeugung, *sdraweopaswaneto*, ich bin mir nicht sicher, was die beste Übersetzung für dieses Wort ist; sollten Sie einem anderen Behandlungsplan folgen wollen, kann ich keine Verantwortung für mögliche Folgen übernehmen. Und wenn ich selbst die Verantwortung dafür übernehme, sagte ich, während sie begann, ein Rezept auf ihrem Block auszufüllen, können Sie mir die Medikamente dann für vier Wochen verschreiben? Sie fuhr mit dem Ausfüllen des Rezepts fort und wiederholte im gleichen Ton offiziöser Formalität, dass sie nur den Richtlinien des Ministeriums folgen könne, doch dann hielt sie inne und schaute auf. Im Allgemeinen, sagte sie, ist es kein Problem, ein Rezept zweimal zu benutzen. Das stimmte, wie ich später herausfinden sollte; das Rezept war nicht datiert, und als es mir der Apotheker später an jenem Nachmittag zusammen mit meinen Tabletten zurückgab, fand sich keine Notiz darauf, die es ungültig machte, ich konnte damit zur Apotheke gehen, so oft ich wollte. Sie hatte das Rezept ausgefüllt und hielt es mir hin, blieb dabei aber auf ihrem Stuhl sitzen, sodass ich einen Schritt auf sie zu gehen und über den großen Schreibtisch hinweg danach greifen musste. Und das ist alles, sagte sie und beendete die Konsultation, in drei Monaten kommen Sie wieder, um sich noch einmal testen zu lassen.

Ich wandte mich um und wollte nur nach draußen, die Begegnung mit dieser Frau hatte mich erschöpft, sie war *ushasna*, dachte ich, ein Gräuel, und dachte das halb auf Bulgarisch und halb in meiner eigenen Sprache, zu der ich zurückkehrte wie auf sicheres Terrain. Doch ich war noch nicht entlassen, eine

Sache noch, hörte ich sie hinter mir sagen, und ihr Schreibtischstuhl quietschte, als sie sich erhob. Ich drehte mich um und sah, wie sie zu einer anderen Ablage ging, auf der ein großes, aufgeschlagenes Buch lag, eine Art Wirtschaftsbuch. Es sah wie das Buch aus, in dem wir an der Schule unsere absolvierten Unterrichtseinheiten abzeichneten. Aufgrund der Gefahr, die davon ausgeht, sagte die Ärztin, sind wir verpflichtet, jeden Fall dieser Krankheit ans Ministerium zu melden. Schlagartig war ich von Sorge ergriffen: Würde ich, da ich mein Visum jedes Jahr verlängern lassen musste, Schwierigkeiten bezüglich meines Aufenthaltsstatus bekommen? Andererseits, wenn ich dazu gezwungen wäre, das Land zu verlassen, würde mir das die Entscheidung abnehmen, was beinahe einer Erleichterung gleichkäme. Dann sah ich, dass sie meinen Namen in kyrillischen Buchstaben auf die Seite gekritzelt hatte, die aufgeschlagen vor mir lag, allerdings fehlerhaft, nämlich nur meine beiden Vornamen, ohne Familiennamen; die Meldung, wurde mir klar, würde keine Folgen haben, niemand wäre in der Lage, mich zu identifizieren. In einem Kästchen neben dem falschen Namen klebte ein Zettel mit einer Einverständniserklärung, die besagte, dass ich so lange kein Blut spenden würde, bis nachweislich keine Gefahr mehr von mir ausging. Die Ärztin legte ihren Zeigefinger mit dem langen, lackierten Nagel auf die Linie unter dieser Erklärung und sagte, dass ich dort unterschreiben müsse. Ich kritzelte meine Initialen so hin, dass sie völlig unlesbar waren; dann klappte sie das Buch zu und hielt dabei die großen Seiten fest, um zu verhindern, dass sie einknickten. Ich kann jetzt also gehen, sagte ich, halb als Frage formuliert, und sie nickte; als ich jedoch meine Hand auf die Klinke legte, hörte ich abermals ihre Stimme. Hatten Sie diese Krankheit eigentlich schon, als Sie hierherkamen, fragte sie – haben Sie sie mitgebracht? Ich hielt inne, die Hand immer noch an der Klinke; natürlich nicht, sagte ich, ohne mich umzudrehen, ich habe sie mir hier geholt. Dann öffnete ich die Tür und fügte mit einer Bitterkeit, die ich eigentlich nicht beabsichtigt hatte, hinzu: ein Souvenir Ihres schönen Landes.

Ich schloss die Tür und setzte mich auf die Bank. Ich wollte gehen, aber ich hatte noch nicht bezahlt, und ich musste mich sammeln, bevor ich wieder mit jemandem sprechen konnte. Ich saß da, schaute vor mich hin, starrte auf den Fußboden, entschlossen, für den Moment nichts um mich herum wahrzunehmen; ich hatte den Kopf auf die Hände gestützt, dann schob ich die Hände über die Augen, die Handballen in die Augenhöhlen gedrückt – eigentlich eine Geste des Schmerzes, aber was ich fühlte, war nicht Schmerz. Ich verstand die Verbitterung nicht, die ich eben gezeigt hatte und die nicht nur der Ärztin galt, sondern auch diesem Ort, dem Land, das ich mir ausgesucht hatte; mir war nicht bewusst gewesen, dass ich verbittert war, und ich fragte mich, wie tief dieses Gefühl in mir wurzelte. Und noch etwas beschäftigte mich: Nachdem ich eine Weile so dagesessen hatte, wurde mir klar, dass die Darstellung der Ärztin Mitkos Geschichte widersprach. Bei unserer letzten Begegnung hatte er gesagt, dass er das Geld für die Injektionen brauche, da die Tabletten nicht angeschlagen hätten, aber das war offenbar eine Lüge gewesen: Es gab gar keine Injektionen, die Behandlung mit Tabletten war die einzige Möglichkeit, die ihm zur Verfügung stand. Für einen Moment wusste ich nicht, was ich denken oder fühlen sollte. Warum war ich so überrascht? Ich wusste, dass Mitko nicht vertrauenswürdig war, dass er für Geld fast alles tun und sagen würde, und ich konnte es ihm kaum übelnehmen, da es doch genau diese Tatsache war, die mir Zugang zu ihm gewährt hatte. Trotzdem ärgerte ich mich, fühlte mich zum Narren gehalten. Vielleicht hatte ich gehofft, dass wir dieses Stadium hinter uns gelassen hatten und die Krankheit, an der wir beide litten, eine gewisse Solidarität zwischen uns schaffte, eine gemeinsame Basis. Und ich war großzügig gewesen, ich hatte ihn unterstützt, ohne eine Gegenleistung zu erhalten. Doch das stimmte nicht ganz, dachte ich plötzlich, ich hatte etwas dafür bekommen, er hatte dafür gesorgt, dass ich etwas bekam, als er mir auf die Toilette folgte und mir vor Augen führte, wie sehr ich ihn begehrte. Er hatte mir nicht gestattet, großzügig zu sein, darum ging es. Ich wollte ihm etwas geben, ohne etwas zu erhalten, aber es muss demütigend für ihn gewesen sein, nichts in der Hand zu halten, womit er verhandeln konnte, und ich fragte mich nun, ob ich diese Demütigung genossen hatte, ob sie der Grund für meine Großzügigkeit gewesen war: die Lust, ihn zu erniedrigen, indem ich ihm gab, was er brauchte, und dabei behaupten konnte, nichts von ihm zu wollen. R. hatte recht, all das würde immer so weitergehen, Mitko würde weiter nehmen, und ich würde weiter aus unaufrichtigen Motiven geben; wir würden niemals eine gemeinsame Basis finden, niemals in der Lage sein, einander mit Anstand zu begegnen. Ich musste dem ein Ende setzen, das wusste ich, ich musste dem Vergnügen an ihm abschwören, nicht nur dem vordergründigen, sondern auch dem Vergnügen, ihm gegenüber Güte zu zeigen oder das, was ich für Güte gehalten hatte und wovon ich nun fürchtete, dass es etwas anderes war.

Ich hörte, wie jemand auf mich zukam, und nahm die Hände von den Augen, der plötzliche Lichteinfall blendete mich. Es war die Frau von der Anmeldung, die mich besorgt betrachtete, und ich schämte mich, da ich begriff, dass ich eine recht dramatische Figur abgab. *Wsitschko nared li e*, fragte sie, ist alles gut, oder eher: ist alles in Ordnung; *red* ist das Wort für Reihe oder Folge; ist alles an seinem Platz, bedeutete die Frage wörtlich, und ich fragte mich, wann es das je gewesen war. Aber natürlich sagte ich ja, zweimal hintereinander, *da da*, wie um zu sagen: Natürlich, was für eine Frage, wie könnte es anders sein, und sie nickte, als wollte sie es glauben, und nahm dann neben mir auf der Bank Platz. Die plötzliche Nähe überraschte mich, und ich zuckte ein wenig zusammen, als würde sie mir Böses wollen. Sie war keine junge Frau mehr, aber sie strahlte eine Vitalität aus, die mich an die bulgarische Wendung *srjala wasrast* denken ließ, reifes Alter, ein Begriff, den man hier für den Lebensabschnitt vor dem wirklichen Alter verwendet. Sie war dick, aber sie bewegte sich, als sei ihr Gewicht ein Ausdruck von Gesundheit, als hätte Wohlbefinden ihren Körper weich werden lassen. Von allen Menschen, auf die ich in diesen Einrichtungen getroffen war, war sie der erste, der nicht erschöpft oder verärgert wirkte; sie schien das seltene Talent innerer Ausgeglichenheit zu besitzen, zumindest wirkte es so, mir ist bewusst, dass solche Eindrücke täuschen können. *Ne se pritesnjawaj*, sagte die Frau, mach dir keine Sorgen, *ne e fatalno*, es ist nicht so schlimm, du nimmst die Medikamente, und dann wirst du wieder gesund, bald wird das alles hinter dir liegen. Sie war freundlich, einfach nur freundlich, und ich schaute sie an und dankte ihr – einmal und, weil damit meine Gefühle noch nicht zum Ausdruck gebracht waren, gleich darauf ein zweites Mal. Und dein Freund, fuhr sie fort, und ich bemerkte, dass auch sie mich duzte; zuvor war ich *Vie* und *gospodinat* gewesen, der Herr, nun trat sie mir anders gegenüber. In ihrem Fall aber war es ein Ausdruck der Freundlichkeit, und mir wurde die andere Seite jener sprachlichen Nuance bewusst, die das Englische nicht besitzt: Was in der einen Begegnung die Würde raubt, kann in einer anderen Wärme schenken, und in diesem Moment bedeutete mir das viel. Dein Freund, fragte sie, wie geht es ihm, ist er zum Arzt gegangen, wird er behandelt? Ja, sagte ich, doch im gleichen Moment wurde mir klar, dass ich nicht wusste, wofür er das Geld ausgegeben hatte. Das ist wichtig, sagte sie und nickte, sorg dafür, dass er die Therapie nicht zu früh abbricht, sonst wird er nicht wieder gesund. Ja, sagte ich, das mache ich. Sie stützte sich mit den Händen auf den Oberschenkeln ab und erhob sich. Na los, sagte sie, komm mit ins Büro zum Zahlen, dann kannst du nach Hause.

Ihre Freundlichkeit hatte mich besänftigt, und ich machte mich auf den Weg zurück nach Mladost; der Bus war fast leer, der abendliche Berufsverkehr würde erst ein paar Stunden später einsetzen. Während der langen Fahrt dachte ich an Mitko; ich war mir sicher, dass mein Entschluss richtig war, zugleich wusste ich, dass es schwierig werden würde, an ihm festzuhalten. Am Abend sprach ich mit R., er erzählte, er habe am Morgen den Test gemacht und am Nachmittag seine Injektion bekommen, und ich war froh, dass er, während er sich zurechtmachte, um mit Freunden essen zu gehen, so wirkte, als hätte er mit der Sache bereits abgeschlossen. Auch ich fühlte mich besser. Ich hatte schon gegessen und saß im Wohnzimmer, um vor dem Schlafengehen noch zu lesen und mich etwas zu entspannen; es war ein anstrengender Tag gewesen, ich wollte früh zu Bett gehen. Ich hatte keinerlei Wunsch, Mitko zu sehen, und als ich das kurze Schrillen der Klingel hörte, war ich versucht, es zu ignorieren. Aber er konnte mein Licht von der Straße aus sehen und wusste, dass ich zu Hause war, und überhaupt wäre es besser, dachte ich, wenn ich das Ganze hinter mich brächte, solange ich noch wusste, was ich ihm zu sagen hatte. Weder betätigte ich den Türöffner noch sprach ich mit ihm, doch ich machte das Licht im Treppenhaus an, Zeichen genug, dass ich die Klingel gehört hatte. Ohne Hast zog ich mir Mantel und Stiefel an und wickelte mir einen Schal um den Hals; sobald die Sonne unterging, sanken die Temperaturen, aber ich wusste, dass ich mich auch gegen etwas anderes als die Kälte wappnete, gegen ein inneres Wetter, vor dem ich auf der Hut sein musste.

Mitko erwartete mich, die Hände in den Taschen vergraben, die Schultern hochgezogen. Vielleicht war es die Kälte, die ihn weniger freundlich machte; er lächelte nicht, gab mir nicht die Hand und grüßte mich kaum. Ich dachte, du würdest nicht kommen, sagte er übellaunig, ohne eine Spur seines üblichen Charmes, warum hast du so lange gebraucht? Ein paar Freunde sind da, sagte ich, wir essen zu Abend, und die Lüge bekräftigte auf gewisse Weise meinen Entschluss, da sie etwas Falsches zwischen uns zu bekunden schien, das nicht zu berichtigen war. Mitko zuckte mit den Schultern und sagte: Können wir trotzdem woandershin, ich fühle mich nicht so gut, es ist so kalt. Nein, sagte ich, obwohl es schwer war, das auszusprechen, es tut mir leid, ich habe nicht viel Zeit, ich muss zurück zu meinen Freunden. Er antwortete nicht, vielleicht hatte er es erwartet, vielleicht war es offensichtlich, dass meine Entschuldigung erfunden war und daher keine Entgegnung verdiente. Ich möchte nach Hause, sagte er, ich möchte in Warna sein, ich habe keinen Ort zum Schlafen hier und kein Geld. Er schaute mich nicht an, während er das sagte, sondern zu Boden oder zur Seite, als schämte er sich, und während er sprach, verlagerte er sein Gewicht von einem Fuß auf den anderen und scharrte mit den Schuhen im Schnee. Hilfst du mir, fragte er und sah mir noch immer nicht ins Gesicht, ich brauche vierzig Lewa für den Bus, das ist alles, vierzig Lewa, *samo*, bitte. Er klang nun weniger mürrisch als flehend, und ich zögerte, bevor ich ihm antwortete. Was immer er mit dem Geld vorhatte, ich sah, dass er in Not war, es ging ihm erbärmlich, und er fror, ich war mir sicher, dass er Hunger hatte, und was waren vierzig Lewa für mich – heute denke ich, ich hätte ihm geben sollen, wonach er fragte. Aber das tat ich nicht, ich sagte: Nein, Mitko, ich gebe dir kein Geld mehr, *kraj*, sagte ich, das ist vorbei. *Saschto*, fragte er und schaute mich plötzlich durchdringend an, warum, wiederholte er, *saschto*? Ich weiß, dass du keine Injektionen bekommen hast, sagte ich, in der Klinik haben sie mir gesagt, dass man in ganz Bulgarien kein Penizillin bekommt, und fügte hinzu, dass sie mir im Tokuda Hospital, dem internationalen Krankenhaus, das Gleiche gesagt hatten, als ich dort anrief, um mir die Information bestätigen zu lassen. Aber das stimmt nicht, sagte er und hob empört seine Stimme, ich habe die Spritze bekommen, wir können zu meiner Klinik fahren, sie werden es dir bestätigen, aber ich unterbrach ihn und sagte, dass ich mit ihm nirgendwohin mehr gehen mochte. Ich bin kein Lügner, sagte Mitko, er stand jetzt still, behaupte nicht, dass ich ein Lügner bin, ich habe dich niemals angelogen. Mir war, als könnte ich zusehen, wie er seine Kräfte sammelte, um jenes Gesicht aufzusetzen, in das ich so viele Monate zuvor in Warna geblickt hatte; aber er schien dazu nicht wirklich imstande, als läge es außerhalb seiner Macht, und mit einer Traurigkeit, die ich mir nicht ganz erklären konnte, sah ich, wie es verblasste, ohne sich wirklich gezeigt zu haben. Komm schon, sagte er, *are be*, gib mir das Geld, und ich gehe und werde dich nicht mehr belästigen. Aber ich schüttelte den Kopf. Nein, sagte ich, jetzt mit sanfter Stimme, ich habe genug von alldem. Ich berührte seine Schulter, ohne zu wissen, was ich damit zum Ausdruck bringen wollte, dann drehte ich ihm den Rücken zu und ging zurück ins Haus, wo mich in der plötzlichen Wärme heftiges Zittern überkam.

Von allem abgesehen, was ich als Ausländer in diesem Land nicht verstehe, den halb aufgeschnappten Satz hier, die undeutliche Geste dort, die unterschwelligen Bedeutungen, die mir fremd sind, habe ich doch an keinem anderen Ort so sehr das Gefühl, dass die Welt sich ordnet, wie um von mir wahrgenommen zu werden, dass Deutungen sich darbieten wie bereits tranchiertes Fleisch, dass Seltsamkeiten plötzlich Sinn ergeben. Vor nicht langer Zeit etwa, die Geschichte mit Mitko lag bereits hinter mir, befand ich mich in einem Zug, der mich von der Küste zurück nach Sofia brachte. Mir graute vor der Fahrt, vor der Langeweile und dem Eingeschlossensein, so wie mir vor allen längeren Reisen graut, insbesondere in der Hitze des Spätsommers. Das Gefühl wurde noch verstärkt durch die Tatsache, dass ich mit meiner Mutter reiste, deren Besuch eine zaghafte Wiederannäherung darstellte, nachdem wir drei Jahre lang so gut wie keinen Kontakt gehabt hatten. Wir waren nicht unbedingt im Streit auseinandergegangen, aber sie war Teil jener Vergangenheit, die ich hier gewissermaßen auszulöschen versucht hatte und ohne die ich mich freier fühlte; der Gedanke an ihren Besuch hatte mich beunruhigt, da sie unweigerlich viel von dem mitbringen würde, wovor ich geflohen war. Erschwerend kam hinzu, dass ich der Gastgeber und es die erste Reise meiner Mutter nach Europa war, ihre erste richtige Reise überhaupt, was sie in einen Zustand zwischen Enthusiasmus und Besorgnis versetzte, wechselnde Gefühlslagen, auf die ich einfühlsam reagieren musste. Sie hatte zehn Tage für Bulgarien eingeplant, von denen wir die meisten außerhalb Sofias verbrachten; ich wollte, dass sie die schönen Teile des Landes sah, und wir befanden uns nun auf der Rückfahrt aus Burgas, einer Küstenstadt, die ich schon lange hatte besuchen wollen. Wir waren beide bezaubert gewesen von dem Städtchen, waren im Strom der Menschen die lange Seebrücke und den steinigen Strand abgelaufen, und die sommertrunkenen Abende waren von einer Lebendigkeit gewesen, die ich in Sofia noch nie gespürt hatte. Wir hatten keine jener dramatischen Auseinandersetzungen gehabt, die ich befürchtet hatte, obwohl wir wohl beide erschöpft waren vom Bemühen, sie zu vermeiden. Doch die Reise war kein Desaster geworden; ich war nicht herzlos zu ihr gewesen, wie ich ebenfalls befürchtet hatte, da Herzlosigkeit lange mein Mittel gewesen war, mich vor ihrer meinem Empfinden nach besitzergreifenden Art zu schützen, ihrem Hang zur Schnüffelei, der meine unerlässliche Privatsphäre verletzte. Nach den drei Jahren ohne Kontakt gab sie sich Mühe, keine Bürde zu sein, und behielt einen leichten Ton bei, der Momente der Nähe zwischen uns dennoch nicht ausschloss. Sie sprach über die Vergangenheit, wie sie es früher nie getan hatte, erzählte Geschichten von meinem Vater, aus seiner Jugend und ihrem gemeinsamen Leben, zum ersten Mal überhaupt sprach sie ohne Groll von ihm und bekannte sich zu dem Glück, das sie mit ihm erfahren hatte, auch wenn es kurz gewesen war und sich später nicht zurückgewinnen ließ. Ich sehnte mich nach diesen Geschichten, doch ich scheute sie auch; ich wusste, dass sie heraufbeschwören konnten, was ich hinter mir gelassen hatte, dass sie Tiefen hatten, in denen ich verlorengehen konnte.

Bei der Ankunft meiner Mutter war ich erschrocken, wie ausgemergelt ihr Gesicht aussah, wie dünn sie war, wie hager und fragil ihr Körper wirkte. Sie war ohne Frage alt geworden, und ihr Anblick, als ich sie durch die Glastüren der Ankunftshalle im neuen Flughafenterminal kommen sah, hatte mir einen Stich versetzt, den ich noch einmal spürte, als wir unsere Plätze im Zug einnahmen und das Gepäck auf der Ablage verstauten. Ich hatte Tickets für die erste Klasse gekauft, und auf dem Weg zu unserem Abteil kamen wir durch sechs oder sieben Wagen, die bequem und europäisch aussahen und mit einer gut funktionierenden Klimaanlage ausgestattet waren, während ausgerechnet unser Wagen noch nicht modernisiert worden war und sich als rostendes Relikt aus sozialistischen Zeiten herausstellte. Sein Erster-Klasse-Status lag allein darin begründet, dass er in vier Kabinen für jeweils acht Leute mit verschließbaren Glastüren aufgeteilt war, wobei alle Türen aufgrund der heißen, stickigen Luft offen standen. Ich hatte das Gefühl, ich sei selbst schuld, und fühlte mich gedemütigt, doch ich versuchte, es leicht zu nehmen; willkommen in Bulgarien, sagte ich und versprach meiner Mutter ein authentisches Balkan-Erlebnis. Sie folgte meinem Vorbild und ignorierte die Unannehmlichkeiten, während sie ihre Habseligkeiten verstaute, auch wenn klar war, dass sie die Situation tatsächlich als unangenehm empfand, was sich schon darin zeigte, wie sie die anderen Fahrgäste in unserer Kabine beäugte. Meine Mutter hatte Fremden noch nie vertraut, so wie ihr ganzes Leben phasenweise von Zaghaftigkeit oder Angst geprägt war, und ich befürchtete, dass sie mir diese Zaghaftigkeit vererbt hatte, diese Zweifel an den eigenen Fähigkeiten, die mich davon abgehalten haben herauszufinden, wie weit diese Fähigkeiten mich tragen könnten, und das vielleicht immer noch tun. Alles Fremde versetzte meine Mutter in Alarmbereitschaft, ich sah es daran, wie sie ihre Handtasche festhielt, auch wenn sie die Erfahrung des Unbekannten zugleich genoss. Sie war besorgt, doch die Sorge wurde von ihrer Höflichkeit im Zaum gehalten, eine Eigenschaft, die ebenso unverrückbar zu ihr gehörte wie die Angst. Ich war erleichtert, dass unser Abteil sich nicht bis zum letzten Platz füllte; meine Mutter und ich hatten die eine Seite für uns, die drei anderen Fahrgäste hatten sich so hingesetzt, dass sie in Fahrtrichtung schauten. Neben der Tür saß ein allein reisender Mann Mitte dreißig; er war bärtig und übergewichtig und las in einem dicken Taschenbuch, das auf seinem Schoß lag. An der Fensterseite saß eine ältere, sehr dicke Frau, die trotz der Hitze in mehrere Kleidungsschichten gehüllt war, während ein augenscheinlich schlafender Junge von etwa sechs oder sieben Jahren halb auf ihrem Schoß, halb auf dem Sitz neben ihr ausgestreckt war. Die Sonne schien auf sein Gesicht, doch die Frau hielt eine Hand darüber, sodass seine Augen im Schatten lagen. Meine Mutter war gleich von ihm eingenommen, er war etwa im selben Alter wie das Kind meines Bruders; mir dagegen wurde bang bei dem Gedanken an Stunden voller Lärm. Während ich mein Buch hervorholte – ich erinnere mich nicht mehr daran, um welches es sich handelte, irgendetwas auf Englisch –, wünschte ich mir, dass er lange schlief. Meine Mutter holte den Stapel Zeitschriften aus ihrer Tasche, den sie überallhin mitnahm. Wir versanken in unseren Lektüren, meine Mutter, ich und der Mann, der beim Lesen ab und an auflachte. Wenn ihr die Hitze zu viel wurde, legte meine Mutter die Zeitschrift, die sie gerade las, zur Seite oder benutzte sie als Fächer, während sie mich mit großen Augen anschaute und lautlos sagte: Es ist so heiß, wobei die sonderbar langgezogenen Vokale des Südstaatenenglisch sogar in ihrer Pantomime präsent waren. Ich konnte nur mit einem Schulterzucken reagieren, ich war nicht imstande, die Situation zu verbessern, die Luft, die durch die Tür und das Fenster kam, sorgte gelegentlich für etwas Erleichterung, doch der Zug fuhr zu langsam und hielt zu oft, um einen wirklichen Durchzug entstehen zu lassen. Immer wieder legte ich mein Buch aus der Hand, um die vorbeiziehende Landschaft und ihre Veränderungen zu betrachten, die Dörfer und kleinen Städte, die fast alle in baufälligem Zustand waren, die zerfallenden Hütten und Häuser. Die riesigen Felder waren braun und rissig vor Trockenheit, dennoch sah man kleine Figuren mit Bündeln auf dem Rücken die Erde bearbeiteten und hin und wieder einen Traktor Staub aufwirbeln. Es war ein Leichtes, sich in ein früheres Jahrhundert zurückversetzt zu fühlen, die Gebäude und die Landschaften da draußen waren vom modernen Zeitalter fast unberührt geblieben, allein die Satellitenschüsseln, die ich aus meinem Viertel in Sofia kannte und die noch die heruntergekommensten Bauernhäuser entlang der Bahnstrecke schmückten, brachen dieses Bild; manche waren klein und neu, andere riesig, auf Stative montiert und von der Witterung verfärbt.

Nach etwa einer Stunde wurde der Schlaf des Jungen unruhig, er wälzte sich hin und her und strampelte mit den Beinen, schließlich hievte er sich aus dem Schoß der Frau, setzte sich auf und blinzelte, während sie ebenfalls zu sich kam. Der Junge schaute sich im Abteil um, schüchtern und interessiert zugleich, kurz trafen sich unsere Blicke, dann sah er weg. Schlaf weiter, hörte ich die Frau sagen, sie legte ihren Arm um ihn und zog ihn zu sich heran, aber er sagte, er sei nicht müde, und stemmte sich mit beiden Armen gegen ihren Griff.

Er hatte Hunger, und die Frau kramte in einer der großen Taschen, die sie auf den Boden zu ihren Füßen gestellt hatte, dann zog sie ein in Zellophan gewickeltes belegtes Brot hervor, befreite es von der Folie und reichte es ihm. Er nahm es, rutschte von der Sitzbank und stellte sich ans Fenster, um die Landschaft zu betrachten, die draußen vorbeizog. Er war immer noch schläfrig, seine Augen waren noch ganz verschleiert, und er kaute langsam und mechanisch, als wollte er sich zum Aufwachen zwingen. Mein Blick wanderte immer wieder von meinem Buch zu ihm, auch zu meiner Mutter, die ihn ebenfalls beobachtete, ein Lächeln auf den Lippen, das breiter wurde, sobald er in ihre Richtung schaute, auch wenn er scheu blieb und nicht zurücklächelte. Je länger er aß, desto wacher wurde er, und er nahm von seiner Großmutter eine Flasche *airan* entgegen, ein Getränk aus Joghurt und Wasser, das hier sehr beliebt ist. Je wacher er wurde, desto beherzter aß er von seinem Brot, biss größere Stücke ab, legte zum Trinken den Kopf zurück und hielt sich schließlich die Flasche über den geöffneten Mund, um mit seiner Zunge die letzten Tropfen des Getränks aufzufangen. Seine Großmutter nahm die leere Flasche an sich, und er hielt ihr seine geöffnete Hand hin, in die sie ein kleines, in Folie gewickeltes Stück Schokolade legte, das er schnell und ohne Ausdruck von Freude aß. Als die Frau ihre Hand ausstreckte, um ihm die zusammengeknüllte Folie abzunehmen, machte er plötzlich einen Satz nach vorne und warf sie aus dem Fenster. Sie schimpfte mit ihm und sagte etwas, das ich nicht verstand, vielleicht war es einfach sein Name, doch er drehte sich mit einem breiten Lächeln um und blickte jedem von uns ins Gesicht, als wäre er zugleich überrascht und begeistert von seiner eigenen Kühnheit. Ich versuchte, ihn streng anzuschauen, um erwachsene Solidarität mit seiner Großmutter zu demonstrieren, aber mein Vorsatz verpuffte unter seinem Lächeln, das unglaublich strahlend war, seiner selbst und der Unwiderstehlichkeit seiner Wirkung sicher.

Er war ein schönes Kind, schlank und großgewachsen, die Haut sonnengebräunt vom Urlaub am Meer. Er war es gewohnt, dass man ihn vergötterte, dachte ich mit einer gewissen Bitterkeit, obwohl ich selbst von seiner Anmut berührt war. Es ging uns allen so; das Herz meiner Mutter hatte er längst erobert, und selbst der Mann, der uns gegenübersaß, blickte von seinem Buch auf und lächelte. Seine Großmutter zog ihn zurück auf seinen Platz, schimpfte immer noch und verlangte, dass er sich wieder hinlege, sie hätten eine lange Fahrt vor sich, und als er sich widersetzte, sagte sie, er solle zumindest stillsitzen, sie sei müde und wolle sich noch etwas ausruhen. Aber er saß nur kurz still, bald wurde er wieder zappelig, suchte nach Ablenkung. Das Zugfenster bestand aus zwei übereinander angeordneten Scheiben, die obere ließ sich nach unten aufschieben, wobei der Riegel oder Haken oder welcher Mechanismus auch immer sie offen halten sollte kaputt war und wir Papierstücke in die Ecken gestopft hatten, damit sich das Fenster nicht wieder schloss. Er griff nach oben, legte seine Finger um den oberen Rand und zog sich hoch, bis er auf der Sitzbank stand, den Kopf rausstreckte und unbehindert vom trüben Fensterglas auf die Felder dort draußen schauen konnte. Der Zug fuhr jetzt schneller, und seine Haare wehten im Wind. Dann warf er seinen Kopf immer wieder von rechts nach links – er fokussierte seinen Blick auf ein Element der Landschaft und folgte ihm mit den Augen, während wir daran vorbeifuhren, ein Spiel, das ich als Kind auf langen Autofahrten auch gespielt hatte. Der arme Junge, dachte ich, so viele endlose Stunden lagen vor ihm, und er hatte nichts zu tun, hatte kein Spielzeug und keine Bücher dabei, obwohl er vielleicht auch noch nicht alt genug für Bücher war. Er wandte sich vom Fenster ab, drehte sich zur Wand und streckte die Hand nach der Metallablage aus, auf der wir unser Gepäck deponiert hatten. Dann umfasste er den Rand der Ablage mit beiden Händen und zog sich hoch, wobei sein rechtes Bein am Fenster Halt suchte. Das weckte seine Großmutter, die nach dem Bein direkt neben ihr griff und daran zog, *dolu*, sagte sie, runter da, und als er auf der Sitzbank landete und darauf stehen blieb, wiederholte sie die Anweisung. Setz dich hin, sagte sie, du störst die Leute, sie wollen lesen, und tatsächlich hatten wir die Lektüre unterbrochen und uns den beiden zugewandt; ich fühlte mich allerdings nicht gestört, er war interessanter als mein Buch.

Mir ist langweilig, sagte er, *skuka mi e*, es ist noch so weit, ich will irgendetwas machen. Seine Großmutter seufzte. So weit ist es nicht, und andere Kinder schaffen es auch, stillzusitzen und artig zu sein. Ich setze mich nicht hin, niemals, rief der Junge aus, straffte die Schultern und wiederholte dann das Wort, *nikoga*, wobei er die Silben einzeln ausspuckte wie kleine Geschosse. Ich musste lachen, der Mann gegenüber auch, und sogar die Großmutter lächelte, man konnte ihm nicht widerstehen. Der Junge schaute sich überrascht um, als hätte er vergessen, dass wir auch noch da waren, und dann lachte er uns einen nach dem anderen strahlend an, begeistert von dem Eindruck, den er gemacht hatte. Nur meine Mutter verstand nicht, was vor sich ging, sie griff eilig nach meinem Arm, wollte wissen, was er gesagt hatte, bevor alles vorbei war. Dann lächelte auch sie, sah erst den Jungen und dann seine Großmutter an, faltete ihre Hände im Schoß und lehnte sich in ihrem Sitz zurück, als wäre alles einfach zu viel, um es in Worte zu fassen. Er ist so ein bezaubernder Junge, sagte sie und schaute die Großmutter an, die lächelte und sich entschuldigte, dass sie kein Englisch sprach. Ich übersetzte, was meine Mutter gesagt hatte, und die Frau schaute mich ein wenig überrascht an. Sie sprechen Bulgarisch, sagte sie, es war fast eine Frage, und dann, nachdem ich eine zustimmende Kopfbewegung gemacht hatte: Nun ja, bezaubernd schon, aber auch ungezogen. Aber sie freute sich, sie schaute auf meine Mutter, während ich übersetzte, lächelte und nickte. Das Geschehen hatte ein Gemeinschaftsgefühl zwischen uns erzeugt und für eine Wärme gesorgt, die aus uns etwas anderes als nur Fremde machte, der Junge spürt das auch, dachte ich, das Königreich, über das er herrschte, hatte sich von seinem Sitz auf das gesamte Abteil ausgeweitet. Der Mann mit dem Buch hatte zuvor schon seine Lektüre unterbrochen, eine Kamera aus seinem Rucksack genommen und war auf den Gang getreten, um durch die großen Fenster zu fotografieren. Der Junge hatte das mit Interesse beobachtet und stellte sich nun, da der Mann wieder zur Kamera griff, vor ihn und legte seinen Kopf etwas schief. Möchtest du sehen, wie sie funktioniert, fragte der Mann und drehte die Kamera so zu dem Jungen hin, dass er den digitalen Bildschirm und die Schalter und Knöpfe sehen konnte, und der Junge nickte, immer noch ein wenig schüchtern, und kletterte auf den Sitz neben ihm. Belästige ihn nicht, sagte die Großmutter, aber der Mann schüttelte den Kopf und sagte, das sei schon in Ordnung, er störe ihn nicht, und gemeinsam widmeten sie sich ein paar Minuten lang eingehend der Kamera, scrollten durch Fotos und gingen dann mit dem Segen der Großmutter auf den Gang, wo die Fenster mehr Ausblick boten.

Er ist der Sohn meiner Tochter, erzählte uns die Frau, ich bin mit ihm für eine Woche ans Meer gefahren, er ist pausenlos umhergerannt und hat gespielt, ich dachte, er würde auf der Zugfahrt schlafen, normalerweise macht er das. Ich wiegte verständnisvoll den Kopf und sagte, dass es eine lange Fahrt sei, anstrengend für ein Kind, und eigentlich sei er doch sehr lieb. Ist das Ihre Mutter, fragte die Frau, und ich bejahte und sagte, dass sie zum ersten Mal in Bulgarien sei, zum ersten Mal überhaupt außerhalb der Vereinigten Staaten. Das erste Mal in Europa, und Sie haben sie nach Bulgarien gebracht, sagte die Frau, oh, sie muss denken, dass es ganz furchtbar hier ist. Ich hielt inne und übersetzte das Gesagte für meine Mutter, die hektisch Luft holte und sich nach vorne beugte; nein gar nicht, sagte sie, es ist ein schönes Land, mir gefällt es hier sehr gut. Am Meer ist es vielleicht hübsch, aber Sofia – die Frau ließ den angefangenen Satz so stehen und rümpfte die Nase. Aber sie ist Ihre Mutter, sagte sie zu mir, sie ist überall glücklich, solange sie bei Ihnen sein kann. Als sie das hörte, legte meine Mutter ihre Hand auf meinen Arm und sagte, das stimmt, das stimmt so sehr, und ich fühlte, wie sich etwas in mir zusammenzog, die unwillkürliche Reaktion, wenn etwas zu fest ergriffen wird, und ich musste dem Verlangen widerstehen, meinen Arm wegzuziehen. Und Sie leben in Bulgarien, fragte die Frau, was machen Sie hier, und ihr Gesicht hellte sich auf, als ich ihr erklärte, dass ich Lehrer sei, und den Namen der berühmten Schule nannte, an der ich unterrichtete. *Bravo*, sagte sie, das ist die beste Schule überhaupt, und dann erzählte sie, dass ihr Enkel in diesem Jahr begonnen hatte, Englisch zu lernen, dass er schon ein paar Lieder singen und die Zahlen aufsagen konnte. Er ist ein kluger Junge, sagte sie, wenn er nur nicht so ungezogen wäre. Dieser letzte Satz war an den Jungen selbst gerichtet, der gerade mit dem Mann wieder ins Abteil kam und glückstrahlend die Kamera in der Hand hielt. Er hob sie sich vors Gesicht (der Mann hielt sie mit fest), betrachtete uns einen nach dem anderen durch den Sucher und drehte mit einer Hand das Objektiv mal in die eine, mal in die andere Richtung, um uns kleiner und größer zu stellen. Dieser Mann ist Lehrer, sagte die Frau, er unterrichtet Englisch, und sie ermunterte ihn, sein Englisch mit mir zu üben und mir zu zeigen, was er schon alles gelernt hatte; aber der Junge wurde verlegen, immer noch lächelnd bewegte er mehrmals seinen Kopf von oben nach unten, ein entschiedenes Nein. Na komm schon, sagte ich auf Bulgarisch, nur ein bisschen, welche Wörter kannst du denn schon, aber er wollte nicht und wurde plötzlich verschämt; er kletterte zurück auf seinen Sitz und lehnte seinen Kopf an den Arm der Frau. Er traut sich nicht, sagte die Frau, aber er weiß schon sehr viel. Sie erzählte uns von dem Lehrer, den er dieses Jahr gehabt hatte, einem jungen Mann, neu an der Schule und voller Energie, der mit den Kindern Spiele machte, sodass sie lernten, ohne zu merken, dass ihnen etwas beigebracht wurde. Sie haben am Jahresende sogar eine kleine Vorführung gehabt, sagte sie, es war wunderbar, alle Schüler haben so viel gelernt. Der Junge richtete sich auf und hatte plötzlich seine Scheu verloren; ich möchte ein englisches Wort sagen, sagte er. Er rutschte an den Rand seines Sitzes, die Spitzen seiner Schuhe berührten gerade so den

Boden, schaute in die Runde und sah uns nacheinander an, als wollte er sich vergewissern, dass er unsere ungeteilte Aufmerksamkeit hatte. Dann warf er beide Arme in die Luft, rief: Kung Fu!, und ließ sich nach hinten in seinen Sitz fallen, während er die zweite Silbe zu einer Art Johlen ausdehnte. Die Frau schnalzte mit der Zunge, du kennst bessere Wörter, sagte sie; aber wir lachten, und der Junge freute sich.

Die Frau holte ihm noch mehr zu essen aus ihrer Tasche, wir anderen wandten uns wieder unseren Lektüren zu, aber ich las kaum etwas, stattdessen beobachtete ich den Jungen mit einer Faszination, die ich nicht verstand. Er strahlte etwas aus, so wie er dasaß, aus dem Fenster schaute und sein Brot aß, eine Anziehungskraft, die über Schönheit hinausging. Eine Weile war er ruhig, eingelullt vom Essen und von der Hitze, die im Laufe des Nachmittags noch stärker geworden war, aber es dauerte nicht lange, bis er wieder unruhig wurde; er kletterte auf die Sitzbank, stieg dann auf die schmale Armlehne und griff mit beiden Händen nach einer der Querstreben der Gepäckablage. Komm runter, sagte seine Großmutter brüsk, ich habe es dir schon einmal gesagt, und der Junge nahm seine Hände von der Ablage, doch es war keine Geste der Kapitulation, er brauchte seine Hände, um zu verhandeln. Aber du weißt gar nicht, was ich machen wollte, begehrte er auf, und die ganze empfundene Ungerechtigkeit der Ermahnung lag in seiner Stimme, ich habe es noch nicht einmal versucht. Pass auf, ich zeig's dir, und dann kannst du sehen, ob es schlimm ist oder nicht, und er machte eine ganz bestimmte Geste mit seinen Händen, die Finger leicht gekrümmt, die Handflächen nach oben, eine bittende Geste, und mit einem Male begriff ich, überkam mich mit fast physischer Wucht die Erkenntnis, warum mich der Junge so faszinierte, warum ich meinen Blick nicht von ihm losreißen konnte. Es war eine von Mitkos Gesten, alle Gesten des Jungen hatte ich auch bei Mitko gesehen; und der Junge selbst, mit seinen langen Armen und Beinen, seiner Schmächtigkeit, der Schattierung seiner Haut, war wie eine Miniatur von ihm, wie Mitko als Kind, bevor er zu dem Mann wurde, den ich kannte. Woher haben sie das, fragte ich mich, dieses gestische Repertoire, das sie zu Männern macht, dieses Talent für Freundlichkeit und Liebenswürdigkeit, das mich immer so erstaunt hatte, und die damit verbundene Sicherheit, nicht nur willkommen zu sein, sondern einen Anspruch auf all das zu haben, wozu ihr Charme ihnen Zugang verschafft.

Dann zog sich der Junge tatsächlich an der Gepäckablage hoch und zeigte uns allen, wie stark er war, mit den Beinen fuchtelte er in der Luft herum, und die Frau griff nach ihnen, was den Jungen zunächst kichern ließ, er dachte, es wäre ein Spiel. Er ließ sich auf die Armlehne fallen, lehnte sich an die Wand und hielt wieder seine Hände vor sich nach oben, dieses Mal nicht bittend, sondern wie um zu sagen: Siehst du, es war gar nicht schlimm, du hättest dir keine Sorgen machen müssen. Doch die Frau griff nach seiner Hand, zog daran und zwang ihn mit Gewalt zurück auf seinen Platz. Ich habe dir gesagt, du sollst runterkommen, sagte sie, und es war nun unmissverständlich, dass sie verärgert war, das erste Mal auf der Reise wirklich verärgert, und es war wohl eher ihr Zorn, dachte ich, als irgendein Schmerz, den er erlitten hatte, der den Jungen in Tränen ausbrechen ließ. Zunächst war er erschrocken, riss die Augen weit auf, als könne er nicht glauben, dass ihn das Glück verließ, dann begannen die Tränen zu rollen, obwohl ich sah, dass er sie zurückzuhalten versuchte, dass er sich bemühte, *mashki* zu sein. Er wischte sie mit den Handflächen weg, aber es kamen immer neue, sein Kummer war so überdimensional wie seine anderen Gefühle auch. Seine Großmutter weigerte sich, ihn anzuschauen, und wie schon so oft dachte ich, dass es schwer sein musste, ein Kind zu erziehen, intuitiv zu erkennen, wann Geduld und wann Disziplin gefordert sind, um die guten Anlagen gedeihen zu lassen und die schlechten in Schach zu halten, wobei es vielleicht gar nicht möglich war, sie auseinanderzuhalten. Was beim Kind liebenswürdig wirkte, würde beim erwachsenen Mann nicht mehr liebenswürdig sein, und ich musste an Mitkos Konsterniertheit denken, wenn ich wütend auf ihn war, wenn er nicht das von mir bekam, was er wollte. Er war ein Kind genau wie dieses gewesen. Ich sah zu meiner Mutter, die den weinenden Jungen bestürzt ansah und selbst Tränen in den Augen hatte, und wie so oft fragte ich mich, ob sie die Quelle meiner Unzufriedenheit war, ob sie etwas hätte tun können, das mich zu einem anderen gemacht hätte als dem, der ich heute war. Während ich sie betrachtete, wie sie den Jungen anschaute, dachte ich darüber nach und wusste zugleich, wie ungerecht der Gedanke war; ich hatte Glück, so geliebt zu werden, wie sie mich liebte.

Es war dieser Moment, als der Junge weinte und ich meine Mutter dabei beobachtete, wie sie ihn vorsichtig musterte, der Moment, in dem wir uns alle in uns selbst zurückzogen, um dem Jungen mit seinen Gefühlen Raum zu geben, in dem ich spürte, wie die Dinge sich auf seltsame Weise ordneten und mein eigener Platz in ihrem Gefüge deutlich wurde: meine Mutter und der Junge, das heiße Zugabteil, meine Erinnerungen an Mitko, die jetzt mit bedrängender Kraft auf mich einströmten, der Gedanke an unser letztes Treffen, das ich immer noch nicht verarbeitet hatte, obwohl es Monate zurücklag. Das alles fügte sich mit einem merkwürdigen Gefühl von Dringlichkeit, und ich holte mein Notizbuch hervor, um festzuhalten, was ich empfand, bevor es sich auflöste. Es waren keine Sätze, die ich aufs Papier kritzelte, eher Impressionen oder Stichworte zur Situation, und während ich schrieb, fand der Junge seine Stimme wieder und setzte zur Gegenbeschuldigung an. Er hielt sich den Arm, wo sie ihn gepackt hatte, und drückte ihn an seine Brust. *Stschupi mi rakata*, sagte er, du hast mir den Arm gebrochen, er tut weh, du hättest nicht so doll ziehen müssen, aber die Frau zeigte sich ungerührt, vermutlich war sie seine Theatralik gewohnt. Du solltest tun, was ich dir sage, gab sie zurück. Es ist nicht dein Zug, antwortete er, und es klang weniger schmerzerfüllt als widerspenstig, du hast ihn nicht gebaut, du hast ihn nicht gekauft, er benutzte diese Logik wie einen Schutzwall, hinter dem er sich verschanzte, du kannst mir nicht sagen, was ich machen soll, aber sie ließ sich zu keiner Antwort herab. Dann änderte er seine Strategie, es gibt nichts zu tun, sagte er, ich habe nichts zum Spielen, und du lässt mich nicht klettern, mir ist langweilig, *skuka mi e*. Damit gewinnt er wieder Boden unter den Füßen, dachte ich, die Klage ist in mancher Hinsicht gerechtfertigt, doch die Frau schwieg weiter. Mein Arm, sagte er einen Moment später, als wäre er ihm gerade wieder eingefallen, er tut wirklich weh, und er hielt ihn ihr hin, und sie umfasste ihn dieses Mal ganz sanft, und dann schaute sie besorgt und sagte, lass mal sehen, und dann: O je, das sieht nicht gut aus, ich fürchte, wir müssen ihn abschneiden, und das brachte ihn zum Kichern, er versuchte, sich aus ihrem Griff zu winden, doch sie hielt ihn fest, lehnte sich über ihn und begann, ihn zu kitzeln. Die Tränen auf seinen Wangen waren kaum getrocknet, doch er quietschte schon wieder vor Wonne, und ein paar Augenblicke später saß er auf ihrem Schoß und hatte die Arme um sie geschlungen, ein Anblick, der so herzzerreißend war, dass er fast schmerzte, so wie es schmerzte, meine Mutter zu sehen, die die beiden mit einer solchen Sehnsucht beobachtete, dass ich meinen Blick abwenden musste. Ich erinnerte mich an die Zeit, als auch wir uns so berührt hatten, meine Mutter und ich, als ich ihre Gegenwart und ihre Berührung suchte, und ich fragte mich, was aus dieser Unbefangenheit, dieser Offenheit geworden war, warum eine solch starre Beklemmung an ihre Stelle getreten war, als gäbe es ein Tabu, das mich davon abhielt, ihre Liebesbekundungen auf irgendeine Weise zu erwidern. Und mir wurde schlagartig klar, wie grausam ich gewesen war, als ich ihre Anrufe und ihre E-Mails ignoriert hatte, die immer verzweifelter geworden waren, je länger ich nicht reagierte, bis irgendwann keine mehr kamen. Sie hatte mich verloren, ohne zu wissen, ob ich zurückkehren würde. Eine Weile saßen die Frau und der Junge so da, seine Arme umfassten ihren Körper, ihre Hände ruhten auf seinem Rücken.

Ich versank in meinen Notizen und bemerkte erst nach einigen Augenblicken, dass der Junge mich anschaute; er war vom Schoß seiner Großmutter geklettert und saß nun aufrecht da, und in seinem Blick lag Intensität, der Ernst eines Wunsches. Ich möchte auch schreiben, sagte er zu seiner Großmutter, und während sie in ihrer Tasche nach einem Stift suchte, lehnte er sich vor und nahm vorsichtig, als könnte sie etwas dagegen einwenden, eine der Abonnementpostkarten aus dem metallenen Papierkorb, die meine Mutter ihren Zeitschriften entnommen und weggeworfen hatte, und als sie ihm zunickte und lächelte, nahm er noch eine zweite und dann eine dritte. Er sank zurück in seinen Sitz, hielt die Karten in seinem Schoß und schrieb in großen Druckbuchstaben die drei Wörter ab, die dort standen, BUSINESS REPLY MAIL, wieder und wieder, er übte das Alphabet, wurde mir klar, die Buchstaben flossen noch nicht sicher aus seiner Kinderhand, manchmal geriet ihm das lateinische B zum kyrillischen Б. Ich weiß nicht, warum sein Eifer mich so berührte, die stille Ernsthaftigkeit, mit der er arbeitete, aber es war herzzerreißend, umso mehr, als er sich an die Frau wandte, dabei mit seinem Kopf auf mich deutete und sagte: Und wenn ich fertig bin, liest er es vor. Vielleicht konnte ich mir nun, da ich Mitko in dem Jungen sah, keine Zukunft für ihn ausmalen, die mir nicht Kummer bereitete. Würde er in der Schule versagen, würde er danach keine Arbeit finden, würde er wie Mitko sein Heil in Alkohol und Drogen suchen, dann wäre dieser aufgeweckte Junge vor mir ein Versprechen, das unerfüllt bliebe. Würde er aber sein Potenzial ausschöpfen und Bulgarien verlassen (wo es, wie meine Studenten mir immer wieder sagten, keine Zukunftsaussichten gab, wo der Horizont der Möglichkeiten immer enger wurde), würde er sich auf eine Weise entwickeln, die alles übertraf, was seine Großmutter sich für ihn erhoffte, dann würde das die für mich unerträgliche Frage aufwerfen, was aus Mitko hätte werden können. Als er bei der dritten Postkarte angekommen war, hatten die Buchstaben des Jungen ihre Form nahezu verloren, sie wurden flacher und amorpher und glichen mehr einer aufs Papier gemalten Wellenlinie. Und als der Zug langsam in Plowdiw einfuhr, wo meine Mutter und ich übernachten würden – ich wollte, dass sie die schöne Altstadt sah, die reich verzierten Holzhäuser, die sich an die Hügel schmiegten –, hielt er die letzte Karte hoch, damit ich vorlesen konnte, was er geschrieben hatte. Das muss eine Sprache sein, die ich nicht kenne, sagte ich lächelnd, ich kann sie nicht lesen, und das schien ihm zu gefallen, er brummte und sagte, *towa e ispanski*, das ist Spanisch, womit er mich wieder zum Lachen brachte. Du bist sehr klug, sagte ich, während seine Großmutter den Kopf schüttelte, es ist gut, wenn man so viele Sprachen spricht. Meine Mutter und ich standen auf, suchten unsere Sachen zusammen, nahmen unsere Reisetaschen von der Gepäckablage, und ich stellte fest, dass ich nicht genau wusste, wie ich mich von dem Jungen verabschieden sollte. Ich wollte ihm sagen, dass er fleißig lernen und viel arbeiten solle, vor allem an seinem Englisch, das er später dringend brauchen würde; es war die beste Chance, die er hatte, wollte ich ihm sagen, aber ich wusste, so etwas lässt sich nicht sagen, nicht so, dass es auch richtig verstanden wird. Stattdessen griff ich in meine Tasche und sagte ihm, dass ich ihm etwas geben wolle, was er in Bulgarien nicht finden würde, und dann reichte ich ihm ein Pfefferminzbonbon aus einer Packung, die meine Mutter mir mitgebracht hatte. Es waren meine Lieblingsbonbons gewesen, als ich Kind war, und mich überkam eine unbeschreibliche Freude, als er die Plastikhülle abzog und sich das Bonbon in den Mund warf. Dann hielt der Zug, und meine Mutter und ich gingen hinaus auf den Gang, etwas linkisch aufgrund unseres Gepäcks und der Aussicht, dass wir wieder allein miteinander sein würden. Während wir uns in die Schlange der Menschen einreihten, die hier, am letzten Halt des Zuges vor Sofia, ebenfalls ausstiegen, schaute ich noch einmal zu dem kleinen Jungen hinüber, an den ich mich sicher erinnern würde, vielleicht nicht an ihn selbst, aber an das, was ich in Gedanken aus ihm machen würde. Ich hatte meine Notizen, ich wusste, ich würde ein Gedicht über ihn schreiben, und später dann würde ich mich an das Gedicht erinnern, was richtig und falsch zugleich wäre, ein von mir hergestelltes Bild, das an die Stelle meines Erlebens trat. Ich hatte immer gedacht, das Schreiben eines Gedichts wäre eine Form der Liebe für einen Gegenstand, die Möglichkeit, etwas zu bewahren oder zweimal zu erleben oder mehr noch: eine Art, erfüllter zu leben und Erfahrungen einen komplexeren Sinn zu verleihen. Aber so fühlte es sich nicht an, als ich an das zukünftige Gedicht dachte und mich ein letztes Mal nach dem Jungen umdrehte, vielmehr spürte ich einen Verlust. Was immer ich über ihn schriebe, es würde ihn reduzieren, und ich fragte mich, ob ich mit meiner Lyrik den Dingen nicht eher den Rücken zudrehte, ob ich die Welt, anstatt sie zu bewahren, nicht in Wirklichkeit hinter mir ließ. Die Türen des Zuges öffneten sich, die Schlange setzte sich in Bewegung, und ich sah noch, dass der Junge bereits die Plätze in Besitz genommen hatte, auf denen wir eben noch gesessen hatten. Dann traten meine Mutter und ich in die frische Abendluft und atmeten erleichtert auf.

Ich muss tief geschlafen haben in jener Nacht im Frühling, ich muss mich in einer Bewusstseinsschicht unterhalb von Träumen und jeder Art von Gedanken befunden haben, als ich plötzlich wie vom Blitz getroffen aufwachte. Für einen Augenblick spürte ich wieder, was ich wenige Wochen zuvor gespürt hatte, als es mitten in der Nacht einen gewaltsamen Stoß und ein Rütteln gegeben hatte, eine Bewegung, die nicht nur meine Empfindung physikalischer Gesetzmäßigkeit verletzte, sondern meine körperliche Grundsicherheit erschütterte. Eine animalische Angst ließ mich damals im Bett erstarren, während sich die Welt unter Geräuschen verschob, die ich noch nie gehört hatte, ein intensives, knirschendes Donnern, dazu der Lärm der Diebstahlsicherungen sämtlicher Autos in meinem Viertel, eine irremachende Kakophonie. Das stärkste Erdbeben, das Bulgarien seit hundert Jahren heimgesucht hatte, so stand es am nächsten Morgen in den Zeitungen, auch wenn es nur ein Beben mittlerer Stärke gewesen war. In Sofia hatten die *blokowe* gewackelt, aber keiner war zusammengebrochen, der Schaden ging kaum über kaputte Fensterscheiben und rissige Fassaden hinaus, und selbst auf dem Land waren nur die ältesten Gebäude eingestürzt. Es habe eine Tote gegeben, stand in den Zeitungen, eine ältere Frau, die einen Herzstillstand erlitt. Nie zuvor hatte ich ein Erdbeben und eine so vollkommene Orientierungs- und Hilflosigkeit erlebt, zum ersten Mal spürte ich vollkommen untrüglich die Unerheblichkeit meines Willens, und so war meine Angst begleitet oder verdrängt worden von einem

Gefühl der Losgelöstheit, das gar nicht so unangenehm war, eine Art Schwerelosigkeit. Der Lärm, der mich nun weckte, brachte die Angst zurück, doch nur für einen Moment, dann begriff ich, dass die Ursache keine Katastrophe war, sondern dass jemand ohne Unterlass die laut surrende Klingel an meiner Wohnungstür betätigte und gleichzeitig gegen die Tür hämmerte, nicht klopfte, sondern in schneller Abfolge und voller Kraft dagegenschlug. Ich sprang auf. Obwohl ich ihn seit Wochen nicht gesehen hatte, wusste ich natürlich, dass es Mitko war. Ich hatte R. versprochen, ihn nicht in die Wohnung zu lassen, falls er wiederkäme, du darfst nicht noch einmal mit ihm sprechen, hatte er gesagt, wenn du mit ihm redest, wenn du ihm das kleinste Zeichen gibst, kommt er immer wieder; er muss aufhören, für dich zu existieren – so oder so ähnlich waren seine Worte gewesen. Aber was kann ich denn tun, dachte ich, während ich zur Tür ging und rief, dass er mit dem Krach aufhören solle, der sicherlich schon die Nachbarn aufgeweckt hatte, wahrscheinlich würden sie gleich auftauchen, wütend oder neugierig; was konnte ich tun, wenn den Mann vor der Tür so wenig zurückhielt oder er mich über seinen eigenen Lärm hinweg nicht hörte und deshalb trotz meiner Rufe weiter gegen die Tür trommelte? Jedenfalls verstummten alle Geräusche, sobald ich den Schlüssel im Schloss drehte, als sei er nun bereit, sich in Geduld zu üben. Ich legte den schweren Schließbart um und wollte die Tür eigentlich nur einen Spalt weit öffnen, doch dann drückte er von der anderen Seite vehement dagegen, ich machte einen Schritt zurück, stolperte fast, und dann schoss mir durch den Kopf, dass er vielleicht nicht allein war, dass er die Drohungen wahr machen wollte, die er in Warna ausgesprochen hatte.

Doch es war ganz anders. Mitko trat nicht, er stolperte in die Wohnung und schob sich mit einer seltsam seitlichen Neigung an mir vorbei, so als wäre das Gewicht in seinem Körper falsch verteilt und zöge ihn an einer Seite zum Boden. Er war für niemanden eine Bedrohung, ein Luftzug hätte ihn umwerfen können. Er hielt nicht inne, um mir die Hand zu geben oder seine Schuhe auszuziehen oder auch nur ein Wort zu sagen, sondern taumelte ins Wohnzimmer, wo er sich auf das Sofa fallen ließ. Für einen Augenblick blieb ich an der offenen Tür stehen, als wollte ich abwarten, ob das, was mir ins Haus geschneit war, vielleicht genauso umstandslos wieder verschwand, als bestünde die Möglichkeit, dass er seine Meinung änderte und ohne eine neue Überraschung, ohne irgendein neues Drama wieder ging. Ich lauschte auf Zeichen meiner Nachbarn, auf sich öffnende Wohnungstüren; ich würde mich für den Lärm entschuldigen, auf Englisch oder auf Bulgarisch, je nachdem, wer es war. Ich würde sagen, dass mein Freund betrunken war, was stimmte; ich hatte seinen starken Biergeruch wahrgenommen, der unverkennbar von dem billigsten Bier überhaupt stammte, das hier in Zweiliterflaschen verkauft wird. Aber im Treppenhaus war es still, es gab kein Anzeichen dafür, dass jemand seine Wohnungstür geöffnet hatte, und so schloss ich meine, welche Wahl hatte ich denn, es sei denn, ich wollte die Tür von außen zumachen und einfach fortgehen, was natürlich auch keine Option war.

Mitko saß in der hinteren Ecke des Sofas, obwohl sitzen vielleicht nicht das richtige Wort war; er war zusammengesackt, sein Körper neigte sich zur Seite wie ein kenterndes Schiff. Seine Jacke lag zerknüllt auf dem Boden, obwohl er seine Sachen sonst immer so sorgfältig behandelte. Er zog ein Knie halb aufs Sofa hoch und drehte sich zu mir, was ich als einladende Geste deutete, als Aufforderung, mich zu ihm zu setzen. Seine Schultern und sein Rücken waren nach vorne gebeugt, sein Kopf war merkwürdig geneigt, als wollte er etwas in mittlerer Höhe eingehend betrachten, die Schränke über dem Spülbecken vielleicht, doch als ich näher kam und mich an das andere Ende des Sofas setzte, wobei ich so viel Abstand zwischen uns hielt wie möglich, sah ich, dass er nirgendwo hinschaute. Seine Augen machten gespensterhafte Bewegungen, sie rollten sinnlos in ihren Höhlen umher, als wären sie von seinem Willen abgekoppelt, und sein Hals war nicht nur gestreckt, sondern verkrampft. Es war eine Haltung der Agonie, und obwohl er ganz offensichtlich betrunken war, betrunkener, als ich ihn oder sonst irgendwen jemals erlebt hatte, vermutete ich, dass er noch etwas anderes genommen hatte, eine Substanz, deren Wirkung jenseits meiner Expertise in diesem Bereich lag. Er sah furchtbar aus, dünner als je zuvor, seine sonst so eng am Körper liegende Kleidung hing schlaff an ihm herunter; und da war noch etwas, genauso besorgniserregend, doch weniger offensichtlich: Seine Haut hatte einen leicht falschen Farbton, der es schwer machte, nicht vor ihm zurückzuweichen.

Es gelang mir, dem Impuls, mich von ihm abzuwenden, zu widerstehen, aber ich hatte das Gefühl, dass er ihn dennoch wahrnahm, als er sich zu mir herüberlehnte, meine Hand nahm und sie in seine legte. Ich hatte bemerkt, dass er die Hände seltsam bewegte, seine Finger rieben auf eigenartige Weise gegeneinander, als wären sie überrascht, dass sie so nah beieinanderlagen, und nun umschloss er mit beiden Händen meine Hand und begann sie so fest zu drücken und zu kneten, dass die Gelenke knackten. *Dobre li si*, sagte ich zu ihm, geht es dir gut, was offensichtlich nicht der Fall war, aber irgendetwas musste ich sagen. Er schüttelte mit einer schnellen Bewegung den Kopf, nicht um mir zu antworten, sondern wie um meine Stimme zu vertreiben, und ich hatte den Eindruck, dass er sich bemühte, mich anzusehen; seine Augen hielten in ihren unkontrollierten Bewegungen inne und schienen mich in den Blick zu nehmen, doch nur für einen Moment. Immer noch hielt er meine Hand und knetete auf diese sonderbare Weise schweigend an ihr herum, wobei er die Gelenke meiner Finger so gegeneinanderdrückte, dass ich dagegenhalten musste, um Schmerzen zu vermeiden. Dann begann er zu sprechen, mit mir oder sonst irgendwem; er wiederholte immer nur denselben kurzen Satz, den ich zuerst nicht verstand, weil er lallte und weil es so ein merkwürdiger, kontrafaktischer Satz war; *men me njama*, sagte er, immer wieder diese drei Wörter, *men me njama*, *men me njama*, ich bin weg, ich bin nicht da, im Wortsinn: Es gibt mich nicht, eine eigenartige, schwer übertragbare Konstruktion. Für einen Augenblick dachte ich, dass er eine Zeile aus einem Popsong vom vorigen Sommer sänge, »Dim da me njama«, was unmöglich wörtlich zu übersetzen ist, aber in etwa bedeutet, in einer Rauchwolke zu verschwinden, wie ein Auto, das seine Reifen durchdrehen lässt, bevor es losschießt, oder wie der rennende Vogel im Trickfilm. Es war ein Rapsong, und im Refrain wurde die Titelzeile endlos rhythmisch wiederholt, fast wie eine Beschwörungsformel, weshalb ich kurz dachte, dass Mitko sang, seine Wörter kamen ihr so nahe, *men me njama*, *men me njama*. Beinahe hätte ich gelächelt und es auf seine Betrunkenheit geschoben, dann begriff ich, dass er natürlich nicht sang, und ich sah, wie sich seine Augen, die weiter ihre rollenden Bewegungen machten, mit Tränen füllten. Was sagst du da, fragte ich dann, was meinst du, ich verstehe dich nicht, und Mitko stoppte seinen Singsang, so abrupt, als hätte er ihn mit den Zähnen abgebissen, und sagte beinahe erbost: *Nischto ne rasbirasch*, du verstehst auch gar nichts. Okay, sagte ich beschwichtigend, sag mir, was ich nicht verstehe, aber bevor ich ihn besänftigen konnte, war sein Zorn, wenn es überhaupt Zorn gewesen war, schon verflogen, dafür knetete er noch aufgebrachter meine Hand. *Dnes sam tuk*, sagte er, *a utre men me njama*, heute bin ich hier, morgen bin ich weg, und dann nahm er seinen seltsamen Singsang wieder auf. Es ist ein Zauberspruch gegen irgendetwas, dachte ich, aber vielleicht sprach ich ihm zu viel Bedeutung zu, vielleicht war es kein Zauberspruch, sondern so etwas wie ein Stein, den man immer wieder in seiner Hand wendet, einfach weil man mag, wie er sich anfühlt.

Dann hielt er inne und sagte meinen Namen beziehungsweise die Silbe, mit der er meinen Namen nachbildete, da es in seiner Sprache so gut wie unmöglich ist, meinen Namen auszusprechen; am Anfang hatte er es versucht, war aber jedes Mal über Laute gestolpert, die ihm nicht über die Zunge kamen, komplexe Klanggebilde, über die er den Kopf schüttelte. Ich hatte dasselbe Problem mit R.s Namen, dessen englische Version recht weit verbreitet ist, aber obwohl ich endlos übte und eigentlich ein Talent für Sprachen habe, musste R. jedes Mal lachen, wenn ich ihn aussprach, weshalb ich damit aufhörte und stattdessen andere Namen verwendete, Kosenamen, die ich für ihn erfunden hatte und deshalb nicht falsch aussprechen konnte. Die Silbe, die Mitko anstelle meines Namens benutzte, war auch ein solcher Kosename, er allein nannte mich so, und jetzt sprach er mich damit an, wie um mich vor seiner inneren Linse scharfzustellen, nannte den Namen ein zweites, ein drittes Mal, und dann sagte er, *schte umra*, ich werde sterben, sie sagen, dass ich sterben muss, und als er es ausgesprochen hatte, traten ihm die Tränen in die Augen und strömten über seine Wangen. Er ließ mich los, um sie mit den Handflächen wegzuwischen, dann hielt er sich die Hände vor die Augen, und während seine Hände nun still waren, schaukelte er mit dem ganzen Körper vor und zurück. Mitko, sagte ich und legte ihm die Hand auf den Rücken, für die ich nun, da er sie freigegeben hatte, keine rechte Verwendung fand, Mitko, wie meinst du das, wer hat das gesagt, und er antwortete, immer noch schaukelnd, *lekarite*, die Ärzte, meine Nieren und meine Leber arbeiten nicht mehr richtig, sie sagen, dass ich nur noch ein Jahr zu leben habe. Mitko, sagte ich wieder, Mitko, und vielleicht noch eine Silbe, *oh*, ohne zu wissen, was ich damit ausdrücken wollte. Aber wie kann das sein, hörte ich mich sagen, warum denn, und ich überlegte, dass es nicht von der Syphilis herrühren konnte, die Jahre gebraucht hätte, um ihr Werk zu verrichten, selbst wenn er die Medikamente nicht genommen hatte, für die ich ihm Geld gegeben hatte, mehr als das Benötigte; aber auf meine Frage schüttelte er heftig den Kopf, *ne*, sagte er, *ne*, und dann schwieg er. Ich dachte daran, dass er vor einigen Jahren einmal monatelang im Krankenhaus war, es hatte etwas mit seiner Leber zu tun gehabt, aber er hatte nie wirklich darüber gesprochen und das Thema vermieden wie so vieles, was mit seiner Vergangenheit zu tun hatte; Hepatitis, hatte ich damals gedacht, denn die Krankheit griff hier zügellos um sich, ich war seit langer Zeit dagegen geimpft. Aber vielleicht war es auch das nicht, vielleicht war es der viele Alkohol, den er trank, dabei war er noch so jung – ich weiß es nicht. Und dann musste ich daran denken, was er an jenem Abend bei McDonald's gesagt hatte, kurz bevor geschah, woran ich seither so oft mit einer Mischung aus Sehnsucht, Reue und Erregung gedacht hatte, Empfindungen, die so eng verknüpft waren, dass ich sie nicht mehr auseinanderhalten konnte. Er hatte gesagt, dass die Medikamente, die wir beide nehmen sollten, gefährlich für ihn waren. Vielleicht hatte er die Krankheit nicht so unbeschadet überstanden wie ich; vielleicht meinte ich das mit jenem Laut, den ich nun wiederholte, oh, die Ungerechtigkeit des Schicksals, über die ich nicht klagen konnte, auch wenn sie einen Graben zwischen uns öffnete, eine Entfernung herstellte, die größer war als je zuvor. Und so sprach ich seinen Namen ein drittes Mal aus, rief über diesen Graben hinweg nach ihm, aber er antwortete nicht, er schaukelte nur weiter vor und zurück, ich erreichte ihn nicht mehr.

Ich möchte gehen, sagte er dann und hievte sich vom Sofa. Er schwankte und stolperte und fing den Fall auf, indem er erst ein Bein nach vorne warf und dann das andere. Vielleicht war er zu schnell aufgestanden und ihm war schwindlig geworden, abgesehen davon, dass er betrunken und auf welchen Drogen auch immer war, und auf diese seltsame Weise, immer kurz vor dem Hinfallen, taumelte er in den Flur. Auch ich stand auf, unsicher, ob ich ihn aufhalten oder eher dankbar dafür sein sollte, dass die Tortur so kurz gewesen war. Aber jetzt, da ich wusste oder zu wissen glaubte, dass ich von ihm befreit sein würde, wollte ich nicht, dass er ging, und ich war froh, als er sich von der Tür wegdrehte und stattdessen in Richtung Schlafzimmer stolperte. Ich folgte ihm und sah, wie er gegen das Bett stieß und sich darauffallen ließ, so als hätte er seinen Weg im Dunkeln ertastet und wäre von einem Hindernis überrascht worden. Für einen Moment lag er still, dann stemmte er sich wieder hoch, doch sein Oberkörper wankte und drohte wieder auf das Bett zurückzufallen. Er verharrte in dieser halb sitzenden, halb liegenden Position, nur seine Hände bewegten sich noch, schlossen sich um die dünne Decke, unter der ich geschlafen hatte, und ließen sie wieder los. Ich stand an der Tür und wusste nicht, ob ich zu ihm gehen sollte; das Bett war ein riskanter Ort, verbunden mit Erinnerungen an das, was wir dort getan hatten. Dann, als würden seine Kräfte ihn verlassen, ließ sich Mitko ganz zurückfallen, hob seine Beine aufs Bett (er hatte seine Schuhe nicht ausgezogen, ich konnte sehen, wie sie die Laken verschmierten), zog die Knie zu sich heran und begann wieder zu weinen, still diesmal, die Tränen strömten über sein sich verkrampfendes Gesicht, aber aus seinem Mund, der sich öffnete und schloss, kam kein Laut. Und ich ging zu ihm, ging zum Bett, legte mich neben ihn, und dann legte ich einen Arm um seine Schulter, nicht um ihn zu umarmen, sondern um ihn zu beruhigen, wie ich hoffte, um ihm zu zeigen, dass ich da war, auch wenn ich ihn nirgends sonst berührte, und er griff sofort nach meinem Arm und legte ihn an seine Brust, die sich hob und senkte, während er durch sein stilles Weinen hindurch nach Luft rang. Er zog mich heran und schob sich gleichzeitig zurück; ich hatte Platz zwischen uns gelassen, aber nun schmiegte er sich mit dem Rücken gegen die vordere Seite meines Körpers. Ich nahm ihn fester in den Arm, hielt ihn, und er holte mit einem seiner Beine meine Beine näher heran, sodass sich sein ganzer Körper nun an mich schmiegte, sein Körper, den ich geliebt hatte, so einseitig, kompromittiert und sporadisch diese Empfindung auch gewesen war. Als ich mein Gesicht an seinen Nacken drückte und ihn einatmete, seinen Geruch, bitter von Schweiß und Alkohol, schien es mir unvorstellbar, unerträglich, dass seine Gestalt, der ich so nahe gekommen war, die ich mit meinem Mund und meinen Händen erkundet hatte, vergehen würde, sich einfach auflösen würde, dass sein Körper, den ich so mochte, starb. Aber obwohl ich ihn noch fester an mich drückte, als er dort lag und weinte, blieb der Graben, der sich zwischen uns geöffnet hatte, bestehen, und ich wusste, dass ich auf meiner Seite bleiben würde, der Seite der Gesundheit, dass ich nicht mit Mitko dem Tod entgegensehen würde; ich weiß, dass überall Tod ist, dass die Vorstellung, man könnte einfach wegschauen, eine Illusion ist, aber solange ich mich selbst davon überzeugen konnte, würde ich so tun, als sei es möglich. Heute denke ich, dass Liebe nicht nur bedeutet, jemanden zu sehen, sondern auch, mit ihm zu sehen und dem zu begegnen, was ihm begegnet, und manchmal frage ich mich, ob es überhaupt einen Menschen gibt, an dessen Seite ich bleiben würde und mit dem ich bereit wäre, das zu ertragen, was ich mit Mitko nicht ertragen habe, ob meine Mutter oder R.; es ist furchtbar, das nicht von sich zu wissen, aber ich weiß es nicht.

Dennoch lag ich bei ihm und hielt ihn, und er drückte meinen Arm gegen seine Brust. Als er sich beruhigt hatte, begann er zu reden, und seine Hände, die still gewesen waren, während er weinte, begannen wieder ihre sonderbaren Knetbewegungen. *Obitschasch li me*, sagte er, liebst du mich, aber es war keine Frage; ich weiß, dass du mich liebst, sagte er, ohne auf meine Antwort zu warten. Ich weiß, dass du mich liebst, aber ich kann dich nicht lieben, es tut mir leid, du bist mein

Freund, sagte er, *prijatel*, jenes Wort, das so viel bedeuten konnte und so wenig, du bist mein Freund, aber *powetsche ne moga*, zu mehr bin ich nicht in der Lage. Still, Mitko, sagte ich, es ist in Ordnung, mach dir keine Sorgen, aber er hörte mir nicht zu, er sprach mehr zu sich selbst, seine Gedanken drehten sich im Kreis, und ich war nicht imstande, ihnen zu folgen. *Gospod go obitscham*, sagte er, und für einen Augenblick meinte ich mich verhört zu haben, er hatte noch nie von solchen Dingen gesprochen. Aber er sagte es noch einmal: Ich liebe Gott, aber er liebt mich nicht, *no men ne me obitscha*, Gott liebt die Menschen, die stark sind, aber ich bin nicht stark, und wieder weinte er, und seine Stimme nahm diese merkwürdig erhöhte Tonlage an, wie Stimmen es oft tun unter Anspannung; er liebt die Starken, sagte er wieder und wieder, wiederholte es wie einen Singsang oder ein Gebet. Was redest du da, sagte ich zu ihm, *gluposti*, Unsinn, und wieder sagte ich ihm, dass er sich beruhigen solle, ich sprach mit ihm wie mit einem Kind, ich wusste nicht, wie sonst. Gott liebt die Starken, wiederholte er, und ich bin nicht stark. *Iskam majka si*, sagte er dann, ich will zu meiner Mutter, und wieder flossen seine Tränen, er hatte meine Hand genommen und drückte sie fest. Liebst du Gott, fragte er, als er wieder sprechen konnte, gehst du in die Kirche, und ich versuchte gar nicht, etwas zu sagen, ich wusste nicht, wie ich darauf antworten sollte, obwohl es sich herzlos anfühlte, konnte ich mich nicht überwinden, die Worte auszusprechen, von denen ich wusste, dass sie ihn beruhigen würden.

Er drückte meine Hand noch fester, schmiegte sich an mich und redete mir zu, Gott liebt dich, sagte er, und du musst Gott lieben, Gott glaubt an dich, und du musst an ihn glauben. In Ordnung, sagte ich, in Ordnung, allem zustimmend, was er sagte, oder zumindest Laute der Zustimmung von mir gebend, und er schwieg eine Weile und wurde ruhiger. Er war dabei einzuschlafen, und obwohl es schön war, das Gewicht seines Körpers neben meinem zu spüren, fragte ich mich, wie lange er wohl bleiben würde, ob ich ihn wecken sollte, ob mir das überhaupt gelingen würde. Ich hatte keine Ahnung, wie spät es war, ich war früh schlafen gegangen, vermutete aber, dass ich wahrscheinlich bald aufstehen und mich fertig machen musste, um zur Arbeit zu gehen. Vielleicht wäre es besser, ihn jetzt zu wecken, dachte ich, bevor er fest einschlief, es war lieblos, das zu tun, aber er konnte nicht hierbleiben. Ich beschloss, ihm Geld für ein Zimmer zu geben, aber bevor ich mich dazu bringen konnte, ihn wach zu rütteln, wachte er von selbst auf. *Ne*, sagte er jäh, ich will nicht schlafen, er ließ meine Hand los und schob sich in eine aufrechte Position. So saß er da, zu beiden Seiten auf die Hände gestützt, mit hängendem Kopf, während ich meine Hand auf seinem Rücken ruhen ließ, um ihm Halt zu geben, aber auch der Berührung selbst wegen. Bald würde ich ihn nicht mehr berühren können, dachte ich, vielleicht würde ich ihn niemals mehr berühren. *Gladen sam*, sagte er, ich habe Hunger, ich habe lange nichts mehr gegessen. Er stand unbeholfen auf, und wieder war es, als hätte er die Kraft falsch eingeschätzt, die er dafür benötigte, sodass er sozusagen über das Ziel hinausschoss, fast nach vorne fiel und sich an der Tür des Kleiderschranks festhielt, wo sich seine Finger gegen den Spiegel drückten und Abdrücke hinterließen, die ich in den folgenden Tagen wieder und wieder betrachten würde, bis die Frau, die meine Wohnung putzt, sie wegwischte. Mitko taumelte aus dem Zimmer, während ich blieb, wo ich war, auf den Ellbogen gestützt verharrte ich auf dem Bett und hörte, wie sich die Tür des Kühlschranks öffnete, wie er ihm Dinge entnahm. Einige Minuten später rief er mich mit jener Silbe, die sein Name für mich war, rief mich zu mir selbst zurück oder zu dem Menschen, der ich in seiner Gegenwart war, und ich stand langsam auf und ging hinüber.

Er schien nun klarer, die Wirkung des Alkohols oder dessen, was er genommen hatte, ließ nach, oder vielleicht hatten ihm die wenigen Minuten Schlaf geholfen. Er saß auf der Kante des Sofas und beugte sich vor zum Tisch, auf dem sich eine Banane, ein Becher Joghurt, eine Flasche Milch und ein Löffel befanden. *Ela tuka*, sagte er, komm her, und ich setzte mich neben ihn, jetzt mit weniger Abstand. *Tragwam si*, sagte er, ich gehe gleich, ich störe dich nicht weiter, ich möchte nur erst etwas essen, und ich sagte, dass er sich keine Sorgen machen solle, er würde mich nicht stören. Als er aus dem Schlafzimmer gestolpert war, hatte ich das Telefon zur Hand genommen und erstaunt festgestellt, dass es noch früh war, nicht einmal Mitternacht, mein Schlaf war tief gewesen, aber kurz. Mitko nahm die Banane und begann sie mit übertriebener Sorgfalt zu schälen, langsam zog er die Streifen einen nach dem anderen herunter, als ob jeder Handgriff das höchste Maß an Aufmerksamkeit verdiente. Es war, als hätte er das natürliche Gefühl für die Bewegungen seines Körpers im Raum, für jenes unbewusste Wissen verloren – als könnte nichts vorausgesetzt, als müsste jede Bewegung neu bemessen werden. Seine Augen rollten nicht mehr in ihren Höhlen, aber sein Blick wirkte auch nicht fokussiert, er schaute nicht auf die Banane, als er sie zum Mund führte und von ihr abbiss. Er drehte sich etwas zu mir und hielt mir die Banane hin. *Eat*, sagte er bedeutsam auf Englisch, und als ich ablehnte, sagte er es noch einmal und drückte das weiße Fruchtfleisch an meine Lippen. Aber ich möchte nichts essen, sagte ich, obwohl das nicht der Grund für meine Weigerung war; vielmehr beunruhigte mich die Dringlichkeit, mit der er mich anstarrte und zugleich auch nicht, ich wollte nicht mitmachen bei diesem Ritual, das sich sakramental anfühlte und mich an ihn binden würde. Aber Mitko ignorierte, was ich sagte, er drückte die Frucht noch stärker gegen meine Lippen, sodass ich mich wegdrehen musste. Ich möchte nicht, sagte ich, aber er bedeutete mir, still zu sein, indem er Luft zwischen den Zähnen hindurchblies; *vish*, sagte er, schau her, und brachte die Banane wieder zu seinen Lippen. *I eat*, er sprach wieder Englisch und hielt dann die Banane an mein Gesicht, *now you eat*. Aber ich drehte mich erneut weg, und er führte die Hand wieder zu seinem Mund. *Dnes sam tuka*, sagte er wieder, heute bin ich hier, ich esse, verstehst du, ich esse. *Rasbiram*, sagte ich, und wieder schoss er zurück: *Nischto ne rasbirasch*, du verstehst überhaupt nichts. Dann wurde seine Stimme erneut weicher, ich verstehe dich, sagte er, aber du verstehst mich nicht, und er schaute mich mit einer solchen Traurigkeit an, dass ich schließlich die Gabe annahm, die er mir darbot, auch wenn ich den Bissen kaum herunterschlucken konnte, die Süße der Frucht drehte mir den Magen um.

Good, sagte er und legte die halb gegessene Banane zurück auf den Tisch, nachdem er die Schale sorgfältig wieder über das Fruchtfleisch geklappt hatte. Er nahm den Joghurt zur Hand, eine billige Marke mit Fruchtgeschmack, und zog vorsichtig den Aluminiumdeckel bis zur Hälfte ab (Zentimeter um Zentimeter, als würde er vor jeder Bewegung die Kraft berechnen, die sie erforderte), dann führte er sich den Becher an die Lippen und nahm zwei große Schlucke, er löffelte den

Joghurt nicht, sondern trank ihn. Als Nächstes schraubte er die Milch auf und ließ sie, die Flasche in der einen, den Joghurt in der anderen Hand, langsam in den Becher fließen, als hätte er sich vorgenommen, nur einen fadendünnen Strahl zu erzeugen, was aber dadurch erschwert wurde, dass seine Hände zitterten, wie immer, wenn er betrunken war. *Mite*, sagte ich, mein Kosename für ihn, eine Kurzform wie für ein Kind, der Name der Nähe, der größtmöglichen, die ich zu ihm haben konnte, *Mite*, gibt es denn nichts, was sie tun können, keine Behandlungsmöglichkeit? Ohne den Blick von seiner Verrichtung zu heben, so als könnte jede Ablenkung seiner Aufmerksamkeit den heiklen Vorgang stören, hob er seinen Kopf und senkte ihn dann wieder, eine entschiedene Geste, *ne* sagte er, *nischto*. Ich fragte mich, warum das so war, ob es an seiner Krankheit lag oder an den Kosten einer möglichen Behandlung, obwohl sie hier so viel niedriger waren als anderswo, und dann erlaubte ich mir die Vorstellung, sie anzunehmen, die unmögliche Aufgabe, ihn zu retten, nur einen Atemzug lang, ehe ich den Gedanken fallenließ.

Er stellte die Milch und den Joghurt ab, und nachdem er den Rest des Aluminiumdeckels entfernt hatte, rührte er das Gemisch mit dem Löffel um. Er hatte sich etwas wie *airan* gemixt, begriff ich, den wässrigen Joghurt, den alle Bulgaren so lieben. *Mite*, sagte ich wieder, ich helfe dir, ich gebe dir Geld, damit du zurück nach Warna fahren kannst. *Ne iskam pari*, sagte er, ich möchte kein Geld, und er nahm meine Hand wieder in seine und drückte sie, wenn auch nicht mit derselben Kraft wie zuvor. Ich bin zu dir gekommen, weil du mein Freund bist, sagte er, viele Leute behaupten das, aber es stimmt nicht, sie sind da, doch wenn du sie brauchst, sind sie verschwunden.

Aber du bist ein wahrer Freund, sagte er, *istinski*, du hast mir so oft geholfen, und ich dachte, nein, das ist es nicht, was ich getan habe, es waren Geschäftsvorgänge, die mit Hilfe nichts zu tun hatten, sondern schlicht die einzige Möglichkeit waren, meinen Anspruch auf ihn geltend zu machen. Aber ich sprach es nicht aus, ich sagte stattdessen, dass ich froh darüber sei, und schaute in seine Augen, mit denen er mich so ernsthaft ansah und zugleich auch nicht. Aber ich will dir jetzt helfen, sagte ich, du sollst in Warna sein können, bei deiner Mutter. Und sein Blick wurde noch weicher, und ich sah, wie sich seine Augen mit Tränen füllten. Mitko nickte, er würde das Geld nehmen, und ich fragte mich, welches innere Bedürfnis er befriedigt hatte, indem er vorgab, es abzulehnen. *Istinski prijatel*, sagte er abermals, ließ meine Hand los und wandte sich wieder seinem Getränk zu.

Aber auch ich bin dein Freund, sagte er dann, und sein Tonfall kippte, während er sich noch mehr Milch in den Becher goss, ist dir eigentlich bewusst, dass auch ich dir ein guter Freund war? Es gibt Leute, die haben uns zusammen gesehen und gesagt, Mitak – einer seiner Spitznamen, die Leute hier haben viele Spitznamen, und ich wusste, dass andere Männer ihn auf Skype oder in Dating-Portalen so nannten, ich dagegen mochte den harten Klang nicht und hatte nicht das Gefühl, dass dieser Name, Mitak, den Mitko zum Vorschein brachte, mit dem ich gerne zusammen war – sie haben gesagt, Mitak, was hast du nur mit diesem Typen, warum verschwendest du deine Zeit mit dieser Schwuchtel, und er verwendete das Wort *pederast*, hier wie anderswo der beliebteste Begriff für derartige Schmähungen. Es gibt andere, aber *pedal* oder *obraten* hätten nicht dieselbe Wucht gehabt, ich hätte sie innerlich übersetzen müssen, und so schnell das auch gehen mochte, Wörter in einer Fremdsprache verwunden uns weniger als die Wörter der Sprache, in die wir hineingeboren wurden. Als ich dieses Wort hörte, *pederast*, wich ich ein Stück zurück und wurde sehr still. *Ne ne, vikam az*, fuhr er fort, ich habe ihnen gesagt, du bist keine Schwuchtel, sie sollen dich in Ruhe lassen, *toi e hetero*. Er rührte in seinem Trinkjoghurt, während er das sagte, und schaute dabei nicht mich, sondern den Becher an, seine Augen bewegten sich noch immer in alle Richtungen, aber er war klarer bei Verstand, als ich gedacht hatte, klar genug, um mir zu drohen, denn das war eine Drohung, das wusste ich. Warum sagst du das, Mitko, fragte ich ihn, unsere Kosenamen aufgebend, warum erzählst du mir das? Er zuckte mit den Schultern und rührte immer weiter, was mittlerweile nichts mehr bewirkte; vielleicht erfüllte die Bewegung die gleiche Funktion wie sein Singsang zuvor, ein Rhythmus, dem er verfallen war, etwas, das er tat, weil es sich gut anfühlte. Es gibt schlechte Menschen, sagte er, und wie immer, wenn er Drohungen aussprach, benutzte er eine abstrakte Formulierung, um mich auf sein Repertoire an Gesichtern und Masken hinzuweisen, von denen er für den Moment noch keinen Gebrauch machte. Es gibt schlechte Menschen, die anderen erzählen könnten, was du bist, sagte er, die deine Geheimnisse vielleicht nicht für sich behalten und dir große Probleme bereiten können, und während er das sagte, überkam mich tiefe Traurigkeit, nicht über den Verrat, den er andeutete, sondern über dessen Vergeblichkeit, darüber, dass es die einzige Drohung war, die er auf Lager hatte, und dass er überhaupt dachte, es wäre eine. Es war eine Drohung in seiner Welt, in meiner nicht. Aber Mitko, sagte ich sanft, nicht aus Furcht, sondern aus Mitleid, ich lebe das offen aus, ohne Geheimnisse, jeder weiß, was ich bin, ich benutzte seine Redewendung, auch wenn sie mir Unwohlsein bereitete, *towa koeto sam*. Jeder, fragte er ungläubig, auch am College, deine Kollegen, deine Studenten? Ja, natürlich, sagte ich, als ob es gar nicht anders sein könnte, ich habe es ihnen von Anfang an gesagt, alle wissen Bescheid, und als er nach unten schaute und wieder mit den Schultern zuckte, war ich merkwürdig enttäuscht, als würde ich meine Sicherheit bedauern, als würde ich die Drohung vermissen, von der er nun keinen Gebrauch mehr machen konnte.

Mite, sagte ich und benutzte wieder meinen Kosenamen für ihn, den Namen der Nähe, den Namen, der mir am nächsten war, es tut mir leid, aber du musst jetzt gehen, und während ich es aussprach, merkte ich, wie leid es mir tatsächlich tat, denn ich wusste, ich würde nun wirklich von ihm befreit sein. Ja, sagte er zustimmend, *tragwam si*, aber er stand nicht auf, sondern blieb auf dem Sofa sitzen, in den Händen den Joghurtbecher, den er inzwischen geleert hatte. Ich stand auf und holte mein Portemonnaie aus dem Mantel, der neben der Tür hing. Der Bus nach Warna kostete dreißig Lewa, zumindest war das vor kurzem noch der Preis gewesen, ich nahm den doppelten Betrag aus dem Portemonnaie und dann noch etwas mehr und wickelte die Geldscheine so lange ein, bis sie wie eine feste Rolle in meiner Hand lagen. Hier, sagte ich und hielt ihm die Rolle hin, für die Fahrt nach Warna und für Essen. Er betrachtete das Geld, das ich ihm hinhielt, aber er rührte sich nicht, als würde sein umherschweifender Blick nicht erfassen, was geschah. Hier, sagte ich noch einmal, fahr nach Warna, du solltest jetzt bei deiner Mutter sein. Er nickte und wischte sich die Hände an seinen Jeans ab, dann nahm er das Geld und stand auf. Es ging ihm jetzt sichtlich besser, er stand nicht unbedingt auf festen Beinen, aber er stolperte auch nicht. *Mersi*, sagte er, sonst nichts, und schob das Geld in seine Hosentasche. Dann drehte er sich um, hob behutsam seine zerknautschte Jacke vom Boden auf und zog sie sich langsam an, nicht nur, so kam es mir vor, um mit seinen Kräften zu haushalten, sondern auch aus Widerwillen, nun wirklich zu gehen; *tragwam si*, sagte er noch einmal, doch er machte keine Anstalten, die Wohnung zu verlassen. Stattdessen ging er zum Kühlschrank und schaute hinein. Ich habe immer noch Hunger, sagte er, ich brate mir noch kurz ein Ei, dann gehe ich, *pet minuti*, sagte er, fünf Minuten. Aber ich trat auf ihn zu und legte eine Hand auf seine Schulter. Mitko, sagte ich, es tut mir leid, ich muss schlafen, du kannst woanders etwas essen, du hast jetzt genug Geld dafür. Und es tat mir wirklich leid, es kam mir grausam vor, ihn zum Gehen zu zwingen, obwohl ich ihm etwas zu essen und Geld gegeben hatte. Wann tun wir genug, fragte ich mich. Ich hatte schon oft über unsere Verpflichtungen anderen gegenüber nachgedacht, die uns manchmal klar vor Augen stehen und sich dann wieder ganz und gar auflösen; in einem Moment schulden wir niemandem etwas, und jede Gabe erscheint zu viel, im nächsten scheinen unsere Schulden so hoch, dass sie niemals beglichen werden können.

Dobre, sagte er und richtete sich auf, und dann noch einmal: *tragwam si*. Er ging ein paar Schritte in Richtung Tür, hielt inne, drehte sich um und schaute mich an. Mir geht es wieder gut, sagte er, und zuerst dachte ich, er meinte seine wiedergewonnene Klarheit, nachdem die Wirkung des Alkohols und der anderen Substanzen nachgelassen hatte; aber dann trat er näher zu mir heran und sagte noch einmal *wetsche sam dobre*, und als er seine Hand an meine Hüfte legte, verstand ich, was er mir anbot. Ich erlaubte ihm, mich näher heranzuziehen und seinen Unterleib an meinen zu drücken, sodass ich seinen Schwanz spürte, und für einen Augenblick gab ich meiner Reaktion nach, der Flut der Erregung, die nur er in mir auslösen konnte. Doch als er sich mit seinem Gesicht meinem nähern wollte, legte ich eine Hand auf seine Brust, ich drückte ihn nicht unbedingt weg, aber ich hielt seine Annäherung auf. *Mite*, sagte ich, und damit es nicht wie eine Einladung oder ein Ausdruck von Leidenschaft klang, was es vielleicht war, fügte ich schnell ein *ne* hinzu und sagte es noch einmal: *ne*. Er setzte dem nichts entgegen, aber hielt mich noch und rieb sich an mir, an der Verhärtung, die schon offenkundig war, so als wollte er sich seiner Wirkung auf mich vergewissern. Ich gehe jetzt, sagte er wieder, nur eine Sekunde noch, und bevor ich Einspruch erheben konnte, ging er zum Kühlschrank und nahm sich einen weiteren Joghurtbecher heraus. Den kann ich haben, sagte er, es war nicht wirklich eine Frage, und ich sagte: Ja, natürlich. Dann stand er wieder an der Tür, und dieses Mal reichte er mir die Hand und nahm damit die soziale Konvention wieder auf, die er bei seiner Ankunft missachtet hatte. Wir werden uns nicht mehr sehen, sagte er mit einem leichten Lächeln, niemals mehr, und dann, er hielt immer noch meine Hand fest, wie um mich davon abzuhalten, ihn wegzuschieben, lehnte er sich nach vorne und drückte seine Lippen auf meine, ohne Leidenschaft, auch wenn meine Lippen weich wurden und bereit waren, alles zu empfangen, was er zu geben bereit war. Es war ein kurzer Kuss, er dauerte nur einen Augenblick, und dann drehte er sich um, öffnete die Tür und überließ es mir, sie hinter ihm zu schließen.

Ich machte das Licht aus, ich wollte im Dunkeln sein, jedenfalls einigermaßen, das Licht von der Straße und aus den Fenstern der benachbarten Gebäude lässt es niemals richtig dunkel werden in Mladost; dann ging ich durch das Wohnzimmer hinaus auf den Balkon. Die Nacht war klar und kalt, doch es war eine frühlingshafte Kälte, die sich so anders anfühlt als der Herbst oder der Winter, nicht unbedingt aufgrund der Temperatur, sondern der Zartheit oder Weichheit der Luft wegen, einer besonderen Beschaffenheit, die mir immer wie ein Willkommen erscheint. Es war spät, aber nicht furchtbar spät, der Mond stand in der Mitte des Himmels, die einzige natürliche Lichtquelle hoch über den *blokowe*. Ich hörte den Verkehr auf dem Malinow-Boulevard, und durch die Straße vor meinem Haus fuhren zwei Autos, eines bremste bei einer Parklücke am Straßenrand, fuhr hinein, halb auf den Bürgersteig, dann verloschen seine Scheinwerfer. Ich hörte, wie sich die Tür unseres Gebäudes mit jenem lauten Geräusch schloss, das entsteht, wenn man sie einfach zufallen lässt, ein unhöfliches Geräusch, und dann trat Mitko in mein Blickfeld, er ging langsam, aber zielstrebig, schien noch wackelig auf den Beinen, aber sicher genug, um nicht zu stürzen. Er hielt sich den Joghurtbecher ans Ohr und schüttelte ihn, als würde ihn das Geräusch faszinieren. Vor ihm öffneten sich die Türen des Autos, und ein junges Paar stieg aus, sie waren modisch gekleidet, ich vermutete, sie kehrten von einem Abendessen heim. Die Frau schloss die Tür auf ihrer Seite, öffnete die Tür zur Rückbank, bückte sich und hantierte an einem Kindersitz, und dann, als sie das Kind von den Gurten befreit hatte, richtete sie sich mit ihm auf dem Arm wieder auf. Es war ein kleines Mädchen, soweit ich das anhand der Kleidung ausmachen konnte, seine Gesichtszüge konnte ich nicht erkennen, und es schlief, sein Körper hing schlaff in den Armen der Mutter. Mitko verlangsamte sein Tempo, als er sich ihnen näherte, er schaute interessiert auf das kleine Mädchen, den Joghurtbecher hielt er sich immer noch ans Ohr, aber er hatte aufgehört, ihn zu schütteln, und ich sah, wie er sich ein wenig zu dem Kind lehnte und etwas sagte, auch wenn ich natürlich nicht hören konnte, was es war. Ich hatte das schon oft hier beobachtet, die Freiheit, mit der die Leute sich kleinen Kindern näherten, wie Mitko es gerade tat, und sie *militschka* nannten, Spätzchen, so wie Mitko gerade in meiner Vorstellung, niemand nahm einem das übel; es schien als ausgemacht zu gelten, dass Kinder eine Art öffentliches Eigentum waren, das man kollektiv heranzog und hegte. Schon länger herrschte eine Krise, alle paar Monate wurden alarmierende Artikel über fallende Geburtenraten verfasst; obwohl es in meinem Viertel viele kleine Kinder gab, war das Land als ganzes gefährdet, die Leute konnten sich keine Kinder mehr leisten, oder sie sahen keinen Sinn mehr darin, welche zu bekommen, und da jeder, der die Chance dazu hat, ins Ausland entkommt – so wie meine Studenten, die es kaum erwarten konnten, die Flucht zu ergreifen –, sinkt die Bevölkerungszahl, und die Warnungen in den Zeitungen werden immer dramatischer, die Nation selbst verliere an Substanz, fürchtet man, und schwinde langsam dahin. Es ist hoffnungslos, sagten einige meiner Studenten, nicht etwa im Unterricht, nur im Vertrauen, im Flüsterton, als dürfte man so etwas nicht laut aussprechen: Es ist ein sterbendes Land. Kleine Kinder sind daher eine geteilte Freude, die Eltern genießen das Streicheln der Wangen und jedes *militschka*, aber diese Mutter reagierte kühl auf Mitkos Freude über ihr

Kind; sie drehte sich leicht zur Seite, nicht unhöflich, aber entschieden, als würde sie das Kind vor seiner Aufmerksamkeit schützen wollen, und dann war der Vater da und geleitete sie zu ihrem Hauseingang. Mitko schien einen Augenblick lang konsterniert, reglos stand er auf der Straße, allein, und wieder wurde ich von Traurigkeit erfüllt. Er ist immer allein gewesen, dachte ich, hat immer auf eine Welt geblickt, die keinen Platz für ihn hatte und sich nun fast gar nicht mehr um ihn scherte; und jetzt konnte er sie nicht einmal mehr aufstören, diese Welt, kein Geräusch, das er von sich gab, drang zu ihr durch. Und plötzlich fühlte ich Wut in mir aufsteigen, eine Wut, von der ich mir sicher war, dass auch er sie empfinden musste, sinnlos und vergeblich wie das trockene Knirschen eines Getriebes. Doch aus der Entfernung schien Mitko überhaupt nichts zu fühlen; ich wusste, dass das nur meine Gedanken waren und dass sie mich ihm kein Stück näher brachten, diesem Mann, den ich auf eine Art geliebt hatte und der mir in den Jahren unserer Bekanntschaft immer nur fremd gewesen war. Er setzte sich wieder in Bewegung und schüttelte erneut den Joghurtbecher, den er die ganze Zeit nicht vom Ohr genommen hatte, und ich sah ihm nach, bis er auf seinem Weg zum Boulevard und zu dem Bus, der ihn fortbringen würde, aus meinem Blickfeld verschwand. Eine ganze Weile stand ich so da und starrte auf die Ecke, hinter der er verschwunden war. Dann trat ich in die Wohnung, setzte mich aufs Sofa, dorthin, wo er noch vor wenigen Minuten neben mir gesessen hatte, und ließ mein Gesicht in die Hände sinken.